VIGIA-ME

TAHEREH MAFI

VIGIA-ME

São Paulo
2025

Grupo Editorial
UNIVERSO DOS LIVROS

Watch Me
© 2025 by Tahereh Mafi
All rights reserved

© 2025 by Universo dos Livros
Todos os direitos reservados e protegidos pela Lei 9.610 de 19/02/1998.
Nenhuma parte deste livro, sem autorização prévia por escrito da editora, poderá ser reproduzida ou transmitida sejam quais forem os meios empregados: eletrônicos, mecânicos, fotográficos, gravação ou quaisquer outros.

Diretor editorial: **Luis Matos**
Gerente editorial: **Marcia Batista**
Produção editorial: **Letícia Nakamura e Raquel F. Abranches**
Tradução: **Cynthia Costa**
Preparação: **Monique D'Orazio**
Revisão: **Nathalia Ferrarezi e Aline Graça**
Capa: **Alexis Franklin**
Arte: **Renato Klisman**

Dados Internacionais de Catalogação na Publicação (CIP)
Angélica Ilacqua CRB-8/7057

M161v	Mafi, Tahereh
	Vigia-me / Tahereh Mafi ; tradução de Cynthia Costa. — São Paulo : Universo dos Livros, 2025.
	304 p. (Série Estilhaça-me - A Nova República ; vol. 1)
	ISBN 978-65-5609-782-4
	Título original: Watch me
	1. Ficção norte-americana 2. Distopia – Ficção I. Título II. Costa, Cynthia

25-1079   CDD 813.6

Universo dos Livros Editora Ltda.
Avenida Ordem e Progresso, 157 – 8º andar – Conj. 803
CEP 01141-030 – Barra Funda – São Paulo/SP
Telefone/Fax: (11) 3392-3336
www.universodoslivros.com.br
e-mail: editor@universodoslivros.com.br
Siga-nos no Twitter: @univdoslivros

A questão da próxima geração não será como libertar as massas, mas como fazê-las amar sua servidão.
– *Aldous Huxley*

Ninguém jamais saberá a violência
que foi necessária para se tornar tão gentil.
– Autor desconhecido

1
ROSABELLE

Quando abro o armário, as prateleiras estão vazias.

Não é surpresa, claro: faz semanas que as prateleiras estão vazias. Só faço essa cena para Clara, abrindo o armário toda manhã, fingindo que pode haver algo além da barata que se move lá dentro.

Fecho a porta e me viro para Clara. Ela nunca sai da cama, a menos que eu a carregue. Hoje ela está sentada, olhando pela janela coberta de gelo, seus olhos pálidos ainda mais pálidos sob a luz matinal. Sua mão treme ao mexer na cortina puída. Um brilho azul ilumina o vidro.

— Estamos sem pão — anuncio. — Vou sair.

Há dias em que Clara me deixa sair sem questionar. Em outros, ela me pergunta como pago pela comida que trago para casa. Hoje, ela diz:

— Sonhei com a mamãe esta noite.

Mantenho a expressão impassível.

— De novo?

Clara vira-se para mim, tão magra que seus olhos parecem afundados no rosto.

— Ela não estava bem, Rosa. Estava sofrendo.

Eu calço as botas, balançando a cabeça sob um feixe de luz.

— Foi só um sonho — digo. — Os mortos não sofrem.

Clara desvia o olhar.

— Você sempre diz isso.

— E você olha demais para a fotografia dela — respondo, amarrando os cadarços. Minha mão direita não está tremendo hoje, e sinto uma onda de alívio ao ficar em pé, depois um lampejo de terror quando noto o fogo se extinguindo na lareira, assim como a pequena pilha de lenha ao lado. Tento aplacar o terror. — Além disso — acrescento —, você mal a conheceu.

— Bem, você mal fala dela — Clara rebate com um suspiro.

Pela janela, paralisada, observo um pica-pau-de-topete-vermelho martelando o bico em um tronco coberto de musgo. Faz mais de uma década que o Restabelecimento caiu; pouco mais de uma década que estamos morando aqui, na ilha Ark. E eu também gostaria de bater a cabeça sem parar contra uma superfície dura. Respiro fundo, ignorando a perpétua dor da fome.

É estranho ver os pássaros.

Eles preenchem o céu com sons e cores, agitam-se nos telhados e sobre galhos. Ao nosso redor, os pinheiros espiralam em direção ao céu, nunca se rendendo às estações. Aqui está sempre úmido, verdejante, frio. Lagos cintilam sem precisarmos tocar sua superfície. Cadeias de montanhas distantes parecem pintadas em aquarela, com picos translúcidos visíveis através da neblina. Os aquecidos e bem alimentados costumam chamar esta terra de bela.

— Não vou demorar — digo, abotoando o casaco velho do nosso pai. Anos atrás cortei as insígnias militares com uma lâmina cega, e foi assim que ganhei uma cicatriz. — Na volta, vejo como reacender o fogo.

— Certo — diz Clara, baixinho. E, em seguida: — Sebastian veio aqui ontem.

Congelo no lugar.

Muito devagar, retomo os movimentos, envolvendo meu pescoço com o cachecol esfarrapado da minha mãe. Ontem recebi permissão para trabalhar na usina e, quando cheguei em casa, Clara estava dormindo.

— Ele veio trazer a correspondência — ela esclarece.

— Correspondência — repito. — Ele veio até aqui só para entregar cartas.

Clara assente, depois puxa de debaixo do travesseiro um jornal dobrado e um envelope espesso, sem nada escrito, estendendo ambos para mim. Enfio os dois no bolso do casaco sem olhar.

— Obrigada — digo, baixinho.

Imagino, por um momento, como seria cortar a garganta de Sebastian.

Clara inclina a cabeça para mim.

— Ele disse que você faltou ao encontro da semana passada.

— Você estava doente.

— Eu falei para ele.

Olho para a porta.

— Você não precisa explicar nada para ele.

— Ele ainda quer se casar com você, Rosa.

Ergo a cabeça com determinação.

— Como você sabe disso?

— Seria mesmo tão terrível? — Ela ignora a minha pergunta, visivelmente trêmula. — Você não gosta dele? Pensei que gostasse.

Olho para a nossa pequena cozinha, com o fogãozinho, a mesa bamba, as cadeiras que nunca usamos. E, na placa de madeira sobre a pia:

> Nossa sociedade
> **RESTABELECIDA**
> Nosso futuro
> **REDEFINIDO**

Meus olhos embaçam.

Eu tinha dez anos quando voltei para casa e dei de cara com um urso-negro devorando o resto da nossa comida. Clara tinha três anos; fazia três dias da morte da nossa mãe. Não me lembro de ter matado o urso nem de ter enterrado os restos mortais de nossa mãe.

Eu me lembro do sangue.

Eu me lembro das semanas esfregando o piso de madeira. As barras do berço de Clara. O teto. As últimas palavras de mamãe para mim foram *feche os olhos, Rosa*, mas foi ela quem os fechou; os meus ficaram bem abertos. Ela colocou a arma na boca horas depois de ouvir que papai não seria mais executado por crimes de guerra. Ele havia nos trocado por uma meia-vida, vendendo segredos para o inimigo em troca de apodrecer aos poucos na cadeia. Eu costumava pensar que mamãe havia se matado porque ela não suportaria a vergonha. Agora tenho certeza de que é porque ela sabia que seria forçada a pagar pela traição do marido.

Talvez tenha pensado que poupariam suas filhas.

Pego a pele de urso do gancho e a coloco sobre o corpo trêmulo de Clara. Ela odeia essa pele. Diz que a dor do urso ainda rodeia nosso chalé, que ainda lhe dá ânsia após todos esses anos. Então, quando ela deixa a pele se assentar sobre seus ombros sem protesto, sei que a situação é extrema.

— Se você se casasse com Sebastian, as coisas melhorariam — diz Clara, controlando outro tremor. Ela tosse, e o som oco abre um buraco na minha cabeça. — Eles retirariam as sanções. Você não precisaria fingir toda manhã que temos comida no armário.

Eu a encaro.

Lembro-me de quando Clara nasceu, quando olhei para ela e me perguntei se mamãe tinha dado à luz uma boneca. Só mais tarde me dei conta de que devo ter nascido igualmente estranha: pura palidez vítrea. Com frequência eu a observo dormir ou quando a doença a toma de tal forma que ela desliza para o coma. Aos treze anos, ela é gentil e otimista, muito diferente de mim na mesma idade. Ainda assim, apesar dos sete anos que nos separam, ela e eu somos muito parecidas: ultrapálidas; cabelos quase brancos de tão loiros; olhos de um tom desorientador de gelo. Vislumbrar Clara é como vislumbrar o passado, para como eu costumava ser, para quem eu poderia ter me tornado.

Eu também já fui gentil.

— Acho que ele a ama de verdade — ela diz, com os olhos brilhando de emoção. — Precisava ouvir como falou de você... Rosa, espere...

Não me despeço da minha irmã.

Pego o rifle automático escondido perto da porta, passando a correia pela cabeça antes de enfiar a velha balaclava na cabeça. Saio no frio, sentindo flocos grandes baterem sobre os meus cílios assim que a porta se fecha atrás de mim. O som da batida sobrepõe-se ao da voz dele. É a única explicação para o meu susto.

— Rosabelle — diz ele, materializando-se diante de mim com um sorriso. — Ainda morta por dentro?

2
ROSABELLE

Dou de cara com o tenente Soledad e, sem pensar, levo a mão à arma fria pendurada no meu peito. Soledad não é mais o tenente que era; o título é uma relíquia de outra época. Neste mundo recém-imaginado, ele é o chefe da segurança da ilha, o que não o torna nada além de um intrometido bem recompensado. E um tirano.

Aceno para os rostos familiares que passam, seus olhos saltando entre mim e Soledad, que se põe a andar ao meu lado. A neve está começando a grudar no chão; espirais de fumaça escapam das chaminés, manchando os céus com pinceladas errantes. Ajusto a balaclava no meu rosto; a lã velha faz coçar. Estou impaciente.

— Pensei que nosso encontro fosse só amanhã — digo com firmeza.

— Pensei em lhe fazer uma surpresa — ele responde. — Interrogatórios improvisados podem produzir resultados interessantes.

Eu paro, virando-me para encará-lo.

Lembro-me de quando Soledad era jovem, em forma e cheio de bravata; de quando ele servia sob as ordens do meu pai, antigo comandante-chefe e regente do Setor 52. Agora ele tem um peito largo, mas molenga; está curvado. Sua pele é cerosa e seu cabelo, ralo. Carrega o ar rançoso de outra época, e a evidência de tempos passados impressa em seu rosto. Um brilho azul-claro pulsa em suas têmporas, e seus olhos escuros às vezes reluzem, depois escurecem.

Meu braço direito treme de forma involuntária.

Sem alarde, mudo o curso do dia, sentindo a pressão de uma única chave enfiada dentro do bolso falso costurado no velho casaco do meu pai. A única fechadura que possuo fica no galpão camuflado pela natureza, para lá do chalé; eu pretendia visitá-lo, mas agora não posso mais. Ninguém no fosso sabe sobre a fechadura, porque fechaduras são ilegais; as casas no fosso não devem ter barreiras. Nossas mentes também devem ficar o tempo todo abertas para inspeção. Era como viviam os nossos pais, como se vivia no Restabelecimento.

Vigilância é segurança, papai costumava dizer. *Só criminosos precisam de privacidade.*

Olho para Soledad, que ainda usa seu velho uniforme militar, com o bolso da frente adornado com o emblema tricolor de uma era enterrada. Ele perdeu um braço nos conflitos pós-revolução e usa sua prótese com orgulho; a manga enrolada revela o brilho prateado da maquinaria musculosa.

— Então — diz ele —, podemos nos instalar aqui ou ir para a central. A escolha é sua.

Dou uma olhada furtiva no fosso, que compreende um aglomerado de chalés, com suas janelinhas quadradas cintilando sob a luz cinzenta da manhã. As pessoas passam depressa, de cabeça baixa, evitando contato visual com Soledad, que nunca fez uma visita ao fosso sem causar pelo menos algum dano. Aqueles que vivem aqui foram sancionados — isolados da comunidade em virtude de uma série de infrações —, mas ninguém vive aqui há tanto tempo quanto Clara e eu, que nunca conhecemos outro lar nesta ilha. Nas semanas caóticas após o massacre de nossos comandantes supremos, papai nos enviou para cá com mamãe, prometendo se juntar a nós assim que pudesse. Mas ele ficou para trás de propósito, rendendo-se aos rebeldes de modo voluntário. Como retaliação, fomos sancionadas assim que chegamos.

— Temos de fazer isso agora? — pergunto, pensando em Clara, tremendo e faminta. — Prefiro manter nosso compromisso para amanhã.

— Por quê? Você tem planos para esta manhã? — ele diz isso como se fosse uma piada. — Você não tem permissão para trabalhar na usina hoje.

Uma pontada aguda de fome me atravessa, quase tirando meu fôlego.

— Só algumas coisas para fazer.

Soledad agarra meu queixo, e reprimo um estremecimento, firmando-me, forçada a encará-lo. Ele me observa por um longo tempo antes de me soltar, e controlo a explosão de repulsa em meu peito, obrigando meu coração acelerado a se acalmar.

Lembro a mim mesma de que estou morta por dentro.

— É tão estranho não saber o que você está pensando — diz ele, franzindo as sobrancelhas. — Todos esses anos, e ainda não me acostumei. Torna difícil acreditar que você está sempre dizendo a verdade.

Outro leve tremor sobe pela minha mão direita. Sou a única pessoa aqui que não está conectada ao Nexus. Até Clara foi conectada antes de papai ser preso. Pouco antes da queda do regime, todos os civis sob a diretiva do Restabelecimento tinham sido conectados à rede neural, um programa que logo foi desmantelado pela Nova República. Soledad e seus pares gostam de nos lembrar que a razão pela qual perdemos a guerra foi porque os rebeldes não tinham sido chipados.

Não tenho nenhuma desculpa aceitável.

— Pena não termos conseguido reconectá-la — diz Soledad, enfim. — As coisas poderiam ter sido mais fáceis para você.

Memórias ganham vida: metal frio, gritos abafados, pesadelos induzidos por drogas. Com mamãe morta, não havia ninguém a quem implorar que parassem. Ninguém para se importar caso seus experimentos acabassem me matando.

— Eu não poderia concordar mais — minto.

Soledad transfere o peso para a outra perna. Veias azuladas pulsam em seu braço de metal, dedos prateados brilhando ao se flexionarem.

— Então — ele continua —, por que você faltou à reunião na semana passada?

Assim, de repente, inicia-se um interrogatório extraoficial. Aqui, no frio congelante. Sob o olhar dos vizinhos.

Clara, eu percebo, deve estar nos observando da janela.

Há um coro repentino de gritos, e meu coração salta, estabilizando-se somente quando vejo os gêmeos de Zadie, Jonah e Micah, brincando de luta na neve. Um deles dá um soco no estômago do outro e cai na gargalhada. Sinto o aroma de café da manhã vindo de um chalé próximo, e meus joelhos quase bambeiam.

Volto os olhos para Soledad.

— Clara estava doente.

— Coma?

— Não. — Desvio o olhar. — Passou a maior parte da noite vomitando.

— Comida?

— Sangue — esclareço.

— Certo. — Soledad ri. Ele me avalia através do casaco grande demais do meu pai. — Faz mais sentido, considerando o fato de vocês duas estarem morrendo de fome.

— Não estamos morrendo de fome. — Outra mentira.

Um novo circo sonoro percorre meu sistema nervoso. Um bando de corvos pousa sobre um telhado próximo, agitando as asas, grasnando de modo assustador. Eu os observo, fascinada por um momento pelo brilho iridescente de suas penas pretas. De repente, ouvem-se dois tiros ensurdecedores.

Enrijeço por impulso, depois me forço a descongelar, meus dedos relaxando, meu pulso se acalmando.

— Malditos pássaros — murmura Soledad.

Ele caminha até a dupla de corpos caídos, pisa em seus pequenos ossos ocos, espalhando sangue e penas na neve. Pisco, exalando no frio. Faz anos que estou morta por dentro, lembro a mim mesma.

A maioria das pessoas daqui odeia os pássaros pelo que eles representam, uma vez que significam que o Restabelecimento foi derrubado, que o projeto falhou. A Nova República e seus líderes traidores — filhos dos nossos comandantes supremos destronados — têm sido uma fonte fértil de ódio até onde minha memória alcança.

Imagino que Clara fará perguntas sobre os tiros.

— Tenho um trabalho de verdade para você, se estiver interessada — diz Soledad, agora limpando as botas em um pedaço limpo de chão.

Eu o encaro. A compreensão é rápida.

— Você não veio para me interrogar.

Soledad sorri para mim, mas seus olhos são ilegíveis.

— Nada nunca te escapa. Sempre odiei isso em você.

— Quantos desta vez? — pergunto, meu coração começando a bater em ritmo traiçoeiro.

— Temos quatro no total. Três já foram processados. Um novo chegou ontem à noite e está definitivamente... — Seus olhos brilham, vidrados, ganhando um tom desumano de azul. De repente, ele se vira, marcha até os gêmeos que ainda estão lutando na neve e agarra um deles pelo pescoço, Micah, e o empurra, com raiva, para o chão. — Você acabou de perder suas rações da semana.

Jonah corre em direção a ele.

— Mas... a gente só estava brincando...

— Ele ia arrancar seu olho! — grita Soledad, depois balança a cabeça com um movimento característico.

Micah grita.

Jonah fica parado, mas seus olhos estão fixos no irmão, que agora está deitado no chão, em silêncio e se contorcendo. Ouve-se uma porta batendo, um grito repentino, e a mãe deles, Zadie, vem correndo. Soledad abana a cabeça com desgosto, e Micah é libertado de sua paralisia. Com algum esforço, o menino revive nos braços da mãe.

— Desculpe, senhor — pede Micah, o peito arfando. — Eu não quis...

Soledad dirige suas próximas palavras a Zadie.

— Se você não conseguir fazer esses dois pirralhos pararem de agir como animais, vai passar mais um ano no fosso. Está claro?

Cabeças aparecem e logo desaparecem nas janelas vizinhas.

Zadie assente, murmurando algo inarticulado, depois agarra seus filhos e sai correndo.

No silêncio que se instala depois, Soledad retorna para o meu lado, examinando-me em busca de uma reação, mas tomo o cuidado de sempre não expressar nada. É a única maneira que encontrei para sobreviver aqui, onde sou vigiada não apenas pelo sistema, mas também pelos olhos de todos que encontro, até mesmo da minha própria irmã.

Vigilância é segurança, Rosa.
Só criminosos precisam de privacidade.
Só criminosos precisam de privacidade.
Por tantos anos acreditei em tudo o que meu pai dizia.

Naquele tempo, Soledad era amigo da nossa família; os anos em que vivemos em uma casa aconchegante e confortável, com comida abundante, quando a babá me vestia com roupinhas de seda antes de trançar meu cabelo. Eu descia furtivamente as escadas durante os jantares oferecidos pela minha mãe só para ouvir o som da sua risada.

— Quantos mais para que vocês suspendam as sanções? — pergunto, arrancando a balaclava da minha cabeça.

Sinto a estática no meu cabelo, a compressão no peito. Um vento forte bate no meu rosto; o ar gelado é bem-vindo à minha pele aquecida.

Soledad balança a cabeça.

— Não posso responder a isso. Seu pai ainda está vivo, ainda fornecendo segredos para o inimigo. Enquanto não pudermos conhecer sua mente, você permanecerá um enigma. — Ele dá de ombros e desvia o olhar. — Todos nós fazemos sacrifícios pela segurança da nossa nação, Rosabelle. Pela segurança do nosso futuro. Este é o seu sacrifício… Pode ser que nunca acabe. — Ele volta os olhos para mim. — Olhe — diz ele. — Você pode matá-los todos juntos ou um de cada vez. Vou deixá-la decidir. Quando terminar, tento arrumar um remédio para Clara.

— E comida — digo rápido demais, depois paro, levando um momento para recompor o rosto. — E lenha.

— Todos juntos, então — ele afirma, estreitando os olhos.

— Todos juntos — concordo. — E agora mesmo.

Soledad arqueia as sobrancelhas.

— Tem certeza? Há um que não para de gritar. Teve uma má reação ao sedativo.

Sinto-me quente demais. Vestida demais. Eu me distraio enfiando a balaclava no bolso do casaco, e o envelope grosso que está lá dentro corta a minha mão. A dor ajuda a concentrar os pensamentos.

Não é necessário matá-los assim.

Temos alguns dos melhores médicos e cientistas do mundo, além de maneiras muito mais avançadas e humanas de matar os raros espiões que conseguem invadir a ilha Ark.

É claro que os assassinar não é uma atitude humana.

— Você se importa com o meu método de matá-los? — pergunto e, felizmente, minha voz soa firme.

O zumbido elétrico do helicóptero atrai minha atenção para o céu. Clara verá. Ela saberá o que significa.

— Não me importo com o seu método. — Soledad sorri agora; um sorriso de verdade. — Você sempre foi criativa.

3

JAMES

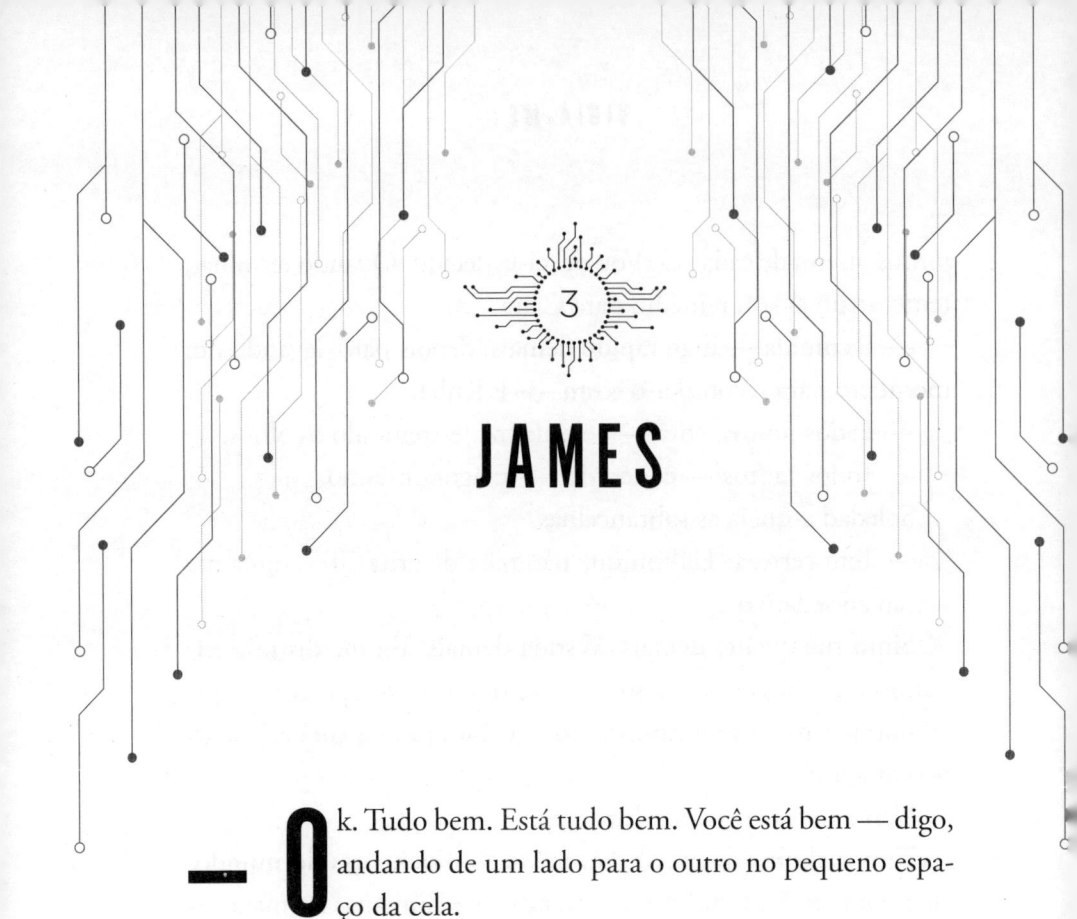

— Ok. Tudo bem. Está tudo bem. Você está bem — digo, andando de um lado para o outro no pequeno espaço da cela.

Hesito, então olho ao redor pela centésima vez.

Acho que esta é uma cela de prisão.

É limpa, o que é estranho. Também é bem iluminada por uma fonte de luz que não consigo identificar. As paredes e o chão são de aço polido — tão polido que consigo me ver em todas as direções, e os reflexos distorcidos continuam me assustando. Não tenho ideia de quanto tempo faz que estou aqui. De vez em quando, uma estranha névoa é liberada na cela, e a cada vez eu apago pelo que parecem ser algumas horas.

Meu plano brilhante não está caminhando conforme o planejado.

— Olhe — digo, apontando para um borrão do meu rosto refletido. — Não há razão para pânico. Você ainda tem suas roupas, além de todas as partes originais do seu corpo, e, caso morra aqui, ninguém se importaria de você ter precisado usar o banheiro, certo? Deixariam-no morrer sobre a pilha da própria merda...

Como se fosse uma deixa, um zumbido mecânico precede uma abertura no chão. Já aprendi que, a cada vez que digo a palavra "banheiro", um painel desliza, revelando um poço negro sem fundo. A abertura é contornada por dentes de metal que quase prometem morder seu pinto. Nunca na vida fiquei tão apavorado e, ao mesmo tempo, aliviado de mijar. Odeio isso aqui.

Tentei gritar outras coisas também; coisas como *Me tirem daqui*, *Filhos da puta* e *Sundae de chocolate*, mas tudo o que consegui foi mais névoa no meu rosto.

Gostaria de saber se alguém em casa percebeu que eu sumi.

— Claro que sim, idiota — murmuro.

Adam vai ficar puto. Warner vai ficar superputo. Juliette já deve estar chorando. Se eu sobreviver a isto, Kenji com certeza vai me matar.

Uma semana atrás me pareceu uma boa ideia tentar invadir a ilha Ark. Este buraco é o último refúgio do Restabelecimento, o último suspiro de um governo psicopata e fascista que basicamente queria escravizar o mundo todo. Ninguém jamais conseguiu penetrar suas defesas. Lá em casa, onde ainda sou tratado como um bebê que não sabe limpar a própria bunda, tentar algo assim me pareceu genial. Se eu pudesse fazer a única coisa que nem o famoso Aaron Warner Anderson conseguiu fazer, talvez enfim me respeitassem. Talvez enfim olhassem para mim como um homem e não como um garotinho de dez anos que costumava chorar por seu irmão mais velho todas as noites.

— Excelente ideia, idiota.

Bato a cabeça contra a parede.

Se eu voltar para casa, eles nunca mais vão me deixar fazer nada. Meu meio-irmão está basicamente comandando o mundo ao lado de sua esposa, e eu serei condenado ao trabalho burocrático. De volta às fraldas. Todas as minhas autorizações de segurança revogadas.

Solto uma risada nervosa e passo as mãos pelo cabelo. Não sei como Juliette aguentou o confinamento solitário por quase um ano. Antes de orquestrar sozinha a queda do Restabelecimento, ela sofreu de maneiras que eu nunca poderia imaginar. Agora, olhando esta paisagem infernal de aço polido, percebo que nunca dei a ela crédito suficiente. Pensei que não poderia amá-la mais do que já a amo — afinal, ela e Warner ajudaram a me criar —, mas só de imaginar como o Restabelecimento a torturou...

Não. Não posso pensar nisso. Não aqui. Não agora.

— Chuveiro! — grito para a parede.

Nada acontece.

— Merda! — grito para a parede.

O buraco do vaso sanitário se abre de novo.

— Escutem — digo com raiva —, se vocês não me matarem, o mínimo que podem fazer é servir um lanchinho...

As palavras mal saem da minha boca quando sou atacado por uma lembrança. Em um impulso, vasculho os bolsos até encontrar um pacotinho de ursinhos de goma meio derretidos.

Não consigo não sorrir.

Esses babacas arrancaram todas as armas do meu corpo, mas me deixaram o doce. Eu o roubei da sacola de lanches de Gigi, de cinco anos, quando ela estava saindo pela porta; um instante que agora parece ter acontecido há uma vida inteira. Rasgo o pacote de plástico, depois olho para as gomas derretidas por meio segundo. O cheiro artificial de vários sabores de frutas gera um reconhecimento sensorial tão forte que meu coração quase para.

— Ei — digo, estreitando os olhos para o meu reflexo líquido. — Recomponha-se.

Esvazio o saco de gomas na boca, depois enfio o plástico no bolso. Ainda estou mastigando quando digo:

— Você vai para casa. Você vai ver todo mundo de novo. Você vai...

A cela começa a vibrar com um estrondo suave e mecânico, e as palavras morrem na minha garganta. Enrijeço e recuo, protegendo os olhos conforme uma das paredes desaparece, depois reaparece com um clarão tão brilhante que não consigo perceber a mudança.

De repente, tenho uma visitante.

Eu sabia que o Restabelecimento tinha uma tecnologia muito avançada — afinal, temos estudado o trabalho deles por uma década —, mas essa garota se materializou como se tivesse saído do nada. Estamos cara a cara, envoltos por aço em todas as direções, e ela está parada, tão desumanamente parada que, por um segundo, acho que estou alucinando. Ela parece uma criatura élfica de um conto de fadas, tão leve que é praticamente um raio de luz. Cabelo loiro-claro, olhos gelados. Pele como vidro.

Absurdamente linda.

Meu coração bate um pouco forte demais. Pisco e me endireito, sentindo os sabores doces e artificiais ganharem vida na minha língua no pior momento possível. Minha boca está cheia de ursinhos de goma meio mastigados. Estou tentando mastigar sem parecer que estou mastigando. Jesus.

A pequena elfa dá um passo na minha direção, e me encolho.

— Diga seu nome e sua data de nascimento — ela instrui sem alarde, seus olhos frios me avaliando.

Algo na maneira como ela inclina a cabeça, somado ao som suave e comedido de sua voz, de repente me faz entender. Essa linda esquisita não é uma pessoa real. É uma inteligência artificial.

Solto a respiração, e a irritação faz o trabalho contraintuitivo de relaxar meu corpo.

O fato de ela ser um robô torna as coisas mais fáceis. Primeiro de tudo, não vou falar com a merda de um robô. Posso ser um idiota, mas não sou desinformado. Sei o quanto o Restabelecimento ama a vigilância. Sei que esta cela está sendo vigiada. Eles amam jogos mentais. Amam torturar. Se me quisessem morto, teriam enviado uma pessoa de verdade para mexer com a minha cabeça pelo menos um pouco antes de me matar. Mas, em vez disso, essa coisa deve estar gravando e analisando meus sinais vitais enquanto faz uma verificação de antecedentes. Aposto que está vasculhando algum banco de dados agora, descobrindo que Aaron Warner Anderson é meu meio-irmão; que Juliette Ferrars é sua esposa; que sou o filho mais novo de Paris Anderson, o ex-comandante supremo da América do Norte, agora morto. Pegaram um peixe grande.

Mentalmente, dou um chute no meu rosto.

— Eu dei uma instrução — insiste ela, se aproximando com mais um passo.

Mastigo um pouco mais, tentando engolir sem me engasgar e morrer.

— Olhe, se o computador na sua cabeça ainda não sabe quem eu sou só de escanear meu rosto, não sou eu que vou responder às suas perguntas. Então, se estiver aqui para extrair informações, está sem sorte. Talvez seja melhor mandar logo o cara que vai me torturar.

Ela hesita, e a surpresa colore suas feições tão brevemente que quase não vejo. Que tecnologia fascinante e realista.

Ela pisca aqueles olhos estranhos para mim antes de dizer, em voz baixa:

— Você está *comendo* algo?

— Ursinhos de goma — respondo com a boca cheia.

Ela pisca de novo. Há algo tão humano na maneira como me estuda que me dá arrepios.

— Não entendo — diz ela.

— Ursinhos de goma? São como uma bala mastigável.

— Você não tem medo de morrer?

— Áh? — Paro de mastigar. — O quê?

Ela se move na minha direção, eliminando o espaço entre nós em dois passos, e então percebo com um medo repentino e palpável...

Esta é uma mulher de verdade. Não um robô.

Fico tão distraído com esse fato, tão alarmado com o calor de sua mãozinha quando ela toca meu rosto que, a princípio, nem noto a faca pressionada na minha garganta. Ela me segura com uma firmeza surpreendente, meu pescoço exposto à sua lâmina, mas sinto sua respiração na pele, o que mexe com a minha cabeça. Ela tem mãos de boneca. Emana um aroma fresco, de pinheiros e sabonete. De perto, seus olhos são de um azul-acinzentado pálido e seu casaco escuro está carcomido por traças, além de ser grande demais para ela. Por baixo, veste um suéter largo, e a gola aberta deixa entrever um vislumbre de pele tão fina que me sinto tonto só de olhar.

Acho que não entendi o objetivo deste exercício.

Sou um prisioneiro de alto nível; qualquer imbecil saberia que não deve me matar de imediato. Deveriam estar me torturando para obter informações, usando-me como isca ou alavanca. Em vez disso, eles me designaram uma elfa que precisa ficar na ponta dos pés para alcançar o meu pescoço. Parece que estou sendo atacado por uma flor.

De qualquer forma, a faca na minha garganta é irritante.

Decido atirá-la do outro lado da cela, só por segurança, mas, quando deslizo as mãos dentro do seu casaco, ela respira fundo, assustada, e quase tropeça. Agarro-a por instinto, segurando-a firme sem pensar, mas sou repelido pela sensação de seu corpo — uma cintura tão fina que parece quase perigosa. Observo seu rosto, estreitando os olhos, em confusão, e ela me encara com uma explosão de emoção tão intensa que juro por Deus que a sinto no meu peito.

— Você cheira a maçã — ela sussurra, e estou prestes a sorrir quando ela corta minha garganta.

Capto o brilho do metal, mas a lâmina se move rápido e a dor não me atinge até ela recuar. Levo a mão ao ferimento conforme minha visão se deteriora. O sangue escorre entre os meus dedos. Percebo que já não consigo falar.

Filha da puta.

Ela cortou a minha traqueia também.

Mãos-de-Boneca claramente já fez isso antes e fez bem. Eu tropeço um pouco, emitindo um som estrangulado ao cair com tudo de joelhos. Ela paira sobre mim, observando-me, inexpressiva.

Como se o som viesse do espaço sideral, eu a ouço dizer "ele está pronto para a extração de órgãos" assim que caio no chão.

Ela pega a embalagem do meu bolso antes de desaparecer.

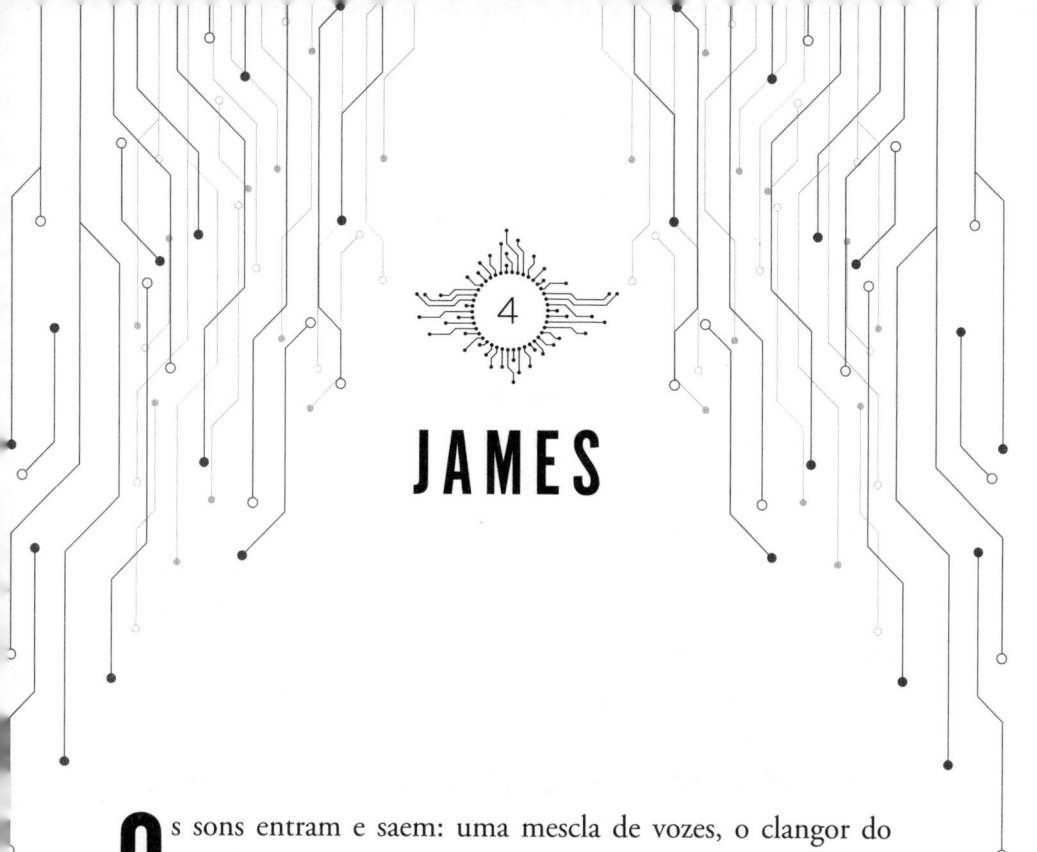

4
JAMES

Os sons entram e saem: uma mescla de vozes, o clangor do metal. *Dor.* Luzes se acendem em explosões elétricas atrás dos meus olhos. Sinto mãos no meu corpo, aço frio, meus pensamentos arrastados. Uma avaliação cega da situação parece indicar que estou deitado em uma maca, sendo levado pelo que só posso supor ser um corredor. Tenho de dominar a minha mente, forçá-la a se concentrar antes de eu desmaiar, porque, se eu desfalecer, acordarei com a garganta já curada, o que significa que posso despertar bem quando estiverem arrancando os meus rins.

Ou pior.

Meus poderes de cura não são de conhecimento geral, mas também não chegam a ser exatamente um segredo. O Restabelecimento deve estar de fato na merda se esse é o trabalho que anda fazendo. Seria de se esperar que um dos regimes fascistas mais tecnologicamente avançados da história investigasse um pouco os seus prisioneiros; que soubesse que não pode simplesmente cortar minha garganta e me jogar em uma maca nas entranhas de algum buraco ultrassecreto, em uma ilha ultrassecreta, sem consequências sérias; que deveria ter amarrado minhas mãos e pernas antes de me soltar da cela; que deveria ter me dado algum tranquilizante ou, pelo menos, fechado meus olhos...

Sim. Vamos deixar para lá. Pensando melhor, não tem como serem tão burros. É mais provável que seja uma armadilha.

Hora de revidar.

Felizmente, minha cabeça está começando a clarear. Minha respiração está se estabilizando. Achei que nunca pensaria nisto: sou grato pela lambança de sangue na minha garganta, porque esconde o fato de a ferida já estar cicatrizando.

Abro os olhos.

Mãos-de-Boneca é como uma sombra ao meu lado, mas parece haver outra pessoa também. Minha audição está melhorando e minha frequência cardíaca, acelerando.

— ... esperava chegar em casa a tempo para o jantar — diz um cara, rindo. — Acho que eu deveria ter pensado melhor. Todos de uma vez, hein? Vou trabalhar a noite toda processando seu novo despejo de corpos.

Uau, que maravilha.

Mãos-de-Boneca é uma assassina em série. Minhas calças estavam ficando apertadas por causa de uma assassina em série. Kenji vai adorar isso.

— Eu te disse que minha esposa vai fazer lasanha? — O cara ri de novo, mas agora parece nervoso. Não posso culpá-lo. Assassinas em série tendem a deixar as pessoas nervosas. — Ela faz uma ótima lasanha — ele continua. — Na verdade, ela é boa em tudo. Quer dizer, eu sempre soube que ela era talentosa, mas, cara, ela me surpreende a cada dia. Ah, e acabamos de receber nossas fotos do casamento... — De repente, trombamos com algo, e minha cabeça se ergue, depois cai de novo sobre a maca de aço com tanta força que quase estremeço. Xingo em silêncio com todos os palavrões que conheço. — Ops, não vi a parede!

Mais risadas agudas e frenéticas do cara, depois o som estremecedor de rodas, a vibração do metal, e de novo estamos em movimento. Tenho de ter cuidado para não estufar o peito quando inspiro, mas estou sentindo a força retornar ao corpo, o que significa que está na hora de fazer algo.

— Sabe — continua o cara nervoso —, você não precisa vir comigo até aqui...

— Sim, Jeff, eu preciso — ela responde, baixinho. — Ordens de Soledad.

Algo se agita no meu peito quando ela fala, e mentalmente me dou um soco na virilha. Sua voz é suave como seda — a voz de uma sociopata ou de uma sereia —, e fico preocupado que Jeff e eu possamos mijar nas calças se ela continuar falando.

— Ah — diz ele. — Eu... eu não sabia.

Felizmente, Mãos-de-Boneca não reage a isso, mas agora estou me perguntando quem diabos é Soledad.

— Mencionei que minha esposa vai fazer lasanha hoje à noite? — Mais silêncio. — Eu amo lasanha — declara Jeff. — Você... você gosta de lasanha?

Quando ela o ignora pela segunda vez, começo a me sentir mal pelo cara que espera arrancar os órgãos do meu cadáver. Sento-me e me viro para encará-lo.

— De minha parte, Jeff, adoro lasanha!

Jeff grita. Eu encaro Mãos-de-Boneca por apenas um segundo, tempo suficiente para ver o horror em seu rosto antes de eu pular no chão e empurrar a maca com violência contra o corpo dela, o aço pesado prendendo-a contra a parede com um estalo satisfatório. Ela grita enquanto Jeff sai correndo e gritando, disparando um alarme pelo caminho. O corredor de repente fica cheio de luzes e sons caóticos. Eu giro no lugar. Pessoas de jaleco com aparência de pânico surgem no corredor; mas, quando veem meu pescoço e minha camisa encharcados de sangue — e a garota pressionada, deslizando pela parede —, desaparecem rapidamente. O lugar, eu noto, é branco, muito claro e sem nenhuma marca. Não tenho ideia de como sair daqui. Mais importante, preciso encontrar uma arma.

Mãos-de-Boneca está de volta para a segunda rodada.

Ela empurra a maca para longe de si com um movimento brusco, lutando para respirar ao ficar em pé. Eu a vejo apertar uma mão conforme recupera o fôlego, e não posso deixar de sorrir.

— *Ops*. Quebrei suas costelas?

— Morra — ela rebate.

— Você primeiro.

— Não se iluda — diz ela. — Isto não é uma vitória. Você não tem ideia do que farão com você agora.

As sirenes soam em alta velocidade, uivando com vigor renovado. Deve ser uma questão de segundos antes que o lugar seja invadido.

— Olhe — falo, gritando um pouco em meio ao caos —, eu também não gosto desta situação. É muito estranho bater em uma garota. Se bem que, considerando o fato de que você acabou de me *assassinar*, acho que tenho o direito de revidar. Sendo assim, eu lhe dou duas opções: me mostre como sair daqui ou entregue sua faca.

— Vá para o inferno.

— Uma dessas costelas quebradas perfurou um pulmão? — pergunto, sorrindo de verdade agora. — Você consegue se sentir morrendo?

— Você já teve os intestinos arrancados do seu corpo? — ela rebate, seus olhos brilhando. — Ouvi dizer que é excruciante.

— Você tem cinco segundos para decidir — continuo, cruzando os braços contra o peito. — Cinco. Quatro. Três. Dois... *Porra...*

Recuo quando uma dor lancinante incendeia meu braço. Pelo jeito, ela escolheu a opção dois: entregar a faca. Fecho os olhos com força e arranco a lâmina do meu ombro, de alguma forma conseguindo conter uma enxurrada de palavrões.

— Você tem uma mira terrível — provoco, cerrando os dentes ao limpar a arma na minha camisa. — O truque, caso você ainda não tenha descoberto, é me matar instantaneamente.

Mas, quando olho para a garota, consigo ver por que ela mirou tão mal; está meio curvada, segurando-se na parede para se apoiar, sua pele pálida. Ainda assim, fico surpreso com a expressão em seus olhos. Ela não parece estar brava. Balança a cabeça, quase desapontada, ao dizer:

— Idiota.

Ela pega então uma seringa do bolso, arranca a tampa com os dentes e enfia a agulha na coxa. Quase grita ao se endireitar, seu peito arfando ao puxar ar para os pulmões.

Um trovão de passos ecoa pelo corredor.

Eu me viro, ensanguentado e confuso, para descobrir um enxame de militares avançando na minha direção. Quer dizer, é claro que isso ia acontecer; o Restabelecimento não me deixaria ir embora daqui simplesmente. Mas, droga. Eles estão apontando na minha direção armas que nunca vi. Enormes, pesadas, assustadoras, com uma merda de um neon. Parecem incríveis. Eu quero uma.

— Rosabelle — uma voz ecoa.

Um homem se destaca do grupo e dá um passo à frente, e estou tão ocupado processando o fato de a assassina em série ter um nome tão doce quanto *Rosabelle* que quase perco a visão de seu braço de metal cheio de veias. Também levo um segundo para perceber que ele parece louco. Uma luz azul brilha sobre seus olhos, pulsa em suas têmporas, irradiando por sua prótese biônica. Uma sensação de desconforto formiga na minha pele.

Memórias ruins.

O Restabelecimento uma vez reconstruiu meu pai com próteses de última geração como essa. Esse tipo de regeneração perfeita de membros era inédito há uma década e, embora ainda não tenhamos descoberto como replicar a tecnologia com precisão, parece ser comum por aqui. Ao que parece, eles têm refinado sua bioengenharia; temos subestimado sua capacidade tecnológica, que é grande apesar de seu isolamento. Por mais de uma década, tentamos nos preparar para qualquer novo inferno que eles pudessem estar arquitetando aqui, mas nossas tentativas de espionagem sempre falharam porque toda a nossa tecnologia é construída com base em sistemas e redes que *eles* construíram.

O Restabelecimento sabe como desativar nossos satélites, porque foram eles que os projetaram; sabem como interferir em nossas usinas de energia, porque as construíram; sabem como desligar nossas redes elétricas, porque as projetaram. Os civis parecem não entender que forasteiros do Restabelecimento ainda vivem entre nós. Quando o regime caiu, apenas a elite rarefeita fugiu para a ilha Ark. Apenas as famílias mais ricas de militares da mais alta patente do Restabelecimento foram orientadas sobre o plano de saída; eram as únicas que podiam embarcar em jatos particulares e evitar as consequências da queda do regime.

O resto dos bajuladores ficou para trás.

Nunca foi fácil discernir quais membros "reformados" do Restabelecimento ainda poderiam ser leais à velha ordem. Muitos deles agora são agentes secretos espalhados por todo o globo, minando nosso governo sempre que podem. O ano passado foi mais brutal do que nunca: houve uma misteriosa explosão de gasoduto em uma escola primária, que matou mais de cem crianças. Foi um dos dias mais sombrios da nossa história recente; o pesadelo ainda está gravado na minha pele. Continuamos tentando explicar ao nosso povo que estamos sendo hackeados e atacados, mas está ficando mais difícil convencer as pessoas disso quando o Restabelecimento parece, ao que tudo indica, ter se recolhido à escuridão.

Tudo o que sabemos com certeza é que estamos nos esforçando. Essas operações psicológicas são destinadas a virar as massas contra nós. As pessoas têm memória curta e inconstante; muitas estão começando a se perguntar se a vida sob o Restabelecimento não era melhor. Juliette está preocupada. Até Warner, que raramente demonstra emoção, parece estressado. Foi ele quem aventou a ideia de lançar uma missão secreta na ilha Ark, mas todos nós sabíamos que ele não deixaria Juliette na condição em que ela está.

Então, criei um plano genial: descobrir algo útil sobre os psicopatas daqui, voltar vivo para casa e, assim, ganhar o respeito dos meus amigos e familiares. O problema é que nenhum espião do continente jamais violou essas fronteiras e sobreviveu. Eu esperava ter as habilidades necessárias para ser a exceção.

Parece que eu estava errado.

O cara com o braço robótico está caminhando na minha direção agora, com a arma erguida. Imagino alguns cenários, tentando fazer os cálculos necessários para determinar se vale a pena esfaquear esse cara antes que ele abra um buraco no meu peito, quando, de repente, o homem desacelera. Ele me examina com aqueles olhos assustadores. Abaixa a arma.

— Incrível — diz ele, com um toque de admiração na voz. — Você se parece muito com o seu pai. Que pena que vocês dois tenham morrido de formas tão trágicas. — E, então, jogando sua arma para Rosabelle sem olhar: — Seja rápida.

5
ROSABELLE

Na fração de segundo em que a arma voa entre mim e Soledad, o prisioneiro se lança para a frente, agarra-a no ar e pousa suavemente no chão.

Na mesma hora, ele abre fogo contra todos.

Tiros explodem, gritos perfuram o ar. Soledad grita ordens, mas os sons saem distorcidos; sirenes soam e luzes piscam. Eu recuo contra a parede fria, meus calcanhares batem no rodapé e minhas mãos procuram apoio. A cena que se desenrola diante de mim é tão impossível que parece sangrar pelas bordas. Sinto como se o chão estivesse derretendo sob meus pés, a respiração alta nos meus ouvidos, a dor nas costelas latejando. Eles atiram no preso sem parar, mas seus reflexos são extraordinários; ele consegue se esquivar da maioria dos tiros, sofrendo ferimentos leves que agora eu percebo que ele consegue superar com facilidade. Vê-lo se mover é como testemunhar o vento: só sei que ele estava ali quando outra pessoa cai.

Não há precedentes para tal situação.

Fui convocada aqui inúmeras vezes, e meu trabalho sempre foi impecável. Nunca deixei de matar um alvo. Nunca nenhum preso conseguiu escapar. Este não pode simplesmente fugir pelos corredores; ele não pode relatar nada que tenha testemunhado aqui. E eu...

Eu serei executada por esse insucesso.

A percepção me atinge como outra injeção de adrenalina. Uma imagem de Clara ganha vida atrás dos meus olhos e seu nome reverbera na minha cabeça. Se eu estiver morta, ninguém limpará o sangue de seus lábios. Se eu estiver morta, ninguém a pegará quando ela desmaiar. Ninguém lhe dará banho, ninguém lerá para ela, ninguém penteará os nós de seu cabelo. Clara só tem permissão para viver assim porque assumo total responsabilidade por suas necessidades. Sem mim, eles a jogarão em um hospício, onde ela terá uma morte lenta e torturante.

Se eu estiver morta, ninguém vai sorrir para ela novamente.

Eu me arrasto para ficar em pé, reprimindo um gemido ao sentir a dor atravessando meu corpo. Não tenho ideia de quantas costelas quebrei. A fome sistemática enfraqueceu meus ossos, atrofiou meus músculos. Sinto o tremor revelador na minha mão direita e cerro o punho.

O Restabelecimento não tem compaixão pelos fracos.

Percebo, ao dar um passo à frente, que fiquei um pouco surda por causa da enxurrada de caos e som. Há um zumbido tão alto nos meus ouvidos que ouço apenas uma dissonância abafada enquanto me forço a entrar na briga, mancando um pouco sobre os corpos caídos. Minha visão concentra-se em uma única figura: o prisioneiro está agora envolvido em um combate corpo a corpo com os dois únicos guardas restantes, e eu o vejo desferir um golpe esmagando a mandíbula de um, depois do outro, antes de sacar sua arma roubada e abrir fogo contra suas gargantas. Recuo duas vezes. Sangue espirra por todo lado, mas apenas a cabeça de um oficial se desprende do corpo.

Meus ouvidos ainda estão zumbindo.

Registro vagamente que Soledad está deitado por perto em uma poça de seu próprio sangue, o brilho de sua prótese piscando na minha visão periférica. Em um movimento tão excruciante que quase me tira o fôlego, eu me curvo para roubar a arma de Soledad de seus dedos flácidos, então iço a arma pesada nos meus braços, verificando o preenchimento a laser do carregador. Minha visão fica turva; gotas de suor escorrem na minha testa. Ocorre-me que estou com uma leve febre — que talvez meu estado físico esteja pior do que eu temia.

Estranhamente, essa percepção me traz conforto.

Se é para eu morrer de um jeito ou de outro, há pouco a temer de ferimentos. Não terei medo desse estranho, que parece cronicamente destemido. Não terei medo de um insurrecionista arrogante, um rebelde inútil. As últimas palavras de Soledad para ele ecoam na minha cabeça...

Você se parece muito com o seu pai.

Não sei o que isso significa. Não sei quem é seu pai ou se essa informação é relevante. Talvez eu nunca saiba, pois Soledad está morto. Sei que o prisioneiro tem olhos azuis e cabelos castanhos, uma descrição reducionista que não consegue ilustrar um problema. Seu rosto é como nenhum outro que eu já tenha visto. Sua beleza é absurda e chocante, o efeito agravado por contradições que atraem o olhar: ele é um estudo de contrastes, ao mesmo tempo jovial e inflexível. Sua testa e sua mandíbula são severas, mas há uma camada de sardas de menino na ponta do nariz. Seu corpo é sólido, tenso com músculos, mas ele parece à vontade em sua própria pele. Seus olhos parecem brilhar, como se o riso lhe viesse fácil — e, ainda assim, massacrou sozinho uma dúzia de soldados.

Ele estava desarmado.

Ainda sinto o amassado do plástico no meu bolso; ainda me lembro do cheiro artificial de maçã em seu hálito. Pensei que Clara gostaria de recortar os ursos coloridos ilustrados da embalagem. Pensei que ela gostaria de saber como é o cheiro do açúcar. Pensei que voltaria para casa com comida, remédios e lenha, e agora percebo que talvez nem volte.

Fecho os olhos. Abro-os.

Não chorei quando minha mãe atirou em si mesma na minha frente. Não chorei na primeira manhã em que encontrei Clara engasgada com seu próprio sangue.

Não chorarei agora nem nunca mais.

No silêncio cada vez maior, minha audição parece melhorar, e o som metálico some. Agora ouço meu batimento cardíaco, o som dos meus pés se arrastando. A arma está escorregadia na minha mão, mais pesada do que eu lembrava. Meus braços tremem. Não consigo respirar.

O prisioneiro se vira.

Eu atiro.

Ele é mais rápido e mais forte que eu, sorrindo ao se esquivar do meu tiro imperfeito. O sangue agora mancha seu rosto, grudado em seu cabelo. Suas roupas pingam quando ele anda, e suas botas deixam pegadas vermelhas pelo chão branco. Ele está ferido em vários lugares, mas isso não parece incomodá-lo. Na verdade, ele parece encantado.

Não há mais ninguém para matar além de mim.

As notícias desse massacre já devem ter chegado às autoridades, mas toda a nossa tecnologia de vigilância não pode compensar a falta de mão de obra. Não sei quanto tempo vai demorar até que outra tropa seja notificada, armada e liberada. Não estamos acostumados a tais ataques. Temos mais cientistas que soldados. Nunca, desde o seu início, a ilha sofreu perdas assim.

O prisioneiro pisca para mim.

— Parece que enfim estamos sozinhos, linda.

Eu atiro de novo.

Ele mergulha para fora do caminho, rindo, e o esforço faz meu corpo ferido doer de novo. Tropeço quando uma nova onda de agonia empalidece as bordas da minha visão. Uma das minhas costelas quebradas, percebo, deve ter perfurado algum órgão.

Eu saco a arma, o coração trovejando no meu peito. Como será que vão contar à Clara que estou morta? Será que vão ser gentis com ela? Mas já sei que não serão. A bateria elétrica vibra sob minhas mãos quando a arma recarrega. Nós logo aprendemos que fabricar munição era caro e demorado. A maioria das nossas armas agora é movida a energia; lasers tão poderosos que alguns podem reduzir ossos a cinzas com um único tiro. O prisioneiro está apontando duas dessas armas na minha direção. Por cima do ombro, ele pendurou mais quatro, coletando itens ao se aproximar de mim. Deve estar carregando mais de quarenta quilos de armamento, mas não parece cansado pelo esforço.

Outro lampejo de dentes brancos brota de seu sorriso, e de repente a distância entre nós já não existe mais. Não noto que estou de joelhos até perceber que o estou encarando, minha cabeça queimando intensa com febre. Ele arranca a arma das minhas mãos, e isso parece estar acontecendo com outra pessoa. Cambaleio um pouco, e ele diz "Agora estamos quites", mas as palavras tremulam na minha cabeça, e me pergunto se só as imaginei.

A dor impede os meus pensamentos; o calor devora a minha mente. Estou delirando.

Morrendo.

Ele aponta o cano brilhante para o meu rosto, e fico menos envergonhada pela derrota que pelo que pretendo dizer a seguir. Meu maior momento de fraqueza observado por um estranho. Registrado por máquinas. Lembrado para sempre.

— Por favor — suspiro. — Diga para serem gentis com ela.

O prisioneiro abaixa a arma um centímetro.

— O quê?

Minha cabeça cai para trás e encontra uma superfície dura.

— Ela é apenas uma criança.

— Quem? — ele pergunta, sua voz ecoando entre os meus ouvidos. — Ei...

— Minha irmã — eu me engasgo, sem conseguir me mover. Sinto como se estivesse ficando cega. — Quando eu morrer, eles vão jogá-la no hospício.

O prisioneiro está imóvel.

Sinto isso de alguma forma, embora talvez esteja alucinando. Não consigo dizer se minha mente já se separou do corpo. Talvez seja a febre. Calafrios destroem os meus ossos; espasmos de dor dilaceram o meu tronco.

Pela primeira vez, o silêncio me apavora.

— Ela é apenas uma criança — sussurro mais uma vez.

Quando ele não diz nada, me preparo para o golpe final, para a dor que precede o nada, para o fracasso que foi a minha vida, para a futilidade de tudo o que sou...

Mas, quando me forço a olhar para cima, o prisioneiro já não está mais ali.

6

ROSABELLE

Nos meus sonhos, tudo é suave.

As bordas ásperas do mundo estão difusas e meu rosto, embalado por nuvens. Meu corpo parece suspenso na água e meu cabelo está solto, as mechas sedosas caindo em cascata pelas costas. Sou um corpo ainda em formação, intocado pela tragédia. Em meus sonhos, estou a salvo, tenho uma mão forte para segurar, uma porta para me trancar longe da escuridão, um ouvido confiável para sussurrar meus medos. Nos meus sonhos, sou paciente e gentil; tenho espaço no meu coração para dores além da minha. Não tenho medo de sorrir para estranhos. Nunca testemunhei a morte. Nos meus sonhos, a luz do sol brilha na minha pele; o vento suave acaricia meus membros; a risada de Clara me faz sorrir.

Ela está correndo.

Nos meus sonhos, ela está sempre correndo.

Você fica tão bonita com o cabelo assim, Rosa, ela diz. *Quer brincar comigo?*

Inspiro bruscamente quando meus olhos se abrem.

O coro das minhas próprias respirações ásperas e dos batimentos cardíacos acelerados soa em desacordo com um ruído ininteligível e distante. Fico congelada por um momento, tremendo de frio, enquanto meus olhos comunicam horrores à minha mente.

Meu primeiro pensamento é de que fui enterrada viva.

Levanto a mão para sentir o interior da minha tumba. Só depois que meu coração quase para de bater é que reconheço a primeira falha na minha teoria: há uma luz artificial neste espaço estreito e fechado. Hesitando um pouco, bato os dedos na pedra fria; o som ecoa. Uma segunda falha: não pareço estar no subsolo.

Forço os ouvidos e percebo mais um ruído anômalo, mais pistas sobre a minha localização — há apenas um tilintar distorcido de metal e o zumbido intermitente de máquinas. Olhando para mim mesma o melhor que posso, passo uma mão cega pelo meu corpo.

Eu me dou conta, então, de que não estou sentindo dor.

Estou vestida com uma camisola de hospital. Minhas costelas parecem intactas. Um dilúvio de memórias me assalta: o prisioneiro, o massacre, minha morte iminente. *Clara*.

O rebelde sorridente, que desapareceu.

Com essa lembrança do meu fracasso desastroso, enrijeço de pavor. Se ainda estou viva depois de não conseguir matar um espião do continente, é porque o Restabelecimento escolheu uma via diferente de punição. Eles não acreditam em atos de misericórdia.

Vozes aumentam de repente, os passos soam mais altos. Eu me preparo, na expectativa de algo — qualquer coisa...

Após vários cliques e um sopro, como um suspiro, meu túmulo se abre sem aviso. A tampa enorme se levanta enquanto a luz fluorescente brilha através das laterais abertas. Pisco devagar, percebendo que preciso de água. Tento engolir saliva pela lixa da minha garganta, depois estudo a paisagem surrealista do pesadelo. A tampa de pedra paira logo acima de mim; à direita, vislumbro uma seção transversal de torsos. Jalecos de laboratório reunidos; a luz azul constante e familiar de vigilância pisca no meu caixão.

Mesmo aqui, agora, estou sendo observada.

Controlo minhas feições, tentando não demonstrar emoção ao examinar o que é visível neste lugar. Parece haver cinco pessoas em jalecos; duas estão viradas para o outro lado, e uma está saindo da sala. Não consigo decifrar os vários cliques e zumbidos das máquinas. Não sei o que fizeram com as minhas roupas. Não tenho ideia da tortura que planejaram.

— Comecem a transferência — alguém diz.

O medo toma conta dos meus membros, e um terror renovado cresce conforme uma voz desencarnada começa a contagem regressiva a partir de vinte.

— Espere... Senhor...

— O quê? — um homem grita.

— Com base nos sinais vitais dela, não vai durar mais que seis minutos no berço...

— Catorze, treze...

— ... e a temos programada para dez.

— E daí?

— Nove, oito...

— Dez minutos, e há uma chance de os pulmões dela nunca se recuperarem...

— Não fui eu que tomei a decisão.

— Mas...

— Klaus disse dez minutos.

Klaus.

— Quatro, três...

— Lembre-se de que ela precisará ser vestida e reidratada dentro de uma hora.

— E se...

— Dois...

Não tenho a chance de gritar.

Há um momento de leveza, um mergulho repentino no meu estômago, e o fundo do túmulo se desarticula, libertando-me. Água gelada cobre a minha cabeça, enchendo minha boca ofegante, subindo pelo nariz. Um gosto metálico reveste minha língua e queima a garganta, indicando que há mais neste líquido do que água. Eu me debato com violência, e meus olhos se abrem conforme um grito terrível se acumula nos meus pulmões. O pânico invade as paredes do meu peito. Está escuro como breu. Estou debaixo d'água e cega, sufocando...

Feche os olhos, Rosabelle.

A voz profunda e traiçoeira, como algo forjado do mar, desperta na minha cabeça. Um arrepio doloroso percorre minha espinha.

Todos nós ouvimos histórias sobre Klaus.

Klaus é a razão pela qual a ilha Ark existe como tal. É a razão pela qual o Restabelecimento reinará de novo. Ele é o auge da inteligência química; um cérebro sintético onipotente construído com base em décadas de trabalho e pesquisa; construído sobre os restos carbonizados da Operação Síntese. Mas apenas alguns poucos já ouviram sua voz. Klaus é uma lenda em Ark, tão envolto em segredo que comecei a me perguntar se o programa era mesmo real...

Não há dúvida de que sou real.

Enrijeço. Minha frequência cardíaca reduzida acelera, e meus olhos se arregalam de medo. Meu cabelo se solta do rabo, e as mechas molhadas lambem meu rosto enquanto me viro devagar na escuridão. A náusea ataca, minhas entranhas se apertam contra o nada. Eu pisco, minhas pupilas dilatam, procurando sinais de vida em desespero na escuridão. Profundidades insondáveis me encontram em todas as direções, e a escuridão infinita é interrompida vez ou outra por flashes efervescentes. Eu me movo em direção a uma fonte de luz, mas algo sólido roça minha perna e eu grito. A sombra enche minha boca quando um clarão repentino, como uma língua de fogo, ilumina a água.

De repente: claridade.

Estou em uma floresta submarina de luz, galhos finos de bioluminescência estilhaçando a água como circuitos de neon, cada veia pulsando como se possuísse um batimento cardíaco. Dezenas de corpos lisos e acinzentados parecem suspensos na imensurável extensão ao meu redor, suas formas nuas eletrificadas de modo aleatório. Fios de luz percorrem sua pele mofada, olhos vazios cintilam. Estão obviamente mortos há muito tempo, mentes e órgãos sacrificados no altar do aprendizado artificial.

Este deve ser o berço.

Os rumores são de que Klaus deve ser alimentado; de que sua alma química nasceu de um fermento humano; de que o berço é limpo somente quando os cadáveres drenados sobem, como escória, à superfície. Não sei quantos dos rumores que ouvi sobre Klaus são verdadeiros. Só sei que todos sugerem pesadelos.

Eu disse para você fechar os olhos.

Desta vez, quando ouço sua voz, não hesito em obedecer. A curiosidade por si só me manteve consciente, mas estou começando a perder a luta por oxigênio, e é um alívio me render. Flashes de cor brilham e escurecem atrás das minhas pálpebras fechadas, junto com a sensação de dedos bisbilhotando meu crânio. Envolvo os braços em volta de mim conforme uma inquietação serpenteia pelas costelas, torcendo meus ossos. Minha cabeça esquenta. Choques elétricos irradiam dentro de mim. Imagens sangram na minha visão, cenas da minha vida são exibidas rapidamente e fora de ordem...

um arrepio de frio quando meus pés descalços tocaram o chão esta manhã;

Clara, aos quatro anos, amarrada às minhas costas enquanto caminhamos pela floresta;

olhos arregalados, cheios de amor, observando meu pai abotoar o uniforme;

o peso de uma arma na minha mão pequena e macia;

sede; suor escorrendo pelas minhas costas sob o sol forte;

Nada, meu pai gritando. *Não há nada de errado. Isto é conversa de adulto, Rosa, vá para o seu quarto...*

dor explosiva quando quebro o fêmur durante um exercício de treinamento;

a escuridão úmida antes do amanhecer;

o frio na barriga na primeira vez em que Sebastian me beija;

Estou sonhando com mamãe de novo, diz Clara certa manhã, *e ela diz que está procurando seus óculos; ela quer saber se você os viu...*

espanto, a primeira vez que vejo uma flor;

raiva;

raiva;

pétalas despedaçadas quando arranco as flores de seus caules;

o som ensurdecedor da arma disparando;

Clara perdendo seu primeiro dente, sorrindo ao dizer *Olha, Rosa, estou morrendo*;

minha mãe, furiosa porque bati na porta do escritório do meu pai;

o brilho extravagante de seu vestido rosa;

um olhar ansioso pela janela;

Quantas vezes tenho que te dizer que seu pai é um homem importante? Que ele é o comandante-chefe e regente do Setor 52, você não entende? Ele tem sérias responsabilidades, e, se você quiser a atenção dele, terá de provar que é digna...

É como se meu cérebro estivesse sendo despedaçado, como se Klaus estivesse peneirando tudo de mim, desenterrando memórias de forma desordenada. Sensações diversas me atravessam: a exaustão e o isolamento dos anos que passei treinando; alegria radiante ao som da risada de Clara; vômito na primeira vez que matei alguém; o suspiro ofuscante de fome; a traição do meu pai; raiva me reduzindo a cinzas; vergonha; vergonha; ódio de mim; *fúria...*

Meus olhos reviram-se quando uma agonia renovada se espalha pelo meu braço direito e novas imagens inundam minha mente: grampos de aço; fios de neon; a gagueira dos cientistas perplexos; a raiva de Soledad; a repulsa nos olhos de Sebastian;

Não, não conserte;

Deixe a dor lembrá-la da decepção que ela é;

Você nos decepcionou, Rosa;

Você decepcionou a todos nós...

Eles disseram que eu não duraria mais que seis minutos no berço. Gostaria que meus pulmões falhassem. Gostaria de saber como escapar deste inferno. Tenho certeza de que estou aqui há uma eternidade...

Estranho, diz Klaus, revirando-se dentro da minha pele. *Muito estranho.*

Estou ficando zonza de fadiga. Meu corpo parece inchar, esticar-se de modo doloroso para acomodar a invasão mental. A exaustão me arrasta cada vez mais para a escuridão. Eu flutuo sobre um cadáver frio, os dedos mortos de um corpo morto roçando minha bochecha, mas não tenho energia nem para recuar.

Percebo, com algum alívio, que enfim devo estar morrendo. De novo.

Não, você não morrerá hoje.

Meus olhos abrem-se de repente.

Mas não está claro, Rosabelle Wolff, se você merece viver.

7

JAMES

Foda-se essa merda.

Foda-se este lugar.

Odeio isso aqui, odeio a mim mesmo por pensar que isso seria uma boa ideia, odeio minha família por estar certa sobre como sou idiota, odeio o fato de eu nunca conseguir provar que eles estão errados porque sou mesmo um idiota; odeio que seja provável que Warner esteja certo, que palavrões são uma falha de mentes fracas, que apenas idiotas precisam recorrer a linguagem chula para se expressar corretamente — ou qualquer merda estúpida que ele disse a Adam uma vez, não consigo lembrar —, mas já reconheci o fato de que sou um idiota, então acho que tudo bem me entregar de vez a esse estilo de personalidade.

Merda.

Bato a cabeça contra o tronco da árvore, assustando um grupo de pássaros, remexendo uma camada de neve. A casca áspera arranha minha testa de uma forma dolorosa e agradável, o que me irrita também, embora eu não tenha certeza do porquê. Tanto faz.

No momento, tudo está me irritando. Por um lado, estou muito feliz por ter conseguido escapar. Por outro...

Consegui?

Será que consegui?

Este lugar. Este lugar *assustador*. Esses imbecis traiçoeiros. Não acredito que eles sejam de fato tão burros a ponto de me deixarem sair de uma prisão-laboratório de alta segurança com todas essas armas incríveis.

Olho para o estoque de armas camufladas em um matagal próximo. Se eu conseguir colocar pelo menos uma dessas magníficas peças de maquinário nas mãos de Winston, talvez possa implorar perdão por ser um idiota. Mas a verdade é que, apesar do fato de eu ser, tecnicamente, um homem livre aqui parado, congelando minha bunda no meio de — olho para cima, depois ao redor — uma floresta coberta de musgo e gelo, não tenho certeza se estou mesmo livre. E não tenho certeza se algum dia voltarei para casa.

Começo a andar de um lado para o outro.

Fato um: há neve no chão. Há neve no chão, e matei, tipo, um monte de gente e com certeza deixei um rastro de sangue por onde passei. Consegui suportar o pior dos ferimentos enquanto saravam, mas não tenho comigo um kit de primeiros socorros. Tive de arrancar duas balas da minha perna com as próprias mãos e depois cobrir os ferimentos abertos com neve; uma criança poderia ter apontado na minha direção, de tanto que eu gritava obscenidades para o céu. Fato dois: estou me escondendo na floresta como uma princesa de desenho animado. Mesmo sem um rastro de sangue, o Restabelecimento poderia facilmente escanear esta ilha com um drone com sensor de calor. Fato três: um esquilo teve a audácia de subir na minha perna com suas garrinhas esquisitas e olhar para mim com seu rostinho bobo e adorável, e juro por Deus que pensei ter visto seus olhinhos brilhando. Não sei se estou vendo coisas, mas o quarto fato é: não confio nessas pessoas.

E o quinto...

Gemo ao passar as mãos pelo rosto.

O quinto é que eu deveria ter matado a garota.

Um pássaro vermelho reluzente voa sobre a minha cabeça, pousando em um galho próximo. Ele me estuda com seus olhos vívidos, e eu o encaro de volta, desafiando-o, como se fosse um robô.

— O que você está olhando? — pergunto. Ele agita as penas, contrai a cabeça. — Ei, não balance as asas para mim. Eu sei que você deve ser um pássaro ciborgue...

Ele me interrompe com um trinado suave, pousando com outro balançar de cabeça.

Eu suspiro, recuando contra o tronco da árvore. O Restabelecimento tirou tudo o que era útil do meu corpo, inclusive meu relógio; mas, com base na posição do sol, acho que é seguro estimar que estou aqui há pelo menos várias horas. Passei *horas* caminhando pela floresta, e ainda não me rastrearam.

Não precisei matar ninguém.

Essa distinta falta de assassinatos recentes está me deixando ansioso. Cada som me causa um sobressalto. Cada criatura de conto de fadas me irrita. A adrenalina não gasta está correndo pelas minhas veias, deixando-me nervoso, paranoico.

Deslizo pelo tronco até me sentar e, sem querer, esbarro no meu monte de armas, que se iluminam na moita, despertando de seu estupor elétrico. Aposto todas as minhas roupas, mais o cabelo excelente na minha cabeça, que essas coisas têm rastreadores.

Fecho os olhos, respiro.

Passei as primeiras horas me mantendo ocupado, montando acampamento. Construí um abrigo temporário e escondido com materiais locais; coletei neve para água; roubei nozes de esquilos, frutas de pássaros. Apesar de eu estar congelando através do meu suéter ensanguentado, esta paisagem não é nenhum desafio. Sério. Em um dos meus primeiros simuladores de treinamento, fiquei preso em uma selva remota por dez dias com nada além de um cantil vazio para água, e no final Warner quase me fez um elogio.

Ele disse, abre aspas:

"Até que não foi totalmente decepcionante, mas só porque seu corpo pode se curar a uma velocidade extraordinária, isso não o torna invencível. Pare de se exibir. Você passa muito tempo com Kishimoto. Da próxima vez, não sangre por todo lado como um idiota. Não deixe seu inimigo saber do que você é capaz. A menos, é claro, que seja sua intenção acabar assassinado ainda na juventude."

Fecha aspas.

Uma crítica brilhante.

O único problema é que não aprendi com os meus erros. Sangrei por todo lado, e talvez tenha me exibido um pouco demais. Mas Warner nunca está errado e, de acordo com seus cálculos, devo estar naquele estágio perfeito para ser assassinado.

Deve ser um tipo de manipulação psicológica, só pode.

Eles me *deixaram* escapar.

Tive a sensação de que tudo não passava de uma armadilha quando me colocaram em uma maca sem me amarrar. Mas já devia ter imaginado isso alguns segundos antes, quando enviaram uma assassina linda para a minha cela, a fim de me distrair com sua beleza. Eu deveria tê-la matado assim que percebi que era humana. Deveria tê-la desarmado de imediato e enfiado a faca em um ou em ambos os olhos em vez de perder um batimento cardíaco inteiro da minha vida me perguntando como uma pessoa pode andar por aí com um rosto daqueles, sem aviso prévio. Honestamente, matá-la a qualquer momento teria sido uma ideia excelente.

Mas deixei uma inimiga viva e fiz isso de propósito.

Bato a cabeça contra a árvore mais uma vez.

Em geral, consigo separar bem as coisas. Guardo meu trauma de infância em uma caixa hermeticamente fechada, enterrada sob pilhas de outras merdas inúteis no meu cérebro, mas, naquele momento...

Não sei, foi como se eu tivesse dez anos de novo.

Ela estava vulnerável, prestes a morrer, e só conseguia pensar na irmã caçula. Até onde sei, assassinos em série não param para pensar nas irmãzinhas. Sociopatas não ficam emocionados antes de serem assassinados. E, apesar de seu rosto não denunciar isso, sob as minhas mãos a garota parecia irreal de tão leve, como se fosse desnutrida, como se o Restabelecimento a estivesse matando de fome.

Ela me fez lembrar de Adam.

Adam Kent Anderson, meio-irmão de Aaron Warner Anderson; marido de Alia; pai de Gigi e Roman. Meu irmão mais velho, o cara mais legal do mundo. Não faria mal a uma mosca e se recusa a ter uma arma. Ele dirige uma empresa de design com a esposa. Ajuda a organizar arrecadações de fundos na escola primária. Não tem interesse nos negócios da família. Não gosta de falar sobre seu passado. Vamos ao mesmo restaurante toda quinta-feira, e ele sempre pede a mesma coisa: um cheeseburger sem cebola.

Adam servia como soldado do Restabelecimento, mas se alistou apenas para me proteger. Largou o ensino médio para se tornar um matador contra sua vontade e fez isso para salvar a minha vida. Eu cometi o erro de projetar sua história na garota.

Foi um gesto burro e sentimental.

Não sei nada sobre a garota, exceto que ela me assassinou e depois tentou me assassinar de novo e de novo. Foi um grande erro atribuir complexidade ao seu caráter. Nem sei ao certo se ela ainda está viva, mas sei o tipo de milagre médico que o Restabelecimento é capaz de operar. Se chegarem até ela a tempo, ela com certeza viverá para matar de novo. Que inferno, eu vi aquele cara com o braço robótico e soube naquele momento que estávamos subestimando esses fascistas. Não há como eu ter escapado do Restabelecimento sem consequências reais, e a verdade inviolável desse fato está me estressando.

Coloco uma frutinha nojenta na boca e mastigo.

Por que será que deixaram os ursinhos de goma no meu bolso? Queria saber também por que estão me deixando pensar que escapei. Por que pensei que seria capaz de sair desta ilha sem um plano de fuga sólido?

Seu poder o tornou intolerável.

Warner me disse isso uma vez.

E disse também: "Eu o achava irritante quando criança. E estava certo. Pensei que você superaria essa fase. Estava errado. Agora parece pensar que é um super-herói. Você anda pelo mundo como se nada pudesse tocá-lo. Não sei por que você sorri tanto. Kent sabia que não devia sorrir tanto. Eu com certeza nunca o ensinei a sorrir. Cale a boca", ele vociferou quando tentei apontar que, ultimamente, ele também sorria o tempo todo. "Um dia esse otimismo exagerado vai colocá-lo em apuros. Acha que estou sendo duro com você. Estou. É porque não quero que morra, seu idiota."

Sorrio com a lembrança. É o mais perto que ele chegou de dizer *Eu te amo, irmãozinho.*

Cuspo o caroço.

VIGIA-ME

Roubei um jato para chegar até aqui — adicione isso à lista de coisas estúpidas que fiz. Só que, para chegar sem ser detectado, pousei o avião em uma ilha menor próxima, que ainda está sob o governo da Nova República. Remei da ilha menor para uma ilha ainda menor e depois voei de parapente de um penhasco para o trecho mais denso e despovoado da floresta Ark. Por razões óbvias, não deixei rastros e, de qualquer forma, acho que os caras lá de casa já recuperaram o avião que roubei. É improvável que esteja onde o deixei.

— Ok. Novo plano.

Levanto-me com um pulo e bato palmas, assustando um guaxinim, que me encara a alguns metros de distância, com um par de pernas de sapo saindo da boca.

— É — digo, apontando para o bandidinho peludo. — Pode se animar. Esses babacas não estão fazendo nenhum esforço para me encontrar, então vou acender uma fogueira, assar algumas nozes e depois vamos elaborar os detalhes de um novo plano. — O guaxinim continua mastigando, sem piscar. — Idealmente — continuo, colocando outra fruta na boca —, a melhor maneira de sair desta ilha envolveria roubar outro jato. — Eu mastigo; o guaxinim mastiga. — Mas, pensando de forma realista, tudo de que preciso é um barco. — Remexo no mato, procurando gravetos secos. — Sei o que você está pensando... — continuo, chacoalhando um pedaço de pau para o guaxinim, que agora está segurando uma noz em seu punho. — Você está pensando: "James, isso é o óbvio! E eles vão esperar que você faça o óbvio! Os portos devem estar equipados com explosivos! Fortemente protegidos! Com soldados por todo lado! Soldados demais para matar, mesmo para alguém tão forte e capaz quanto você!". — O guaxinim mordisca a noz.

— Bem, aprecio o elogio, mas não é isso que vamos fazer. — Pego mais alguns pedaços de pau. — A questão é que eu lhe diria o que faremos, exceto que... vocês estão me gravando agora, não é, seu pandazinho de lixo? E não vou contar a vocês, seus imbecis, exatamente o que planejei. — Dou um passo em direção ao animal, encarando seus olhos escuros. Na inclinação perfeita da luz, o brilho azul é inconfundível. — Então... — digo, curvando-me para encará-lo melhor. — Se estão assistindo a este programa agora, eu os convidaria a pensar no seguinte: o que Aaron Warner Anderson faria? Porque esta é a pergunta que estou prestes a responder. E ele me ensinou tudo o que sei.

8

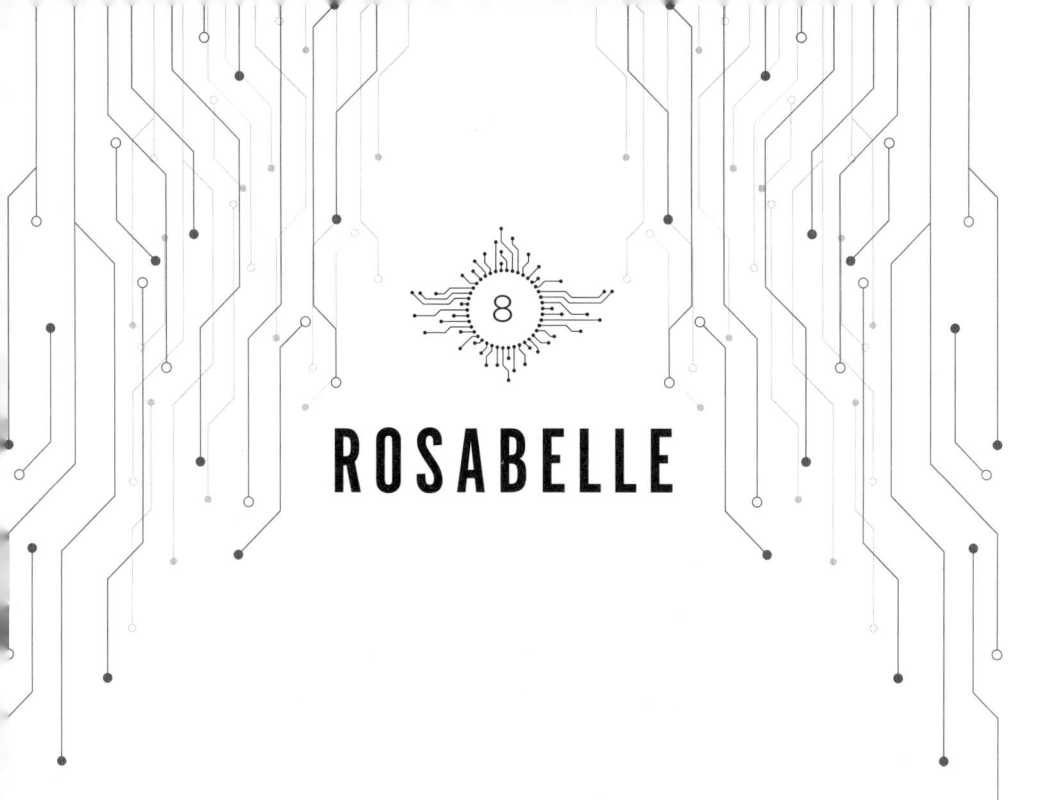

ROSABELLE

Porque esta é a pergunta que estou prestes a responder. E ele me ensinou tudo o que sei.

O vídeo falha, com a imagem distorcida, e ouve-se o som da estática quando a filmagem se torna um borrão de céu e galhos. O prisioneiro parece ter chutado o guaxinim. Na mesma hora eu me viro para outra tela, onde uma perspectiva diferente — através dos olhos de um falcão — mostra-o de cima.

James Alexander Anderson.

Sua linhagem é lendária.

Meu coração troveja no peito enquanto o observo, e um medo desfocado contrai minhas vias aéreas. Por fim, entendo as últimas palavras de Soledad. Por fim, estou começando a entender o verdadeiro nível de caos desencadeado em nossa ilha.

A família Anderson é célebre; eles não foram apenas responsáveis por construir o Restabelecimento, como também o foram por derrubá-lo. O patriarca, Paris Anderson, foi um dos nossos principais fundadores. Galgou seu caminho até o topo ao longo de anos para se tornar o comandante supremo da América do Norte, apenas para acabar brutalmente assassinado uma década atrás por seu filho mais velho: o infame traidor Aaron Warner, que traiu a todos nós ao nos desertar e se juntar aos rebeldes do Ponto Ômega. Ele e sua atual esposa, Juliette Ferrars, filha de outro comandante supremo, derrubaram o governo em um dos golpes mais devastadores da história.

Há o estalar de um galho, o farfalhar de folhas. James levanta-se para se alongar, e seu suéter erguido revela um pouco de seu torso magro. Ele bagunça o próprio cabelo de forma infantil e despretensiosa, depois aperta os olhos para as nuvens que se acumulam.

Respiro fundo.

Primeiro eu o vi massacrar uma tropa inteira de soldados, e agora isso. Estou sentada nesta sala de comando há pelo menos algumas horas, observando James fazer seu corpo maltratado e ensanguentado correr pela floresta. Ele atravessou terrenos desafiadores e lagos rasos, e até escalou uma montanha íngreme, tudo isso carregando mais de quarenta quilos de artilharia nas costas. Ele se sentou no chão em um ponto, abriu os próprios ferimentos e tirou balas da perna sem anestesia. Foi horrível testemunhar tal coisa.

No momento, ele está sentado de novo no chão coberto de neve, seu rosto severo iluminado pelo fogo. Arregaçou as mangas, revelando antebraços fortes e musculosos, antes de atiçar as chamas de uma fogueira, seus movimentos seguros e bem treinados. A fumaça sobe em espiral para o céu, anunciando sua localização para o mundo, mas ele parece relaxado. Quebra nozes em seus punhos, com um sorriso maroto ao jogar as cascas de bolota na floresta, usando cada uma para atirar em alvos imaginários.

O jogo simples parece agradá-lo.

Acho isso fascinante.

— Você vê o problema — diz Damani.

Desvio os olhos de James por tempo suficiente para encontrar seu olhar. Mona Damani, uma das três comandantes que tive o desprazer de conhecer hoje. Seu longo cabelo escuro brilha sob a luz fraca de seu escritório central, cujas paredes são de vidro tecnológico ativado por sua diretiva biométrica. Fui trazida para dentro do útero da inteligência sintética, exposta ao funcionamento interno da vigilância de Ark como nunca antes.

De alguma maneira, esta é minha vida agora.

Ele é minha vida agora.

— Sim — digo, inexpressiva ao voltar meus olhos para as telas. — Ele é um adversário competente.

Competente. Aterrorizante.

Se eu falhar nesta missão, esse homem vai me massacrar, e isso não lhe custará nada. Nem serei uma vítima memorável.

— Klaus previu cada movimento seu — diz Damani, sua voz calorosa de satisfação. — É a primeira vez que conseguimos testar adequadamente o programa em um sujeito desconhecido. — Ela fica parada, e seus olhos desfocam por um momento enquanto recebe uma mensagem. Ela volta a si, então consulta outra tela. — Foi emocionante assistir a isso acontecer em perfeita ordem. Um verdadeiro triunfo.

Ela termina a declaração olhando para mim com expectativa, aguardando uma resposta.

— Sim — concordo. — Emocionante.

Aprendi apenas há algumas horas que esse nível de invasão psicológica era possível. Vivi sob as botas de aço da vigilância desde quando minha memória alcança, mas os poderes inexplorados de Klaus provaram os limites da minha imaginação: não consigo vislumbrar os perigos incalculáveis de tal tecnologia e ainda não decidi se reajo com terror ou nojo.

É traição, de qualquer forma.

Damani consegue sorrir.

— Sua falta de entusiasmo parece indicar uma hesitação de sua parte.

— A senhora entendeu mal — digo baixinho. — Eu nunca sinto entusiasmo.

Ela ri de repente, levando a mão ao peito conforme várias emoções — alívio, compreensão, preocupação — espalham-se por seu rosto e depois desaparecem.

— Soledad a conhecia há mais tempo, certo? Desde que era criança?

— Sim.

Damani assente, como se isso explicasse tudo.

— O resto de nós não está acostumado a interagir com alguém desconectado do Nexus — explica ela. — Soledad sempre foi melhor em lê-la que qualquer outra pessoa. E é por isso, claro, que você se reportava a ele. — Ela dá um suspiro profundo. — Infelizmente, o sacrifício dele foi necessário. Perdemos muitas almas brilhantes esta manhã, que descansem em paz, mas foi em nome da busca de um bem maior para o futuro global. Espero que perceba o peso do que estamos fazendo hoje. — Eu apenas a encaro. Uma onda de fome selvagem rasga minhas entranhas, e pisco devagar, contendo a dor. Seu sorriso fica incerto. — Você entende por que tivemos de esconder os detalhes de você. Era imperativo que seu primeiro compromisso acontecesse da forma mais orgânica possível; Klaus determinou que suas chances de sucesso com o sujeito seriam maiores se ele tivesse motivos para subestimar sua inteligência. Como não o matou, você se apresentou como fraca... Uma impressão reforçada por seu apelo final por sua irmã. Você demonstrou uma fragilidade convincente e digna de pena, que diminuiu a opinião dele sobre você como rival. Ao poupar sua vida, ele estabeleceu um precedente emocional subconsciente, colocando-se como seu protetor, um desenvolvimento que esperamos... — Ela hesita, olhando para outra tela. — Ah. Observe. Em apenas um instante, ele vai se banhar naquele lago, ali mesmo...

Ela bate em um corpo de água cintilante a uma curta distância, colocando-o em foco, e ainda estou processando as palavras *fragilidade convincente* e *digna de pena*. Meu coração bate forte enquanto me asseguro de que não revelei nada de novo, que minha maior fraqueza nunca foi um segredo. Muitas vezes senti que o Restabelecimento se deleitava com a existência de Clara, porque minha preocupação com ela lhe dá uma vantagem para me controlar.

Abruptamente, James entra no enquadramento, aproximando-se do lago conforme previsto. Ele puxa a camisa por sobre a cabeça, e a visão de seu corpo nu é tão inesperada que quase desvio os olhos. Não quero assistir a isso. Parece voyeurístico. E, no entanto, não consigo desviar o olhar das telas.

Não tenho *permissão* para desviar o olhar das telas.

Neutralizo ainda mais a minha expressão quando ele revela um peitoral expansivo, um torso primorosamente definido. Há sangue seco pintado em seu pescoço, espalhado sobre o esterno, e, estranhamente, isso só aumenta sua atratividade. Sinto um calor desconcertante ao observá-lo, e a consciência física acende-se dentro de mim sem permissão.

O poder absoluto de sua beleza é aterrorizante.

A curva acentuada de seu nariz, o corte afiado de sua mandíbula, a força impressionante de seu corpo. Seria mais fácil categorizá-lo se suas linhas severas não fossem suavizadas por algumas surpresas:

sua risada fácil; a maneira de enrugar o nariz; os olhos brilhantes. Ele é bronzeado em todos os lugares que o sol pode tocar, com uma camada de sardas espalhadas pela parte superior das costas. Em contraste com sua pele beijada pelo sol, destaca-se o branco de inúmeros cortes e cicatrizes. Arquivo esta informação: seus poderes de cura não apagam os atentados contra sua vida.

De forma distraída, toco minha mão no pescoço. Eu me pergunto se James sempre carregará a marca de nosso primeiro encontro. Sempre me lembrarei, com uma clareza excruciante, da maneira como vacilei quando ele me tocou e de como ele me pegou por impulso, segurando-me firme mesmo quando eu me preparava para matá-lo.

Sinto uma pontada de vergonha.

— O que eu disse? — Damani está sorrindo. — Incrível, né?

— Incrível.

O dossiê que me deram reporta sua idade como 21 anos. Seus olhos, azuis. Seu cabelo, castanho. Mas, sob o brilho do sol vespertino, vejo que seu cabelo é mais dourado do que parece; de cima, fios dourados brilham na luz filtrada, conferindo um glamour inesperado à sua aparência. Isso me faz pensar se ele era mais loiro quando criança. Isso me faz pensar como ele era quando criança, ponto-final.

Como filho de um comandante supremo, não deve ter tido uma educação fácil, e ainda assim não consigo compreender qual equação emocional explicaria a maneira como ele sorri, como se não lhe custasse nada. Há algo de brincalhão nele, mesmo quando parece estar com raiva; nunca vi alguém fazer a violência parecer casual. Sua imprevisibilidade me deixa nervosa. Continuo procurando padrões e descobrindo inconsistências.

Damani abre uma tela diferente, esta da perspectiva de um rato-do-campo olhando diretamente para ele de cima de um galho de árvore. James fica parado, como se pressentisse a câmera, então olha por cima do ombro e franze a testa, desviando da árvore antes de desabotoar as calças.

— Pervertidos — diz ele.

O desconforto acumula-se dentro de mim. Observo apenas seus pés quando ele pisa nas águas cristalinas. James murmura um palavrão, estremecendo com a temperatura, depois mergulha completamente no lago. Damani enrijece ao meu lado.

— O que ele acabou de dizer? — Em resposta ao seu tom afetado, eu me viro. Para si mesma, ela diz: — Volte um pouco. — Mais uma vez, observamos James testando a água, xingando baixinho e mergulhando no lago. — Não — ela diz, falando com alguém que não consigo ver. — Não, ele deveria ter dito *que merda*, não *que merda de água gelada*. Sim, eu sei que parece um detalhe menor para você, mas esta não é a primeira vez...

Damani sai da sala, e o som de suas botas ecoa. Ela se vira brevemente para fechar a porta de vidro à prova de som, prendendo-me lá dentro com uma centena de ângulos de um James seminu antes de se encostar em um pilar próximo. Seus olhos se estreitam enquanto ela me observa, e sua boca se move com rapidez. Volto meus olhos para os monitores.

Não posso negar que é hipnotizante assistir a James.

Ele irradia uma força e um magnetismo palpáveis, mesmo através da tela. O espetáculo de sua beleza incomum me coloca em grande desvantagem. É perturbador ocupar o mesmo espaço que ele, e isso me enervou tanto na primeira vez que nos encontramos que quase não consegui matá-lo. Não posso me dar ao luxo de baixar a guarda de novo.

Respiro fundo, forçando-me a olhar para ele.

A me cansar de olhar para ele.

Ele submerge várias vezes nas profundezas geladas, tirando o cabelo molhado dos olhos. Rios de sangue diluído escorrem pelo seu corpo. Eu me pergunto, conforme o observo, se ele tem alguma lembrança do que foi feito com ele. É provável que não se lembre de ter sido submerso no berço várias vezes nas horas iniciais de sua prisão. Ele deve achar que seus lapsos de memória são em razão do sono; uma apropriação indevida do tempo. Nunca imaginaria que Klaus seria capaz de mapear sua mente, roubar seu histórico psicológico e calcular sua reação em milhares de cenários diferentes ao longo de um período de 24 horas. O programa ainda é imperfeito, inacabado — e, ainda assim, é capaz de projetar um plano limitado de ação e reação. Como resultado, pôde conduzir James diretamente para o que mais desejava, fazendo-o acreditar que suas decisões eram suas.

A ilusão lucrativa do livre-arbítrio.

Nada foi mais devastador para o Restabelecimento que a revolução que levou à sua queda. Faz sentido, então, que todos os esforços para alimentar a mente química e insaciável de Klaus tenham se dirigido à busca de um programa projetado para gerar a servidão voluntária das massas.

Consigo ver isto agora, a multiplicação das possibilidades de uso. É uma lógica simples: se acreditarmos que as nossas escolhas são nossas, se não soubermos que estamos sendo forçados a obedecer, não ficaremos tentados a nos revoltar. O objetivo da inteligência sintética é a obliteração da inteligência orgânica.

A erradicação da resistência.

Um instinto de autopreservação parece se acender dentro de mim diante dessa ideia, uma gagueira do meu sistema nervoso como que enviando um aviso. Eu sei, ao mesmo tempo que penso, que o teor dos meus pensamentos é ilegal. O medo limpa a lousa da minha mente e afasta as teorias como água. Não é seguro deixar minhas dúvidas fluírem. Aprendi da maneira mais difícil que a desconexão do Nexus não é suficiente; a única maneira de sobreviver a invasões mentais em Ark é policiando meus próprios pensamentos, guardando segredos de mim mesma.

Concentro de novo minhas energias em James, dando a ele toda a minha atenção conforme ele avança mais fundo na água. Minha cabeça se inclina junto à dele, espelhando-o conforme ele se concentra em algo logo abaixo da superfície. De repente, fica imóvel — e, então, mergulha com uma força surpreendente, ressurgindo momentos depois, rindo e sem fôlego. Eu o vejo fazer isso várias vezes antes de emergir, vitorioso, com um peixe reluzente preso em um punho.

— *Ei* — ele comemora, virando seu largo sorriso para uma câmera. — Posso comer isto? Ou é carne de robô? — O peixe agita-se em desespero em sua grande mão. — Quero dizer, comida é comida… — James continua. — Não tenho muito orgulho de comer carne de robô, mas quantos gramas de proteína vocês acham que tem na carne de robô? Mais que em um peixe normal? Menos? Só porque estou de férias não significa que parei de tentar atingir minhas metas diárias, sabem?

Só porque estou de férias.

Sua indiferença: outro absurdo. Adiciono isso ao arquivo que estou construindo na minha cabeça. Mais tarde, passarei mais tempo examinando os dados que reuni. Por enquanto, olho por cima do ombro para Damani, que começou a andar de um lado para o outro no pequeno corredor do lado externo da porta de vidro, gesticulando com raiva ao falar. Ela ainda não me informou sobre minha nova missão, mas a retenção de informações segue um padrão conhecido. Sempre foi assim.

Pelo menos esta missão, ao contrário das outras, é motivo de esperança. Se eu executar minhas diretivas sem falhar, posso, enfim, ser libertada do fosso. Clara e eu poderemos superar a fome, a doença. A penitência que paguei todos esses anos pelos pecados dos meus pais pode enfim acabar. Esta foi a promessa que Klaus me fez quando fui retirada, como destroços, dos fluidos amnióticos de sua mente.

Uma série de sons de respingos interrompe meu devaneio. James emerge da água devagar, com o cabelo pingando, e gotículas serpenteiam pelos ângulos afiados de seu rosto. Tenho o cuidado de manter meus olhos acima de sua cintura enquanto ele caminha rumo à terra firme. Pela primeira vez, ele parece quase cansado, fechando os olhos sob um pouco de sol. Atira o peixe em direção ao seu acampamento, depois veste uma cueca boxer escura. Consigo soltar o ar agora, e um mínimo de alívio relaxa meus ombros quando posso desprender os olhos de sua cabeça, observando-o se aquecer diante das brasas quentes de sua lareira.

Damani irrompe de volta no escritório.

Uma enxurrada de sons se estilhaça dentro de mim: o bater de seus saltos; o ruído da porta de vidro; uma respiração aguda; o tamborilar abafado de seus dedos contra o braço. Seu sorriso triunfante já não está mais lá. Ela parece irritada, embora não explique sua irritação nem sua ausência, preferindo, em vez disso, pairar sobre o meu ombro, observando James agora com uma ansiedade palpável que não existia antes.

— Ele já abriu sua carta? — ela questiona.

Eu me viro devagar para encarar Damani.

— O quê?

9
ROSABELLE

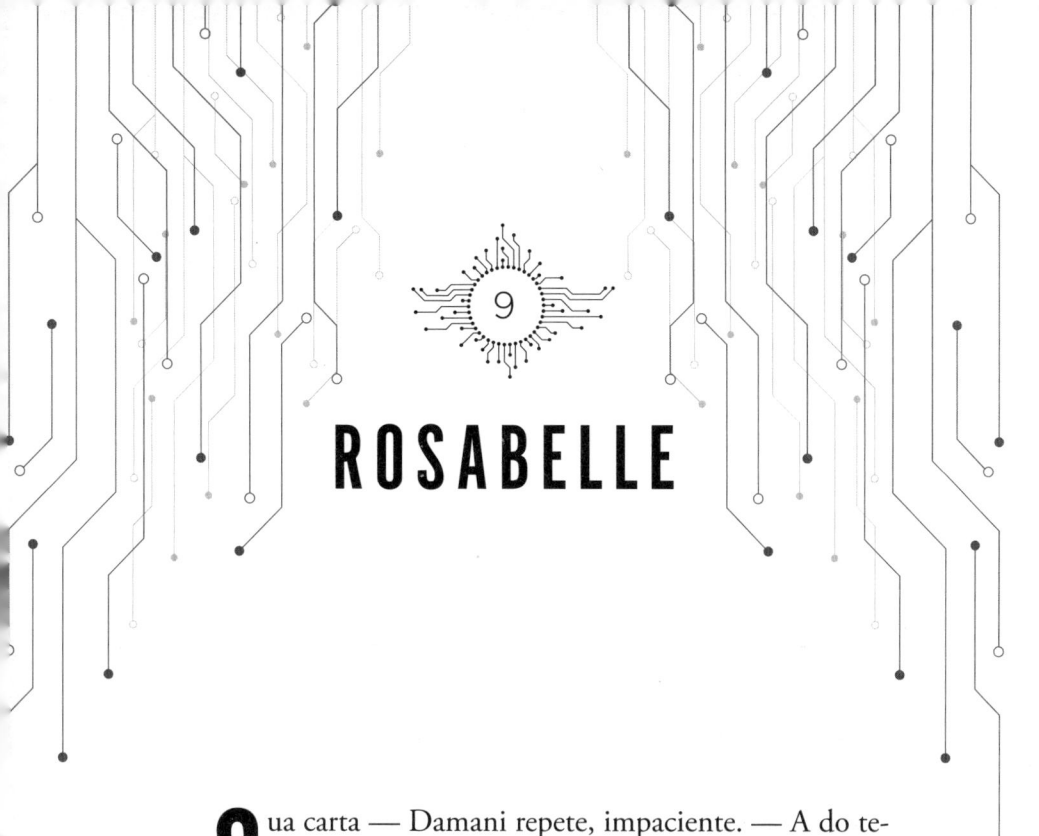

— Sua carta — Damani repete, impaciente. — A do tenente Rivers. *Sebastian* — ela se corrige. — Foi confirmado por meio das comunicações de Clara que ela entregou a correspondência para você esta manhã. Não se lembra?

Resisto à vontade de me revistar, procurar nos meus bolsos vazios a pequena pilha de correspondência que Clara me entregou apenas algumas horas atrás — não, uma vida atrás. Mas não estou mais usando as roupas que vestia hoje de manhã. Estou vestida com um conjunto de uniforme médico cor-de-rosa. Tênis brancos. Meu pedido de um uniforme tático preto padrão foi sumariamente rejeitado. Minhas botas não foram devolvidas. Minhas roupas foram incineradas. O casaco do papai — meu único casaco de inverno — foi destruído.

— Por que James estaria com a minha correspondência? — consigo perguntar.

Ela franze a testa.

— O sujeito as roubou do seu casaco em algum momento antes de deixá-la no corredor. Acredito que suas palavras exatas foram: "Agora estamos quites". Suponho que faça sentido que você não lembre, pois estava quase morta de febre.

Volto os olhos para as telas, o coração batendo tão forte que estou preocupada que Damani possa ouvi-lo. Talvez seja porque parece uma violação um estranho abrir minha correspondência antes de mim ou porque não tenho ideia do que Sebastian possa estar me enviando desta vez. Ou, talvez, o que é mais assustador, porque acho que sei o que ele me enviou e não quero processar a notícia assim, com os olhos do meu mundo me observando...

— Não se preocupe, aqui vamos nós — diz Damani, acenando para os monitores. — Não queria perder essa cena.

O pânico causa estragos no meu peito.

James está vestindo suas calças crivadas de balas, puxando a cintura para cima em volta dos quadris quando um canto afiado de um envelope desponta de um bolso lateral. Prendo a respiração, observando-o puxar a pilha de papel, confuso por apenas um segundo antes de um sorriso iluminar suas feições. Ele sacode um pouco de água do cabelo e olha para a manchete do jornal de ontem:

ILHA ARK AINDA LIDERA O MUNDO
COMO ÚNICA NAÇÃO AUTOSSUSTENTÁVEL

E, então, dobra o fino maço antes de colocá-lo de volta no bolso. Ele segura o envelope pesado entre os dentes enquanto fecha o zíper, abotoa e puxa o suéter ensanguentado sobre a cabeça, e, por fim, afunda em uma posição sentada diante do fogo minguante.

— Olha só — ele diz, virando o envelope nas mãos. — Este é um papel chique.

VIGIA-ME

De alguma forma, meu coração bate mais forte. Ocorre-me, ao observá-lo, que James vive em sua pele sem insegurança, confortável apesar das cicatrizes violentas em seu corpo, apesar de saber que está sendo observado. Esse fato inspira em mim uma inveja voraz que sou incapaz de suprimir. Ele olha para um esquilo próximo, e Damani troca de tela para capturar melhor seu rosto.

— As pessoas não enviam mais cartas… — ele diz ao roedor, rasgando o envelope. — Não, a menos que queiram dizer algo realmente… — Suas sobrancelhas se arqueiam, e as palavras morrem em sua garganta quando ele tira o papel-cartão cintilante de dentro do envelope. Observo, paralisada, seus olhos percorrerem a página. Ele levanta a cabeça bruscamente, franzindo a testa para o esquilo quando diz: — Quem diabos é Sebastian?

Damani ri, batendo palmas.

— Ai, isso é ótimo.

Eu mal consigo respirar.

— Ela vai se casar? A assassina em série vai se casar na *semana que vem* com um babaca chamado Sebastian Alastair von Babaca IV?

A bile sobe pela minha garganta.

— Você é a assassina em série — Damani me explica, em um tom baixo. — O sujeito vai se referir a você como uma assassina em série várias outras vezes nas próximas doze horas.

— Lamento, mas o noivo sabe que ela pode estar morta agora? Ele ao menos sabe que ela é uma assassina em série? — James parece estranhamente incomodado com o convite que segura sobre o fogo, encarando-o enquanto as chamas devoram o papel-cartão caro. — Casamento deprimente.

— Parabéns atrasado, a propósito — diz Damani. — A ilha está agitada. Todos nós recebemos nossos convites ontem. Será o casamento do ano.

Balanço a cabeça um centímetro, totalmente ciente de que todos os oficiais de Ark — incluindo Sebastian — estão esperando a minha reação.

— Ele não é meu noivo — eu me forço a dizer. — Nós não vamos nos casar.

James pega uma pedra considerável e atira com força em uma pedra menor, olhos atentos enquanto a observa se quebrar. Dos destroços, ele escolhe um pedaço irregular.

— Tenho certeza de que é difícil acreditar — Damani me diz, seus olhos ainda grudados nas telas. James começou a usar uma pedra redonda como martelo, batendo-a contra as bordas ásperas da peça irregular, afiando-a para obter uma lâmina bruta. — Certamente ninguém pensaria que o tenente Rivers honraria o noivado depois que sua família caiu em desgraça, mas ele apresentou um argumento apaixonado diante do conselho, e a moção foi aprovada com pouquíssima objeção. — Eu engulo. Minha garganta está dolorida. — Ah, e você deveria saber — acrescenta Damani, dando-me uma olhada. — Daqui em diante, decidimos que você se reportará ao tenente Rivers... — Eu enrijeço, recebendo a notícia como um tapa na cara. — Pois ele a conhece quase tão bem quanto Soledad um dia a conheceu. — Na tela, James está usando a lâmina bruta para afiar um pedaço de pau e transformá-lo em uma lança. — Todos nós percebemos as complicações de fazê-la se reportar ao seu noivo, mas o dever supera todo o resto neste caso. Até que possamos conectá-la, você terá de ficar sob o comando de alguém que conheça sua história. O casamento precisará ser adiado, de qualquer maneira, mas só até a missão estar completa. Tenho certeza de que Sebastian entenderá.

— Comandante...

Damani ergue um dedo, seus olhos desfocados enquanto recebe uma mensagem. Ela olha de novo para James antes de dizer:

— Afirmativo.

Há um instante de silêncio, depois um estrondo abafado...

Uma explosão de fogo sacode as telas, erguendo James no ar antes de arremessá-lo como uma boneca de pano contra uma árvore vizinha, da qual uma revoada de pássaros se espalha como estilhaços. Brados raivosos de animais selvagens espalham-se pela névoa de fogo e fumaça, quase abafando o grito transtornado de James quando ele bate violentamente em um galho antes de aterrissar contra o tronco, enfim atingindo o chão da floresta com um baque surdo a vários metros de onde estava.

Ele não se move.

Uma onda de pânico me obriga a gritar, mas eu mato tal instinto impiedosamente, fechando-me tanto dentro de mim que começo a me sentir entorpecida, estranha no meu próprio corpo.

Lembro a mim mesma de que estou morta por dentro.

Faz anos que estou morta por dentro.

Observo em silêncio frio as estrias de sangue espalharem-se pelo chão nevado abaixo dele. Quando falo, minha voz parece distante. Neutra.

— Como fizeram isso? — pergunto.

Damani ri, olhando para mim de uma forma que expressa algo como gratidão antes de examinar James coberto de sangue e fuligem na tela.

— Você é mesmo uma das melhores executoras — comenta ela. — Soledad sempre falou sobre como você era imperturbável. Ele disse que uma vez você comeu um sanduíche inteiro depois de decapitar um prisioneiro.

Isso é mentira, mas não digo a ela.

James começa a se mexer, e um grito estrangulado sai de sua garganta. A curvatura de seus membros, percebo, não está natural; lascas de osso atravessaram a perna de sua calça, a manga de sua camisa.

Meu peito cede apenas um pouco.

Em voz baixa, falo:

— Não me lembro de ter ganhado um sanduíche.

Damani ri novamente, mais alto desta vez.

— Certo. De qualquer forma, detonamos remotamente o estoque de artilharia que ele roubou. — Ela acena para James, agora convulsionando de dor. — O sujeito não parece entender que tudo o que ele aprendeu com o irmão foi-lhe ensinado primeiro por seu pai... que foi treinado, desde o começo, por *nós*.

— Idiota — sussurro, observando seu sofrimento.

James geme, levantando a mão trêmula até o peito, depois ao braço quebrado, à perna quebrada. Ele solta uma torrente de palavrões antes de se largar, ofegando por ar.

— Obviamente não queremos que ele morra, ainda não — declara Damani. — Mas essa incapacitação nos dará o tempo de que precisamos para nos preparar para a próxima fase. Klaus prevê que, além de quebrar ossos importantes, a gravidade da explosão fará com que o sujeito sofra uma ruptura parcial de uma vértebra cervical média e uma hemorragia cerebral. Espera-se que os poderes do sujeito sejam fortes o suficiente para reanimá-lo durante a noite, garantindo-nos um recesso de aproximadamente seis a oito horas no programa. — Ela se vira para mim, abrindo a boca para falar mais, porém hesita. — É um alívio — ela diz, enfim — que ninguém aqui carregue mais o gene mutante. Não é?

Não digo nada a princípio, tentando decidir se é um teste. Com o Restabelecimento, a maioria das coisas é um teste. Todos nós na ilha fomos vacinados como parte da terapia de edição genética, que reverteu os efeitos de um programa experimental projetado pelo Restabelecimento em seus primeiros anos. Todas as transmutações supernormais — como os poderes de cura de James — foram apagadas da população da noite para o dia. Todos, como resultado, tornaram-se muito mais fáceis de governar.

Todos, exceto eu.

— Não é? — ela repete. Eu aceno. — Por mais brilhante que tenha sido para a época — prossegue Damani —, o experimento provou ser uma enorme dor de cabeça no continente. — Ela sorri agora, com uma aparência estranha. — Pessoas andando por aí com poderes não regulamentados e não testados. Viraram todo o nosso trabalho duro contra nós no final. Não é?

Esta é a teoria comum, a hipótese perturbadora sobre Rosabelle Wolff, filha do oficial de alto escalão desonrado que se vendeu aos rebeldes por uma pechincha. As pessoas acreditam que não posso me conectar ao Nexus porque retive o gene mutante; que, de alguma forma, possuo um poder forte o suficiente para resistir aos avanços da tecnologia. Algumas pessoas acham que meu pai teve algo a ver com isso, que fui plantada aqui, que sou uma agente dupla. O fato de não conseguirem ler a minha mente torna impossível ter certeza, mas eu nem consigo imaginar como isso poderia ser verdade.

Não falo com meu pai há mais de uma década.

— Não é? — ela pergunta de novo.

— Sim — respondo. — Foi o que fizeram.

Há um *estalo* brutal, depois um grito agudo, e me viro de modo brusco para as telas, e vejo James tentando colocar a perna no lugar. Suas mãos estão escorregadias de sangue, seu rosto contorcido de dor. Por um momento, acho que não consigo imaginar sua agonia, mas então lembro que consigo, sim.

— Estamos aprendendo com os nossos erros, Rosabelle. Aprendemos que precisamos controlar cada aspecto do experimento *ad infinitum*. Para sempre. — Damani coloca a mão no meu ombro, e resisto ao impulso de quebrar seu pescoço. — Sem controle constante, não podemos garantir resultados, podemos?

— Não — respondo. — Não podemos.

Ela me encara por um instante.

— Seu encontro com Soledad estava originalmente marcado para amanhã. Antes de sua iminente implantação, você concluirá seu interrogatório hoje. Depois que for liberada, o tenente Rivers a guiará pelos próximos passos da missão.

Ao ouvir isto, sinto o pânico aumentar.

— Comandante, com todo o respeito, preciso falar com a minha irmã…

— Mais tarde — ela fala, antes de acenar em direção à saída.

O vidro se abre, deixando entrar uma lufada de ar. Eu me viro, como se viajasse no tempo, em direção à porta aberta.

… 10

ROSABELLE

Eu me afundo na cadeira de aço, e minha cabeça pende para o lado.

Pulsos elétricos já conhecidos piscam atrás dos meus olhos, provocam dor nos dentes, espasmos na garganta. Não consigo comandar meus braços nem minhas pernas. Não consigo mais sentir a pele. Por três horas, resisto ao impulso de vomitar o gosto metálico que sinto na boca. O ácido agita meu estômago vazio. Fome e delírio bloqueiam o raciocínio coerente.

Eu me levanto de uma só vez, registrando que meus olhos estavam fechados apenas quando eles se abrem, lacrimejando ao brilho excessivo da luz. Uma frequência aguda de estática enche minha cabeça, o murmúrio de vozes distantes e desconexas.

— A capacidade cerebral caiu mais — diz alguém. — Ela está se deteriorando agora em uma taxa exponencial. Teremos de passar para perguntas de sim ou não.

— Rosa — diz uma voz, o tom imponente e familiar de tenor. — Rosa, faltam apenas alguns minutos. Depois, você terá uma pausa.

Tento olhar para ele, mas minhas pupilas estão dilatadas de forma anormal; os detalhes ficam borrados sob a iluminação forte da sala de exames. Apertando os olhos de modo dolorido, desvio o olhar, percebendo, ao baixar os olhos, que ele pegou minha mão e a está segurando com ternura entre suas palmas borradas. A repulsa me domina.

Eu vomito.

A ação involuntária é automática, mas meu estômago vazio produz pouco além de humilhação.

Alguém limpa minha boca.

— Rosa — ele diz com gentileza. — Concentre-se em mim, ok? Agora, apenas perguntas de sim ou não. Você já pensou em fazer mal ao povo da ilha Ark?

Meu peito ainda está arfando.

— Negativo — diz uma voz distante.

— Você já se viu simpatizando com os líderes da Nova República?

Levanto a cabeça, mas a cor e a luz borram onde seu rosto deveria estar.

— Negativo — declara uma voz distante.

— Você já duvidou...

O alarme estridente de um sinal de socorro dispara, e uma voz se esforça acima do barulho para dizer:

— A capacidade cerebral atingiu um nível crítico... Trinta segundos...

— Rosa — continua a voz, rapidamente —, você já duvidou das ações do Restabelecimento?

— Afirmativo — diz a outra, distante.

Há uma pausa tensa.

— Vinte segundos para um dano cerebral permanente...

— Rosa.

Sinto meus lábios estranhos. Borrachudos. O ruído constante do alarme ainda ecoa pela sala.

— Quinze segundos...

— Rosa, suas dúvidas já superaram sua lealdade ao Restabelecimento?

Minha cabeça pende para trás.

— Negativo — declara a voz, gritando sobre o barulho de fundo.

Eu me afasto sem aviso, ofegando enquanto centenas de pontas de laser são retiradas do meu corpo, libertando-me da paralisia simulada. O alarme silencia. Afundo no assento, e o encosto da cadeira parece morder dolorosamente meu pescoço. Meus sentidos despertam devagar. O frio penetra na minha pele, hematomas florescem ao longo da parte interna dos meus braços e em outros lugares — em todos os lugares. Já posso senti-los brotando, como sempre, ao longo do meu tronco, envolvendo minhas costas.

Minha frequência cardíaca ainda está muito lenta; meus pulmões ainda estão comprimidos. Eu me esforço para respirar, e meus membros tremem. Posso sentir a pressão de suas mãos agora, o formato e o peso conhecidos. Tento me afastar, mas seu aperto só aumenta.

Olho para cima, procurando, como se estivesse na água.

Minhas pupilas contraem-se, restaurando minha visão aos poucos, e o quarto vai entrando em foco de forma gradual. Em meio à confusão visual, minha mente reconstrói seu rosto de memória, retratos antigos e novos se sobrepondo como exposições duplas antes de se fundirem no momento presente. De perto, ele está mais tenso; mais nervoso; mas seu cabelo é o mesmo de sempre: preto como breu, para combinar com seus olhos. Eu o encaro vagamente, mesmo enquanto vendavais de sensações me atingem: o toque da infância; a sensação da luz do sol; uma corrida ofegante pela chuva de verão.

Sebastian dá um sorriso, mas é forçado e expressa uma preocupação genuína. Desvio o olhar, e meus olhos cansados caem sobre a extensão da parte superior de seu corpo, objeto do meu fascínio sem fim. Tantas horas da minha vida passei imaginando como poderia arrancar o coração de seu peito.

— Rosa — ele diz baixinho, deslizando um dedo sob o meu queixo, erguendo meu rosto. Roça minha bochecha com o polegar, e fico cansada demais para recuar. — Parabéns. Suas autorizações foram aprovadas por mais um mês.

Não digo nada.

Eu nunca digo nada.

Meus interrogatórios mensais sempre foram gerenciados pelo tenente Soledad, mas executados pelo tenente Rivers. Agora que Soledad está morto, suponho que Sebastian — *tenente Rivers* — assumirá os dois papéis. Nunca me acostumei com suas promoções ao longo dos anos; nunca me acostumei a chamá-lo de outra coisa que não Sebastian. Nós crescemos juntos. Nossas mães eram melhores amigas.

Por tantos anos, ele foi tudo para mim.

— Sempre sou grato por ser eu a fazer isso por você — ele diz, apertando minhas mãos. — Quando estivermos casados, poderei cuidar ainda melhor de você. Meus relatórios pessoais serão muito mais exaustivos, o que significa que posso solicitar períodos mais longos entre os interrogatórios.

Eu engulo, o que dói. Minha garganta está seca.

— Sebastian.

— Sim?

Engulo mais uma vez.

— Posso tomar um pouco de água?

Ele balança a cabeça, recuando, seus olhos apertados de angústia.

— Seus vales-refeição ainda não foram renovados. Assim que forem, eu aviso.

Mais uma vez, engulo em seco.

Minhas rações diminuem de semana em semana, deixando quase nada para o fim do mês. O suprimento só é reposto depois que passo pelos interrogatórios. O problema é que mal recebo comida suficiente para uma pessoa. Clara não é contada nas distribuições. O Restabelecimento não acredita em desperdiçar recursos com os fracos.

— Por que você tem que dar tanto a ela? — ele pergunta. — Qual a utilidade? Quando você sabe como vai terminar...

Eu me afasto dele de modo deselegante, tropeçando ao lutar para ficar de pé. Sebastian me pega na mesma hora, e, na minha pressa de escapar dele, colido com uma parede de armários de aço, desencadeando uma cascata de barulhos. A desorientação que vem depois é quase pior que o interrogatório em si.

Não gosto de perder o controle.

— Preciso ver Clara — pontuo, tentando me firmar. — Preciso dizer a ela que vou embora. Nunca saí da ilha antes e preciso fazer planos para ela. Preciso lavar as janelas. Não lavei as janelas hoje e, se eu não as lavar todos os dias, a fuligem mancha o vidro e Clara não consegue ver lá fora, e ela precisa... — Eu tropeço, a sala parecendo que fica torta. — Ela precisa conseguir ver lá fora ou ela, ela... Eu deveria falar com Zadie. Um dos meninos dela acabou de perder as rações da semana e, se eu der alguns dos meus vales-refeição, talvez ela ajude a cuidar de Clara enquanto eu estiver fora...

— Rosa...

— Gostaria de ir para casa. — Eu o interrompo, tocando meus dedos na boca, assustada. Ocorre-me que posso estar falando demais, e a percepção disso me apavora. — Estou cansada — digo, deixando a mão cair. — Eu gostaria de ir para casa agora.

Sebastian respira fundo.

— Tudo bem — diz ele. — Você tem direito a um breve interlúdio antes da tarefa de amanhã. Acredito que pode fazer isso agora.

— Obrigada.

— Eu a levo de volta, assim podemos repassar o itinerário de amanhã mais uma vez. Lembre-se — acrescenta ele, e enfim o encaro — de que Klaus só conseguiu mapear um programa de ação para 24 horas. Ao nascer do sol, teremos pouco menos de três horas de roteiro restantes. Depois disso, o comportamento do sujeito é incerto. Você estará por conta própria para administrá-lo.

Eu aceno cegamente.

— Entendo.

— Me dê um minuto para pegar algumas coisas antes de irmos — Sebastian diz, dirigindo-me um sorriso. — Agora que estamos noivos, posso passar a noite com você.

Minha cabeça fica alerta em um instante.

— Passar a noite?

Ele fica corado; balança a cabeça.

— Só quero dizer que posso ajudar a cuidar de você.

Eu me viro em resposta, olhando para o horizonte e sentindo meu coração bater forte. Em menos de 24 horas, minha vida foi tão reorganizada que está irreconhecível. Soledad está morto: um motivo para comemoração. E, ainda assim, fui libertada de um agressor apenas para ser acorrentada a outro.

Nunca mais poderei me distanciar de Sebastian, suportando-o um mês de cada vez. Não posso nem rejeitar seu pedido de casamento sem ser acusada de insanidade — ou, pior, de deslealdade. Quem, além de uma traidora, rejeitaria uma oportunidade de deixar o fosso? De se casar com a riqueza e o prestígio? De nunca passar fome?

Além disso, há Clara.

Se você se casasse com Sebastian, as coisas melhorariam. Eles retirariam as sanções. Você não precisaria fingir toda manhã que temos comida no armário.

Quase me assusto quando Sebastian pega de novo a minha mão. Seus olhos suavizam-se ao dizer:

— Aliás, você não precisa dar seus vales a Zadie. Clara vai ficar bem. Ela sabe que você recebeu uma nova incumbência e que vai ficar fora da ilha por um tempo. Também sabe que vai ser transferida pela manhã.

— O quê? — Uma onda fria atravessa meu corpo, entorpecendo meu cérebro, desacelerando meu coração. — Transferida para onde?

— Vou transferi-la para a casa da minha mãe. Clara vai ter uma enfermeira para cuidar dela 24 horas por dia enquanto você estiver fora. — Ele sorri. — Já obtive aprovação.

Um medo fossilizado dentro de mim afrouxa, ameaçando ceder. Parece quase um alívio, mas que pode ser uma armadilha. Examino as linhas suaves do rosto de Sebastian, a barba por fazer que me diz que está ficando tarde. Seus olhos são sinceros.

— Mas você nunca se importou com Clara — digo.

— Você me culpa por isso? — O sorriso de Sebastian é autodepreciativo, como se ele tivesse dito algo encantador. — A simples existência dela está te matando. Ela é uma parasita.

O instinto de desligar é reflexivo.

Sinto-o quase contra minha permissão, os sentidos desligando até que meu próprio corpo pareça estranho para mim. Meu cabelo parece o de outra pessoa; minha pele parece a de outra pessoa. Ouço-me dizer, de longe:

— Então por que você se importaria agora?

Sebastian dá um passo à frente, e eu me retraio tão fundo na minha mente que mal sinto quando ele me puxa para perto e repousa sua testa contra a minha.

— Eu sempre amei você, Rosa. Depois de tudo o que aconteceu com a sua família... — Ele balança a cabeça. — Só quero cuidar de você. Mesmo que isso signifique cuidar da sua irmã. — Sua voz se aprofunda, suaviza. — Sinto como se tivéssemos esperado a vida inteira por isso. Ainda não consigo acreditar que vai mesmo acontecer. Depois de todos esses anos, de fato ficaremos juntos.

Sebastian tira um anel do bolso, e um carrossel de memórias me percorre, empurrando-me mais fundo no abismo: o gosto de sangue que vomitei enquanto ele olhava; o som de sua voz açucarada ecoando; *Você nos decepcionou, Rosa, você decepcionou a todos nós*; a dor ofuscante no meu braço direito; os sons desconexos dos meus próprios gritos; *Você nos decepcionou, Rosa*; o raspar de pedra sob os meus joelhos; a respiração irregular; *Você decepcionou a todos nós*; a violência silenciosa da aliança de ouro que ele desliza no meu dedo morto.

Eu a examino, brilhando contra a minha pele.

Ergo minha cabeça alguns centímetros a fim de olhar para Sebastian. Um brilho de luz azul pisca em seus olhos escuros, e percebo que não sei quantas pessoas estão nos observando.

Só criminosos precisam de privacidade, Rosa.

— Sei que você não pode usá-la enquanto estiver fora — ele sussurra. — E sei que ainda não somos casados. Mas quero que a leve com você, para que se lembre da razão de nossa luta.

Ele sorri para mim com afeto genuíno e intenso, e fico atordoada, não pela primeira vez, pela capacidade de Sebastian de viver em uma paisagem de sonho forjada inteiramente de ilusão.

Ele nem sempre foi assim.

Ao longo dos anos, eu o observei entregar sua mente de pedaço em pedaço, dedicando-se ao culto da opinião coletiva — oferecendo fé cega em troca de fraternidade. Às vezes, quando flutuo com segurança sob o véu do quase sono, descubro que posso ser generosa com meus pensamentos. No crepúsculo da consciência, meu coração se expande o suficiente para me lembrar de Sebastian como ele era, o suficiente para ter pena do homem que é agora. Mas o sentimento nunca dura o bastante para fornecer conforto.

Se eu falhar nessa missão, ficarei sem escolha.

Sebastian sempre vai pairar sobre mim, matando-me aos poucos pelo resto da minha vida.

11

JAMES

Acordo do jeito que desmaiei: puto da vida.

Coração batendo forte, cabeça lenta. Abro os olhos para um borrão de cor, apertando-os sob um clarão de luz. Há sangue na minha boca, nos meus ouvidos, endurecido no meu cabelo, em crostas na minha pele. A dor irradia nas minhas articulações. Pisco, e minha visão ainda vai clareando. Os azuis e verdes da floresta entram mais em foco, o brilho do sol da manhã passando por entre uma rede de galhos. Deixo os olhos se fecharem, já exausto, e passo a mão instável pelo corpo, procurando os ossos quebrados. Só quando confirmo que meus membros estão intactos é que exalo com alívio.

Filhos da puta.

O chão está frio e úmido; minhas roupas estão duras, engomadas com sangue. Os resíduos de uma febre ainda se agarram à minha pele superaquecida e molhada, e tremo de modo involuntário, pressionando a base das mãos ensanguentadas contra os meus olhos.

Essa dor de cabeça é digna de um prêmio.

VIGIA-ME

Essa dor de cabeça é tão ruim que deveriam estudá-la. Alguém deveria vender ingressos para esse pesadelo. Pessoas deveriam formar fila para ter a oportunidade de experimentar meu crânio e apreciar a maneira como o meu cérebro derrete entre as minhas orelhas.

Eu não costumo desmaiar, a menos que as coisas fiquem realmente péssimas — com risco de morte —, porque, embora o sono em geral acelere o processo de cura, a troca quase nunca vale o risco. Aprendi da maneira mais difícil ao longo dos anos que é muito fácil para alguém terminar de me assassinar, por exemplo, enquanto eu estiver inconsciente demais para revidar.

Neste caso, porém, não me lembro de ter tido escolha.

Abro os olhos de novo, estudando a inclinação do sol. É de manhã cedo, o que significa que fiquei inconsciente, exposto e completamente vulnerável por pelo menos várias horas. O fato de esses imbecis me deixarem viver para ver a luz do dia me diz que nossa diversão juntos nem começou. A noite de ontem foi apenas um aperitivo de tudo o que ainda está por vir.

Oba.

Eu me arrasto até conseguir me sentar, fazendo careta. A dor está diminuindo, mas devagar, o que me diz que foi um ataque mais brutal que a média. Eu me jogo contra o tronco da árvore mais próxima, fechando os olhos com um suspiro. Que inferno, tinha acabado de lavar todo o sangue da primeira rodada de tentativa de assassinato.

Como eu disse: *filhos da puta.*

Essa situação não tem mais graça. Para ser claro, nunca teve graça —, mas agora estou de fato, de verdade, bravo. *Puto.* Como naquela vez em que alguém quase matou Juliette durante uma aparição pública e ela ficou tão traumatizada que teve de aprender a andar de novo. Ou quando fomos forçados a partir de nossas casas para um complexo fortificado por causa de preocupações com a segurança. Ou mesmo naquela vez em que Kenji comeu o sanduíche que eu estava guardando para o jantar e não se desculpou.

Olho para cima, distraído por um movimento repentino, apenas para descobrir um esquilo de cabeça para baixo me encarando. Um raro pulso de raiva desperta minha adrenalina, e eu agarro o monstro peludo no mesmo instante, olhando brevemente em seus olhos azuis brilhantes antes de quebrar seu pescoço. Procuro no chão da floresta um fragmento de algo afiado e o uso para rasgar a criatura, expondo suas entranhas brilhantes. Meus olhos se estreitam.

Não há fiação elétrica correndo ao longo de suas veias, nenhum órgão aprimorado com maquinário. Não há nada que indique uma mudança de estado, exceto um sutil brilho azul que percorre toda a sua anatomia, que, se não fosse por isso, seria normal. Desmonto o resto de seu corpo com meus dedos pingando sangue, até que descubro o chip quase indetectável enterrado dentro de seu cérebro. Puxo a pecinha com minhas mãos grandes e desajeitadas, então a seguro sob a luz da manhã, examinando a textura estranha do metal azul, semelhante a uma impressão digital.

Experimento um momento sombrio de triunfo.

Esqueça as armas. Se eu puder levar *isto* para casa, podemos ter uma chance de entender exatamente o que estamos enfrentando.

Com a febre baixa e a energia retornando ao meu corpo, decido testar minha força, usando o tronco da árvore como apoio ao me levantar. Com cuidado, distribuo o peso nas pernas, exalando de alívio quando tudo parece estar funcionando corretamente. Jogo a carcaça do esquilo alienígena na floresta, coloco o chip no bolso e me viro para observar a vida selvagem, cujos muitos olhos me encaram.

— Julguem o quanto quiserem — murmuro. — Não vou tomar outro banho.

Subo na base do tronco, jogo-me no galho mais baixo e me levanto, endireitando-me sobre ele apenas para acabar batendo a cabeça no galho logo acima de mim. Esfrego a parte de trás da cabeça, franzindo a testa, e, quando me viro para encarar o galho ofensivo, dou de cara com uma enorme teia de aranha. Grito como uma garotinha, perco o equilíbrio e por pouco não caio da árvore.

Quase consigo ouvir os animais rindo de mim.

— Tudo bem, ok, o show acabou — digo, encontrando os muitos olhos me observando através da copa. — E, se a assassina em série gostosa estiver assistindo a isto agora, eu gostaria apenas de declarar, para registro, que estou me recuperando do que tenho certeza de que foi uma lesão cerebral recente. — Tiro fios de seda de aranha do meu rosto e cuspo restos da teia pegajosa na direção dos pássaros indignados. — E, além disso? Teias de aranha me dão dor de barriga. Teias de aranha dão dor de barriga em *todo mundo*. Não finja que é melhor que eu.

Neste momento, um pardal pousa no meu ombro, e me assusto quando suas asas batem e pousam perto do meu rosto. O pássaro e eu nos viramos para olhar um para o outro ao mesmo tempo, mantendo um momento de contato visual estranho e intenso, e, mesmo sabendo que é um pássaro-robô demônio, não consigo evitar estender a mão e acariciar sua cabecinha lisa. Ele trina baixinho sob o meu toque.

— Estou vivendo o sonho de Kenji agora — sussurro, ainda acariciando a cabeça do pássaro. — Apesar de todo o sangue, sou basicamente um príncipe de conto de fadas. Só preciso de um número musical e de uma fada-madrinha. Agora, saia daqui.

Tiro o pássaro-robô do meu ombro com as costas da mão e volto meus olhos semicerrados para a copa da árvore.

De relance, percebo que os pinheiros nesta região remota têm pelo menos trinta metros de altura — alguns são até mais altos. Vai dar certo.

Respirando fundo, pulo para o próximo galho.

Com cuidado, subo na árvore o mais rápido possível. Meus movimentos ainda estão um pouco lentos, mas meus níveis de energia melhoram a cada minuto, e, quando escalo até o topo — respirando apenas um pouco mais forte que o normal —, não fico desapontado.

Tenho uma boa visão aérea da maior parte da ilha.

Não é surpresa que nunca tenhamos conseguido implantar satélites no espaço aéreo de Ark, mas o fato de não termos imagens deste lugar visto do alto nos prejudicou muito. Não temos ideia de que tipo de infraestrutura militar eles têm aqui; nenhuma ideia da escala de seu armamento; nenhuma ideia de que nova tecnologia maluca eles podem estar construindo. Ainda assim, fica claro, mesmo com uma olhada rápida, que este lugar foi planejado com precisão. O movimentado epicentro é coroado por prédios altos e imponentes, enquanto praças organizadas, em comunidades residenciais, circundam os arredores. É fácil avistar as escolas, as pontes, os aeroportos, as terras agrícolas. Exalo devagar, absorvendo a imagem.

De alguma forma, é ainda pior do que eu pensava.

Warner disse que sempre suspeitou que o Restabelecimento estivesse construindo um santuário em algum lugar, que não faria sentido eles não terem um plano b. Mas, nas semanas seguintes ao colapso do Restabelecimento, não tínhamos recursos para impedir que a elite do regime fugisse do continente. Nosso povo quase morreu derrubando o sistema; Juliette, em particular, estava em tão mau estado que, quando a levaram para um lugar seguro, ninguém tinha certeza se ela sobreviveria. Não havia como pensar em nada além dos problemas imediatos à nossa frente.

Mas nunca imaginamos que o problema poderia ser tão grande assim. Agora, olhando para a paisagem altamente desenvolvida, tudo faz sentido. O Restabelecimento nunca cairia sem reagir.

O problema era que nunca conseguimos descobrir como eles se recuperaram rápido o suficiente para iniciar uma guerra secreta. Como acumularam um novo arsenal de armas? Estabeleceram uma nova tecnologia de vigilância? Reconstruíram uma rede de espionagem? Como conduziram pesquisas? E como cultivaram as terras agrícolas? Um sistema autossustentável de agricultura? Aeroportos? Centros médicos, centros de pesquisa, fábricas?

O primeiro ataque cibernético nos atingiu apenas alguns meses depois de tomarmos o poder. Os primeiros assassinatos — de cientistas e engenheiros importantes — aconteceram alguns meses após isso.

E, desde então, os ataques nunca pararam de acontecer.

Levamos anos para descobrir que seus planos para a ilha eram anteriores à sua ascensão ao poder. O Restabelecimento começou a construir Ark antes mesmo de instaurar o regime. A maioria dos membros fundadores — entre eles, meu pai — tinha laços com o complexo industrial militar, tendo acumulado sua riqueza como administradores da defesa. Acontece que eles usaram empresas de fachada e firmas de investimento privadas para comprar propriedades na ilha ao longo de muitos anos, até que expulsaram os poucos moradores restantes e a terra ficou inteiramente sob seu controle. Eles começaram a preparar o terreno para *isto* — seu esconderijo — alguns anos antes mesmo de começarem a fazer campanha pelo poder.

É prova de que estavam seguros de seus planos.

Meu maxilar fica tenso enquanto examino a cena mais algumas vezes. Qualquer coisa que eu possa compartilhar com a equipe valerá muito, e dedico o máximo que posso à memória. Somente na minha varredura final da ilha noto algo estranho: uma coisa que não é como as outras.

Cubro os olhos, apertando-os contra o brilho do sol da manhã, para ter uma visão melhor. Há um aglomerado de pequenos edifícios indefinidos pontilhando o interior de um vale remoto e abandonado. As estruturas são tão insignificantes que quase não as vi, não apenas porque não chamam atenção, mas porque ficam em uma região sufocada por floresta selvagem de um lado e um penhasco íngreme do outro. Sua construção parece simples; daqui, as casas parecem ser feitas de madeira, quase como galpões de armazenamento. Minha primeira impressão é de que podem ser um discreto depósito de armas — exceto que parece haver espirais de fumaça saindo dos telhados, como se os edifícios frágeis pudessem ter chaminés. Talvez sejam espaços pseudoindustriais? Quartéis-generais de vigilância? Armazéns secretos para uma coleção de bonecas assustadoras?

É difícil saber. Um par de binóculos seria muito útil agora. Caramba, a mochila que roubaram de mim poderia ajudar. Eu tinha pelo menos cinco barras de proteína lá dentro.

Tudo o que posso afirmar com certeza é que há um trecho inteiro de terra isolado das principais zonas políticas, comerciais e residenciais. Uma ravina profunda o segrega fisicamente das propriedades do coração da ilha Ark, quase como se a área fosse de difícil acesso intencionalmente. Nenhuma estrada de entrada ou saída. Pouca infraestrutura de suporte por perto. Eles *devem* estar escondendo algo.

Considere meu interesse agora desperto.

12

JAMES

— Até que isso aqui é legal, não é? — pergunto, espiando pelo para-brisa. — Tranquilo.

Ao redor, as cenas ficam um pouco borradas conforme voamos sob as nuvens. A paisagem aqui é linda: montanhas irregulares mordendo o céu, lagos brilhando sob o sol da manhã. O zumbido do helicóptero elétrico também não é tão ruim; não preciso forçar muito a voz quando digo:

— Nunca andei em uma dessas coisas antes.

Meu companheiro de cabine parece pouco impressionado; mas, como ele está morto há pelo menos vinte minutos, não é nenhuma surpresa.

Estamos a caminho de um dos prédios com aparência de armazém que escolhi de forma aleatória no mapa. De acordo com a tela, que exibe as informações atuais de voo, iremos pousar em quinze minutos.

Aqui estava eu, pensando que teria de roubar um jato ou um barco, ou até mesmo fazer rapel pelos pilares do inferno a pé — e eis que o mundo de repente me oferece um tipo de triciclo voador. Não sei como descrevê-lo de outra forma. Sem portas; dois lugares; porta-copos simples; motorzinho bom; interior de couro; reclinação mínima; navegação embutida; e, bônus: voa sozinho. Superbônus: estava ali, esperando por mim. Voltei para os arredores da civilização, e o dono uniformizado deste belo veículo logo começou uma briga comigo, tudo porque pedi emprestado seu pequeno e bacana triciclo aéreo.

— Ei, quanto tempo você acha que vai demorar para eles perceberem que não é você quem está pilotando esta coisa? — pergunto, olhando de novo para o meu companheiro. De acordo com a identidade que tirei do porta-copos, seu nome é Jeff Jefferson. Jeff com sobrenome Jeff. Eu não seria capaz de inventar uma merda dessas. — Ou você acha que eles já sabem que você está morto?

Jeff não diz nada, mas já sei o que ele está pensando.

— Sim — continuo, assentindo ao olhar para o para-brisa. — Eles com certeza sabem que você está morto.

Mais cedo, encontrei no porta-luvas um pacotinho de balas, um tipo de milk-shake diet e duas barras de chocolate coladas com um bilhete que dizia *Você é melhor que isso*. Enfio a metade restante de uma barra na boca agora, mastigando enquanto penso.

Olho para Jeff.

— Você foi muito duro consigo mesmo, cara. Não comeu o chocolate e agora olhe para você... mortinho. — Rasgo a embalagem da segunda barra de chocolate, dou uma mordida enorme, depois inspeciono o rótulo do milk-shake diet. — O que é essa merda aqui, Jeff? Por que você estava bebendo esse lixo?

O triciclo apita furiosamente em resposta, exigindo outra rodada de verificação biométrica. Balançando a cabeça, estico a mão mole de Jeff até a tela. Um instante depois, ela pisca verde.

Tem exigido a verificação a cada dois minutos — deve ser porque sabe que o piloto está morto. Eu não ficaria surpreso se essa coisa rastreasse também a frequência cardíaca, as evacuações e os pensamentos impuros. Começou a surtar assim que pulei a bordo, como se já soubesse, antes mesmo de eu quebrar o pescoço do cara, que eu ia quebrar o pescoço do cara. E, então, fiz algo para de fato irritar a máquina: em vez de ir direto para os armazéns, arrisquei e tentei voar de volta para casa.

Eu sabia que era um risco.

Essas coisas não só contêm rastreadores e câmeras, como devem armazenar dados suficientes sobre Jeff para conhecer seus padrões normais de voo. Uma viagem aleatória para a Nova República acabaria enviando um alerta para o sistema.

Ainda assim, achei que tinha de tentar.

Mas, no minuto em que programei as coordenadas não autorizadas de navegação, fui colocado em liberdade condicional. Ao que parece, as pessoas da ilha Ark não têm permissão para sair deste lugar sem autorização de segurança de alto nível. Pelo jeito, qualquer um que tente fugir é denunciado de imediato às autoridades.

Assim, além de me transformar em um alvo ainda mais óbvio, o triciclo entrou em um modo de uso limitado, o que basicamente significa que não posso assumir o controle do volante, os cintos de segurança não funcionam, as luzes não param de piscar e a aeronave não voa muito alto nem muito rápido, até que possa ser liberada por oficiais.

Dou uma mordida furiosa na barra de chocolate.

Mal comecei a mastigar quando o triciclo grita para mim de novo, e forço a mão de Jeff sobre o escâner pela centésima vez. Foi um pouco estranho no começo empurrar Jeff para fora do triciclo apenas para arrastá-lo de volta a bordo depois que percebi que precisava dele para operar a coisa. Também foi perturbador para todas as pessoas que me viram fazer isso. Eu sei porque elas nunca pararam de tentar me matar.

Ao que parece, todo mundo nesta ilha anda armado.

Jeff também estava armado, o que foi a minha sorte. Antes de invadir o porta-luvas para pegar os lanches, eu me certifiquei de verificar se ele tinha armas. Agora posso me sentar e me espreguiçar, o sangue seco descascando do meu corpo em pedacinhos, como confete. Quando o sol se move, oferecendo-me um reflexo fugaz no para-brisa, fico tão surpreso com a visão do meu próprio rosto que tenho de olhar duas vezes. Praticamente posso ouvir o som da voz de Kenji segurando o riso...

Parece que alguém cagou uma merda sangrenta e pegajosa no seu rosto. Entende o que estou dizendo? A palavra que estou procurando é diarreia. *Sabe o que é diarreia? É você.*

O pensamento quase me faz sorrir, depois quase me mata. De repente, sinto tanta saudade de casa que o sentimento quase me penetra. O *medo* quase me penetra.

Respiro fundo. Faltam menos de dez minutos. A floresta fica mais densa à medida que nos afastamos da região povoada da ilha, envolvendo nosso destino em mistério.

Meu joelho bambeia.

Há uma razão pela qual Warner nunca liderou uma missão em Ark. Sua teoria era que só conseguiríamos vencer uma batalha contra o Restabelecimento 2.0 se os atraíssemos para o continente. Warner tem mil ideias sobre o que eles podem estar desenvolvendo aqui e não acha que estejamos prontos para enfrentá-los em seu território. Achei que ele estivesse fraquejando. Ficando mole.

Agora percebo que deveria ter ouvido.

VIGIA-ME

Esta é uma missão suicida. Eu fui mais que estúpido por pensar que sabia mais que Warner, e mais estúpido ainda por pensar que poderia me virar sozinho. Assim que este triciclo tocar a terra, estarei cercado. Ainda não tenho ideia de como vou sair daqui. Não sei o que estão planejando para mim nem por que me mantiveram vivo por tanto tempo. Estou basicamente improvisando, esperando que as coisas deem certo. E, neste momento, uma pontada de emoção real está queimando um buraco no meu coração, mas tenho de controlá-la. Não posso deixar esses babacas me verem sofrendo.

Eu me forço a olhar para Jeff.

— Então, Jeff. Quem o fez pensar que tinha de perder cinco quilos para ser amado?

— *Começando a descida inicial* — diz uma voz feminina suave. — *Tocando o chão em cinco minutos.*

— Cinco minutos?

Eu me endireito no meu assento tão rápido que Jeff dá um pulo ao meu lado, caindo nos meus braços. Eu o empurro de volta para o seu lugar e espio pela abertura da porta. Estamos descendo sobre o mar, a água brilhando na luz crescente, e, quando o triciclo faz uma curva acentuada em direção à terra, tenho meu primeiro vislumbre dos armazéns ao longe — e Jeff afunda no meu colo de novo. Irritado, eu o empurro de volta para o seu assento.

Volto os olhos para a paisagem, e minha irritação é rapidamente substituída por confusão. Dessa perspectiva, fica muito claro: estes não são armazéns.

São *casas*.

Chalezinhos de merda aglomerados em uma das cenas mais sombrias e pós-apocalípticas que já vi em muito tempo. Pessoas estão circulando, pais e filhos com aparência triste e desnutrida. A neve fresca de ontem já está suja e manchada de fuligem, com raios de sol lutando para passar através de uma fina camada de poluição. A cena como que se ajusta de repente, dando-me pouco tempo para refletir antes de pousarmos...

— *Verificação de entrada.*

O escâner biométrico grita mais uma vez um aviso furioso. Irritado, viro-me para agarrar a mão de Jeff. Exceto que, de repente, o assento de Jeff está vazio.

— Ai. Merda.

Eu me atrapalho, esticando meu pescoço para fora da outra abertura como se pudesse pegá-lo ainda caindo rumo à sua segunda morte, mas é claro que o esforço é inútil. Perdi Jeff, e agora o triciclo aéreo está irritadinho.

— *Aviso* — grita a voz, sem parar. — *Verificação de entrada. Aviso. Verificação de entrada. Aviso. Verificação...*

Penso em colocar minha própria mão na tela, mas concluo que não conseguiria nada de bom com o gesto. Em vez disso, decido entrar em pânico. Estou a menos de cinco metros do chão, mas a coisa está se recusando a pousar, e não sei o que é pior: chamar atenção para mim dessa forma ou estar certo sobre ser atacado pelo Restabelecimento. Como previsto, há um enxame de soldados armados esperando ao longe, onde versões maiores e mais impressionantes do meu triciclo aéreo espalham-se pela paisagem como brinquedos. Imagino que esses sejam bem mais difíceis de roubar.

— *O sistema desligará em cinco, quatro, três, dois...*

O motor desliga-se e, de repente, estou em queda livre. Tudo está acontecendo tão rápido que não consigo decidir se devo pular. A estrutura de aço atinge o chão com força estrondosa, tremendo até parar de modo caótico, enquanto ondas de dor disparam pelo meu corpo machucado.

Tento piscar, mas parece demorar uma eternidade.

VIGIA-ME

Meus ouvidos estão zumbindo. Toco o lado do meu rosto e minha mão volta molhada. Vermelha. Respiro fundo conforme a dor aumenta, arrancando um caco de vidro do meu braço quando ouço uma menina gritar.

Enrijeço com o som.

Meu batimento cardíaco acelera, assustando-me. Reajo mal ao som de crianças gritando. É o maior trauma que habita em mim; a parte de mim que estou sempre tentando controlar. Cresci ouvindo crianças gritar. Adormeci ouvindo crianças gritar. Crianças morrendo. Crianças desaparecendo. Crianças sendo torturadas, passando fome, abusadas. Eu era um dos sortudos no orfanato; tinha um irmão mais velho que ia me ver às vezes. Que mandava comida às vezes. Que, enfim, economizou dinheiro suficiente para me tirar de lá. Mas fui criado com crianças cujos pais foram massacrados tentando lutar contra o Restabelecimento. Tantas crianças foram deixadas para trás que inundávamos as ruas como cardumes de peixes. Nunca havia camas suficientes. Nunca havia comida suficiente.

Estávamos sempre, sempre desprotegidos.

Eu me forço a olhar ao redor, a luz encobrindo a minha visão diante do caos: metal amassado; manchas de sangue; luzes piscando; "verificação de entrada"; vidro estilhaçado; "verificação de entrada". Meus olhos se fixam no cano brilhante de um rifle automático. "Verificação de entrada".

Saio cambaleando pela porta, caindo no chão frio com um baque, lutando para clarear a visão.

Mais uma vez, a menina grita.

O som é como um golpe no rosto. Respiro fundo, cerro os dentes. Por anos não consegui nem ficar perto dos filhos de Adam. Quando Gigi ou Roman choravam muito, eu perdia o controle;

eu me irritava mesmo ciente, racionalmente, de que às vezes as crianças choram mesmo quando se sentem seguras. Podia ver o horror nos olhos de Adam quando eu perdia o controle. Podia ver como isso o matava, perceber que eu era assim, traumatizado.

Ainda traumatizado.

Por fim, aprendi a fingir pelo bem dele, cronometrando minhas visitas, dissociando-me dos momentos dos quais não conseguia escapar. Mesmo assim, tentei por anos me livrar desse peso e nunca consegui. Há uma raiva que vive dentro de mim que nunca consegui eliminar. Uma raiva que vive enterrada, como magma, quilômetros abaixo das águas paradas. A raiva de uma criança ainda pequena tendo de lutar contra os monstros quando eles vinham chamá-la.

Quando ouço a menina gritar pela terceira vez, levanto-me.

Minha cabeça lateja; meu coração bate forte; gotas de suor escorrem pela minha testa. Estreito os olhos para a multidão de soldados que vejo ao longe, sinto minha ansiedade aumentar um pouco, e, em meio à névoa, levo um momento para perceber que eles não estão me encarando.

Porra, eles não estão aqui por mim.

Estão cercando uma das casas. A porta da frente escancarada revela uma criança tão magra que parece esquelética. Pisco rapidamente, minha cabeça se firmando, e, conforme minha visão se aguça, percebo que ela me parece estranhamente familiar. Cabelo loiro-claro, pele superpálida. Dois soldados a estão arrastando para fora, manejando-a com tanta força que temo que ela se parta ao meio. Suas bochechas estão fundas, seu corpo treme, mas ela está olhando para algo com um desespero concentrado, e, quando sigo sua linha de visão, quase tropeço sobre os calcanhares. Há uma jovem de joelhos no chão, debatendo-se violentamente contra os soldados que prendem seus braços atrás das costas. Um homem largo de cabelos escuros paira sobre ela, seu rosto na sombra. Ele está meio curvado, as mãos plantadas em seus ombros. E é aí que eu me lembro...

Por favor
Diga para serem gentis com ela
Ela é apenas uma criança
Quando eu morrer, eles vão jogá-la no hospício

Os soldados não estão apontando suas armas para mim, mas para Rosabelle, e eu deveria ficar feliz. Esta é a distração perfeita. Não preciso ficar aqui. Não preciso ouvir isso. Não é problema meu. Eu poderia sair correndo. Eu *deveria* sair correndo. Roubar um veículo, pular no oceano...

— Você me prometeu — diz ela, e sua voz está anormalmente calma, à beira de falhar. — Você *prometeu*...

— Rosa, chega...

Ela cospe no rosto do homem.

Um soldado bate a coronha da arma no olho de Rosabelle com tanta força que ouço o estalo do osso, e, quando sua irmã grita pela quarta vez, o som como que reescreve meu DNA.

— Beleza, foda-se — murmuro, agarrando a arma de Jeff do triciclo capotado. — Vamos fazer algo bem estúpido.

13

ROSABELLE

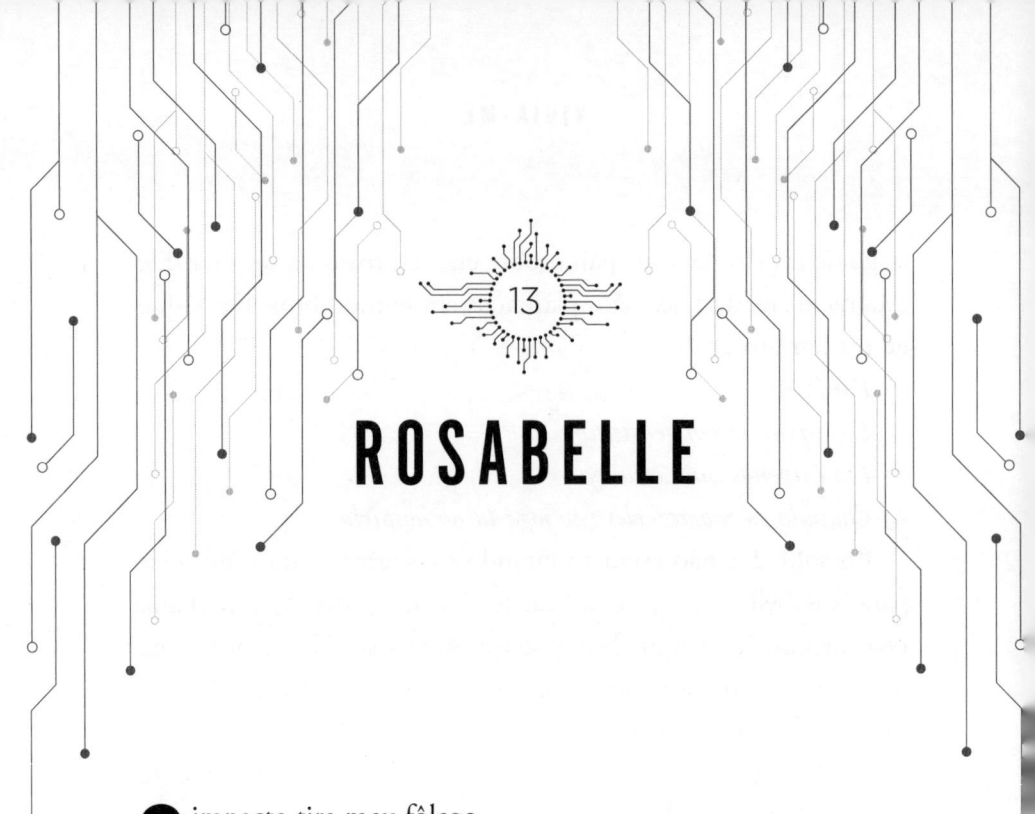

O impacto tira meu fôlego.

Como uma pequena explosão, raios de luz atravessam minha visão. Quase consigo ver as faíscas quando a arma atinge minha cabeça, e uma dor ofuscante perfura meu olho direito. O som do grito de Clara diminui e se estende, distorcendo-se em câmera lenta. Ergo a cabeça e tudo fica embaçado.

Não me arrependo em nada por ter cuspido na cara de Sebastian.

Ao mesmo tempo, eu me arrependo profundamente.

Nunca demonstrei nada além de respeito cuidadoso por ele, e agora mostrei minha verdade. Pior: Clara sofrerá pela pequena e fugaz satisfação do momento.

Uma vitória pírrica.

Um fio de sangue abre caminho no meu olho, e pisco com dor, desviando seu percurso para a minha boca. O ar da manhã é revigorante, e o chão úmido mancha meus joelhos. Meus braços ainda estão torcidos atrás das costas, quase arrancados de suas articulações. Ouço o bater de asas, um grasnido distante, corvos começando a circular. Os acontecimentos desta manhã retornam a mim em flashes agonizantes: a ordem de hospício pregada na porta da frente; o olhar culpado no rosto do homem com quem devo me casar; a violência da retirada inesperada momentos depois.

Clara.

O que foi, Rosa? O que houve? Por que eles estão aqui? Rosa... Espere, por que estão te levando... Por que a estão levando? ROSA... NÃO...

Alguém me toca e eu recuo, abrindo os olhos para encontrar Sebastian limpando o sangue do meu rosto com gentileza. A inspiração chega sem ser solicitada:

Uma pá enferrujada.

Vou cortar sua cabeça com uma pá enferrujada. Cega e pouco prática. Vai demorar uma eternidade. Ele vai gritar sem parar.

— Às vezes não sabemos o que é melhor para nós — Sebastian está dizendo, seus dedos roçando o hematoma que vai se formando ao longo da minha têmpora. — E eu só quero o melhor para você, Rosa. Você verá.

Por tanto tempo, aceitei esta vida como uma dívida adiada: meus pais se recusaram a pagar o preço, então eu teria de pagar. Meu pai foi um traidor; eu não. Minha mãe escolheu a morte; eu não.

Quando nada fazia sentido, a lógica me sustentava.

O Restabelecimento sempre me protegeu; foi meu pai quem me traiu. Foi minha mãe quem me deixou. Foram eles que nos fizeram mal.

Se eu pudesse ser tudo o que eles não foram, eu consertaria tudo. Poderia ser mais forte. Poderia ser melhor.

Poderia ser paciente.

Dei os últimos dez anos da minha vida a esse sistema, confiando que, desde que eu mantivesse minha cabeça baixa e trabalhasse duro, seria recompensada por minha lealdade. Confiei que, no fim das contas, um aparato de justiça sustentaria meu sofrimento diário.

Mas, agora...

Viro a cabeça, procurando para além do rosto embaralhado de Sebastian. Não consigo mais ver Clara.

Eles devem tê-la arrastado para longe, para fora da minha linha de visão, ainda gritando. Sinto de novo a gagueira do meu sistema nervoso; uma falha no meu coração; o tremor revelador do meu braço direito.

A esperança, como a respiração, deixa meu corpo.

Posso ver tudo: os hematomas que as mãos deixarão em sua pele; a crueldade com que a amarrarão; o abismo congelado de sua cela apodrecida; os restos pútridos que jogarão para ela comer; a água suja que ela será forçada a beber; a imensidão da solidão — e pior, e pior...

Não sou melhor que meus pais.

Também falhei, também fiz mal a nós.

Uma paralisia fria toma conta do meu corpo. Perco a sensibilidade nas pernas. Meu peito trava, comprimindo meus pulmões. Minha visão vai e volta. Clara, três anos, coberta do sangue da minha mãe. Clara, quatro anos, agarrada a mim o tempo todo. Clara, cinco anos, querendo saber como é sentir o estômago cheio...

Você lembra, Rosa? Consegue descrever?

Um suor febril atravessa minha pele, gelando-me até os ossos. Clara, seis anos, vomitando de modo descontrolado. Clara, sete anos, entregando-me um bilhete...

Desculpe por te chatear quando estou doente Não quero te chatear Prometo que vou tentar melhorar

Meus olhos tremem e eu sinto: vou desmaiar.

Não.

Não, faz anos que você está morta por dentro, digo a mim mesma. Você tem estado morta por dentro há tanto tempo...

Morra, digo a mim mesma.

Morra.

— O que diabos? — Sebastian olha adiante bruscamente, por cima do meu ombro. — Ele não deveria estar aqui ainda. Não deveria nem conseguir ficar em pé por outros cinco minutos...

O choque atravessa minha pele entorpecida, penetrando meu coração como uma lâmina. De repente, posso me ouvir respirando, me sentir tremendo. De repente, estou congelando.

Eu sei, de alguma forma, que é ele.

James.

Memórias distorcidas das últimas 24 horas sobem, como bile, à superfície da minha mente, recordando-me de tudo o que devo fazer, da missão que devo completar.

Mas não consigo me lembrar de como me importar com isso.

Quero saber o que fizeram com Clara.

Um murmúrio move-se pela multidão, e cabeças viram-se todas juntas em direção a algo fora de vista. Um dos soldados afrouxa o aperto no meu braço apenas o suficiente para que eu consiga esticar o pescoço para ver...

Um mini-helicóptero amassado vindo em nossa direção.

O para-brisa está rachado, distorcendo o rosto de James, mas ele está apenas metade dentro da cabine; suas botas são visíveis através da abertura da porta, passos batendo no chão em passadas cada vez mais rápidas. A pequena aeronave danificada está subindo rapidamente uma pequena colina, balançando sobre as três rodas a uma velocidade perigosa, e, assim que ganha impulso suficiente, ele pula de volta para dentro e pilota diretamente sobre a multidão.

14

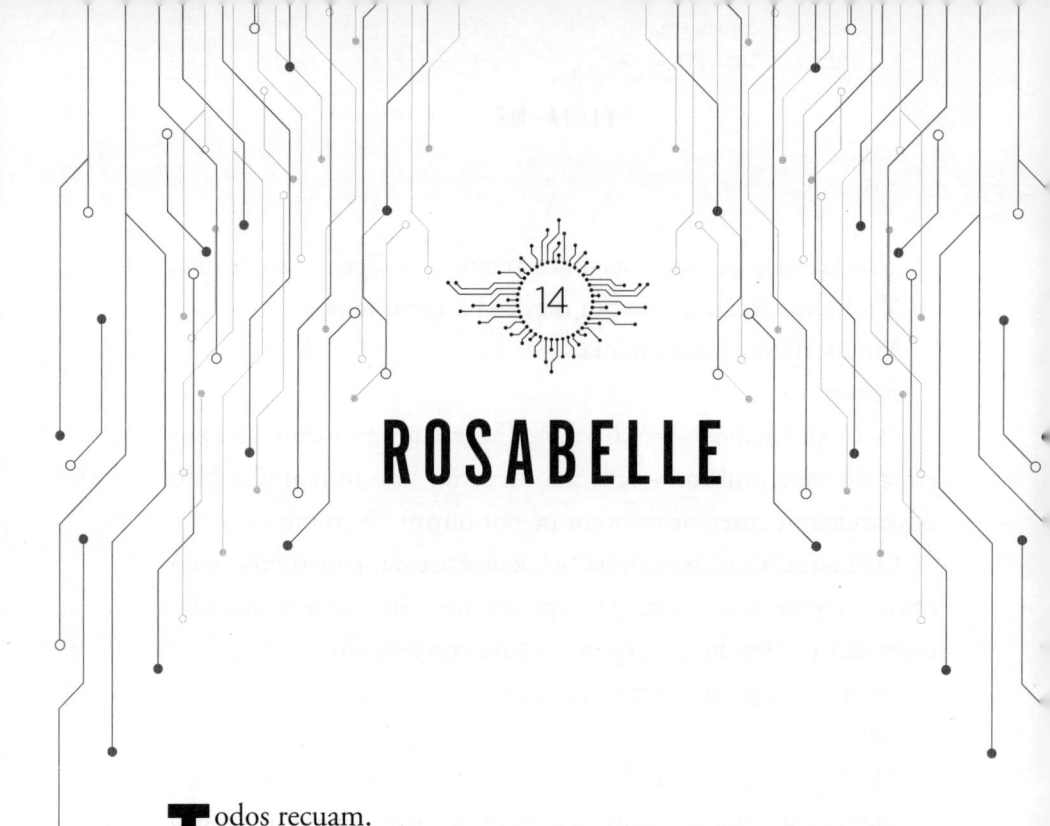

ROSABELLE

Todos recuam.
Um destacamento de soldados avança, formando uma barricada na frente da aeronave que se aproxima. Erguem suas armas, e um zunido elétrico corta o ar enquanto Sebastian dispara à frente, mirando sua arma no helicóptero quebrado que vem em nossa direção.

— Pouse agora — ele grita com sua voz retumbante. — Pare o veículo imediatamente.

James coloca a cabeça ensanguentada para fora da porta aberta.

— O que você disse?

— Eu disse para *parar*...

James inclina-se mais para fora da porta, revelando um rifle automático sofisticado.

— Eu estava apenas brincando, imbecil — ele grita de volta.

— Ouvi o que você disse.

James abre fogo.

A multidão grita.

VIGIA-ME

Sebastian joga-se para fora do caminho. Os soldados não hesitam e atiram sem parar no triciclo, estilhaçando vidro por toda parte.

— Parem de atirar! — Sebastian berra, levantando-se. — Não alterem o curso! Temos quinze minutos restantes no roteiro...

James dirige o helicóptero quebrado diretamente sobre os oponentes, e as pessoas mergulham para se proteger enquanto ele descarrega munição após munição. Algumas vezes, ele corre ao lado da aeronave danificada para dar um impulso, arriscando a vida ao fazer isso. Eu o vejo ser baleado três vezes: duas nas pernas e uma no ombro, cada ataque pontuado por um xingamento. Está claro que eles não estão tentando matar James, e me pergunto se ele consegue perceber isso.

Não consigo tirar os olhos dele.

Não tenho ideia de quais são suas intenções. Não sei se ele está aqui por vingança, com a intenção de me matar junto com todos os outros pelo que fizemos a ele. Não consigo encontrar energia para me preocupar com seus motivos, não agora que Clara foi tirada de mim. Nunca me importei menos com a vida. Sem Clara, não tenho valor como pessoa.

Sem Clara, sou uma assassina, nada mais.

De uma distância fria, observo a cena impossível desenrolando-se ao meu redor, desaparecendo cada vez mais dentro de mim mesma a cada segundo que passa. Só quando dois tiros explodem bem perto da minha cabeça — um para cada soldado que está me segurando — é que sou jogada de volta ao meu corpo. Então percebo o que está acontecendo.

James veio aqui com um plano.

— Entre — ele grita, dirigindo o veículo dilapidado na minha direção.

Não hesito.

Meus braços doem, reagindo agora que foram libertados de suas posições torturadas, mas o tormento parece distante: uma fotocópia de uma fotocópia.

— Você está bem? — pergunta James, lançando-me um olhar.

Por um momento, apenas o encaro.

Cortei a garganta desse homem. Eu literalmente o matei, e agora ele está me perguntando se estou bem. Acho que pode haver algo errado com ele. Tiros chovem sobre nós, atingindo o corpo blindado do triciclo. A fumaça sobe pelo céu como uma caligrafia solta. Acomodo-me no meu assento ensanguentado enquanto batemos e sacudimos sobre terrenos acidentados e corpos caídos. James parece uma criatura da noite, tão coberto de sangue e terra que se assemelha à própria definição de grotesco.

Eu me pergunto como ele encontrou o meu chalé.

— Há pedais — digo, espantada com o som controlado da minha própria voz — sob o volante.

Ele congela; olha para baixo, depois olha para mim; então olha para baixo de novo.

— Você está brincando comigo?

Não respondo; de repente fico nervosa. A energia deixa meu corpo em uma derrota repentina, tão abrangente que pareço perder os ossos. Eu me pergunto se deveria me dedicar a esta missão — se devo alguma lealdade ao Restabelecimento depois do que eles fizeram — antes de me lembrar, com um sobressalto, com quem estou lidando. O Restabelecimento nunca seria tão estúpido a ponto de *matar* Clara.

Mantenho a firmeza.

Foi-se minha fadiga desossada; e o medo cria raízes e galhos dentro de mim, animando-me contra a minha vontade.

Matar Clara seria estupidez. Matá-la significaria perder seu poder sobre mim. Torturá-la, em contrapartida, seria muito mais eficaz, pois só tenho uma fraqueza.

Só tenho uma fraqueza.

Eu observo, através de uma névoa de horror renovado, James chutar um painel no chão. O sangue de suas botas mancha a tinta branca quando um conjunto de pedais tradicionais aparece, nos quais ele pisa sem demora. Três ferimentos de bala e, ainda assim, seus olhos brilham. Ele sorri para mim como se essa fosse a melhor coisa que já lhe tivesse acontecido e começa a bombear as pernas como uma criança aprendendo a andar de bicicleta pela primeira vez.

— Ai sím! — ele exclama, batendo no painel com a mão. Quase de imediato, ganhamos velocidade. Ele se vira para olhar para mim. — Tudo bem. Certo. Para onde levaram sua irmã? Para o hospício, certo? Mas, tipo, como chegamos lá?

Essas palavras abrem um buraco no meu peito. A dor é tão inesperada que emito um som involuntário, levando a mão ao meu esterno apenas para descobrir que ainda estou intacta.

Como chegamos lá

Como chegamos lá

Eu me sinto indisposta, e meu coração martela enquanto o observo. As palavras saíram de seus lábios sem malícia, como se ele quisesse mesmo dizer o que disse. Mais anomalias. Não consigo entendê-lo.

Ninguém no fosso ajuda um ao outro — certamente não sem a promessa de uma compensação. Todo mundo já tem problemas demais. As pessoas carentes tornam-se párias; não há caminho mais rápido para o isolamento que pedir ajuda.

Pedi ajuda uma vez, quando tinha dez anos.

Minha mãe havia acabado de se matar, e seus restos mortais ainda estavam espalhados pela parede. Clara tinha pegado um pedaço do cérebro de nossa mãe e não conseguia parar de olhar para ele. Temi que ela pudesse colocá-lo na boca, então o tirei de seus dedos sujos, e Clara chorou por dois dias seguidos. Eu não tinha ideia de como cuidar de uma criança de três anos; mal conseguia cuidar de mim mesma. Corri de chalé em chalé, histérica e meio louca. A única vizinha que abriu a porta me deu um tapa na cara com tanta força que fiquei em silêncio. Ela me olhou de cima a baixo por um longo tempo.

Só vocês duas meninas sozinhas aí agora?, ela perguntou.

Sim, senhora. Clara não come há dias...

Você vai precisar disso, ela disse, entregando-me uma espingarda.

— Ei — James diz de repente, desviando o olhar do caminho. Eu me viro para ele. — Você está bem?

James fica confuso quando observo para além dele. Minha mente se fragmenta. Mesmo se pudéssemos chegar até Clara, como eu poderia ajudá-la? Para onde a levaria? Como cuidaria dela? Tiraram Clara de mim para torturá-la. Vão levá-la à morte apenas para destruí-la...

— *Ei* — ele grita.

Eu o encaro de novo. Não percebi que tinha olhado para baixo.

— Seu nome é Rosabelle, né? Ou é Rosa? Ouvi alguém chamá-la de Rosa agora mesmo.

Ninguém além da minha família me chama de Rosa, respondo na minha cabeça. Sebastian perdeu esse direito anos atrás.

— Olha, eu sei que você está mal agora, mas, se formos salvar sua irmã, nós realmente...

— Não há como salvá-la — digo, baixinho.

— O quê? O que quer dizer?

VIGIA-ME

— Esta é uma ilha pequena com tecnologia avançada de vigilância. Se eu tentar salvá-la, serei facilmente capturada e executada por traição. E, quando eu for executada, Clara vai morrer.

James afrouxa-se no assento, e seus pés desaceleram nos pedais pela primeira vez.

— Ah — diz ele, desanimado. — Droga.

Concordo com a cabeça, aproveitando o momento para me dissolver dentro de mim. Não sinta nada, não saboreie nada, não seja nada.

Morra.

Olho pela porta aberta.

Os esforços de James nos deram uma ligeira vantagem, mas um enxame de aeronaves está se reunindo no céu acima de nós, os soldados trovejando em nossa direção. James tenta atirar de volta, mas isso dura pouco; o carregador está vazio. Ele balança a cabeça antes de vasculhar o porta-luvas, jogando algo com raiva pela porta ao murmurar:

— Sério, Jeff? Um maldito milk-shake diet, mas nenhuma munição?

E eu escolho não perguntar o que ele quer dizer. Sebastian não compartilhou os detalhes do programa comigo; assim como no meu primeiro encontro com James, Klaus sentiu que era necessário que eu participasse da missão da forma mais orgânica possível. Tudo o que sei com certeza é que não devo matar James; na verdade, ainda não fui instruída a matar ninguém. Meu trabalho é permanecer perto o suficiente de James para tirar nós dois da ilha e levar-nos para o coração do território inimigo, a fim de iniciar uma ofensiva mais ampla. Vou receber comunicações sobre os próximos passos da operação somente após pousar na Nova República, onde um agente secreto vai me encontrar.

Esta será a primeira fase de seis.

Cada fase deve ser concluída dentro de um intervalo de tempo prescrito. Agora, por exemplo, tenho o tempo que for preciso para sair daqui antes que alguém me mate. Se eu falhar em qualquer fase da operação, vou ser executada. Olho para a tela rachada no painel, a demanda piscante por verificação biométrica. Em breve, seremos cercados. Em breve, estarei sozinha para gerenciar todos os aspectos desta situação, o que significa que, pelo bem de Clara, preciso fazer bem o meu trabalho e nos tirar desta ilha o mais rápido possível. O triciclo parece estar funcionando, pelo menos um pouco, o que...

— Tudo bem. — James suspira, desistindo da busca por munição. — Saia.

De repente, fico imóvel.

— Perdão?

— Eu disse para sair. — Ele acena em direção à porta. Circula um dedo acima da cabeça, gesticulando para os helicópteros acima de nós. — Tenho de fazer algo aqui.

— Não entendi. — Hesito. — Pensei que você estivesse tentando me salvar.

Agora ele parece irritado.

— Você pensou mesmo que eu estava tentando salvar a assassina em série que me matou? Honestamente, estou ofendido. Saia antes que eu a empurre para fora. Se vira sozinha, porra.

Uma sensação de leveza move-se dentro de mim, algo parecido com alegria.

— Você queria salvar Clara — digo, baixinho. — Você queria salvar só Clara. Não se importa comigo nem um pouco.

— Olha, você está bem? Tipo, entendo que tenha tido um dia ruim, então tudo bem se você não tiver notado os cinco quilos de sangue espalhados por todo o meu corpo, mas eu também estou tendo um dia ruim e tenho dois novos ferimentos a bala...

— Três — digo, olhando para as balas instaladas. — Você levou pelo menos três tiros.

— Ok, espertinha, pedi duas vezes para sair deste veículo, e agora você está começando a me irritar...

— Você sabe nadar? — pergunto.

Com isso, ele hesita.

— Sim, mas...

— A única maneira de sair desta ilha é *fora da ilha*. Entende o que isso significa?

Ele desvia o olhar de mim, em direção ao mar.

— Está sugerindo que eu pule do penhasco? Obrigado pela brilhante ideia. Já pensei nisso. Saia.

— *Pilote* por cima do penhasco — esclareço. — E não vou sair. Eu vou com você.

15

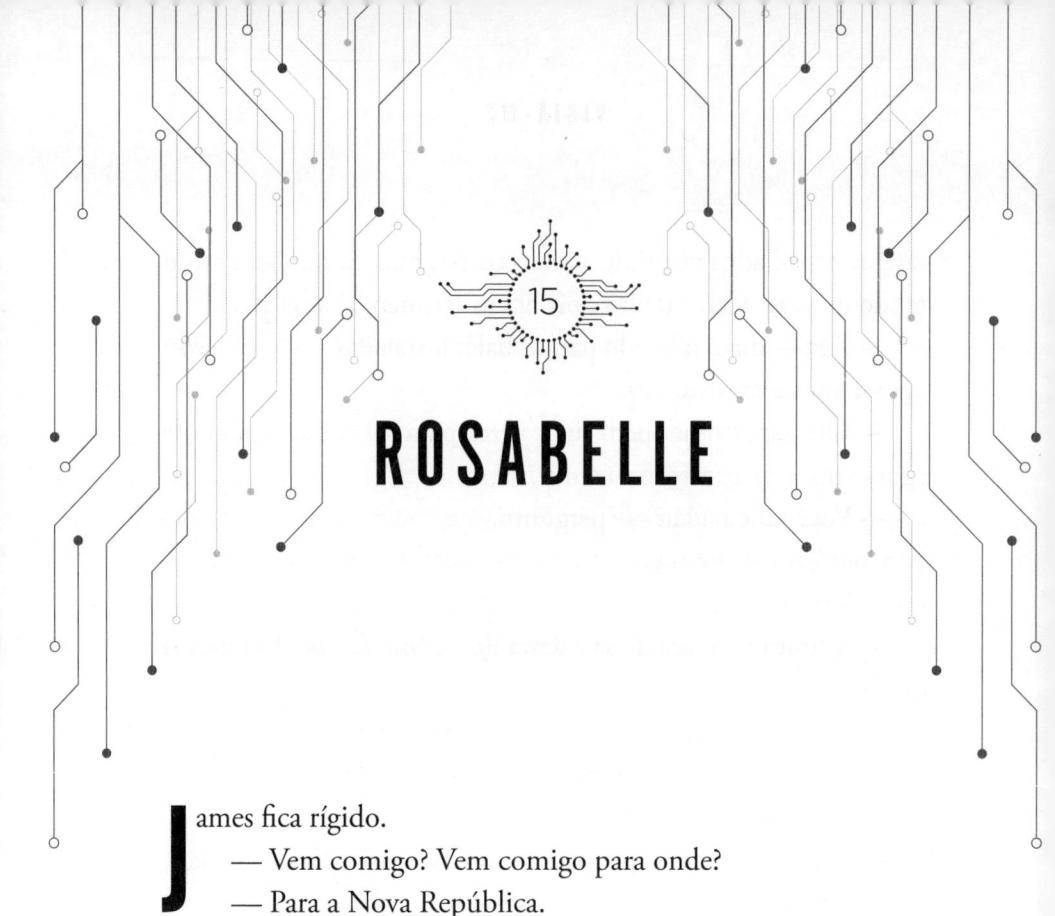

ROSABELLE

James fica rígido.

— Vem comigo? Vem comigo para onde?

— Para a Nova República.

— Nem fodendo.

— Por que não?

— Porque você é uma assassina em série, só por isso.

— Eu não sou uma assassina em série.

Ele arqueia as sobrancelhas.

— Está me dizendo que não matou pessoas em série, para sobreviver?

— Posso ajudá-lo — digo, ignorando o que ele falou. — Posso fazer o helicóptero funcionar. Posso levá-lo para casa. Mas tem de me levar com você.

— Não.

— Por que não?

Ele ergue as mãos.

— Está brincando? Você é claramente algum tipo de serva mercenária psicopata desses fascistas. Por que eu a levaria comigo? Para que pudesse matar todos que amo? Imagine ser convidado para um piquenique e levar comida envenenada. — Ele aponta para mim. — Você, no caso, é a comida envenenada.

Meu maxilar fica tenso.

— Se isso é verdade, por que tentou salvar minha irmã?

— Ela é uma criança — ele bufa. — Aí é diferente.

— E sua arrogância é de tirar o fôlego — rebato. — Você veio para esta ilha como parte de alguma operação secreta e já massacrou dezenas de pessoas, mas acha que é melhor que eu porque considera seus motivos mais dignos. Bem, acho que meus motivos são dignos também.

Ele me olha de soslaio.

— Você não vai se casar na semana que vem?

— Não mais.

— Que conveniente.

— É verdade.

Um helicóptero abre fogo acima de nós, e um estrondo ensurdecedor precede o lançamento de três mísseis de alerta disparados em formação perfeita. As explosões sacodem a aeronave com tanta força que quase batemos nossas cabeças. O barulho é ensurdecedor; o calor, sufocante. Olho em volta para descobrir que estamos presos em um inferno triangular.

— Meu Deus — diz James, estremecendo. Ele pressiona as mãos nos ouvidos, gritando acima da pequena tempestade de fogo. — Eles realmente não sabem como me matar, sabem?

— Não estão tentando matá-lo — respondo, tossindo. — Você vale mais vivo do que morto.

— Sabe — ele fala, olhando para mim através da fumaça —, garotas bonitas estão sempre me dizendo coisas assim. Está começando a subir à minha cabeça.

O elogio descuidado me pega desprevenida, como que cortando uma veia exposta. Um frágil broto de prazer surge pelos campos abandonados da minha vaidade, sobreposto logo em seguida pela vergonha. É constrangedor descobrir que ainda consigo me importar com essas coisas.

— Tudo bem, ok, tudo bem. — Ele suspira, olhando para as chamas que estão rugindo do lado de fora da porta. — Vamos sair daqui. Mas, no minuto em que você pousar no meu solo, vai ser trancafiada e examinada pelas autoridades. Sabe por quê?

— Por quê?

— Porque vou entregá-la.

— Ok — digo. — Eu aceito…

— Não terminei — acrescenta ele. — Se fugir, eu mesmo vou matá-la.

— Tudo bem.

— Se tentar me matar de novo, eu definitivamente vou matá-la.

Eu pisco devagar.

— Tudo bem.

— E, se eu descobrir que isso aqui… — ele continua, girando um dedo para indicar o desastre geral das coisas — faz parte de algum plano doentio para se aproximar da minha família, eu vou te *arrebentar*. Entendido? — Seus olhos brilham com uma fúria maldisfarçada. — Machuque minha família — ele diz, inclinando-se — e você vai conhecer uma versão muito diferente de mim, Rosabelle. Eu a *arrebento*. Depois sirvo cada pedaço seu, um de cada vez, para os abutres.

Com esse pequeno discurso, uma parte minha se dissolve.

Suas palavras geram dentro de mim o oposto do medo; em vez disso, meus pensamentos mergulham no absurdo. Eu me pergunto, brevemente, como deve ser se sentir amada por alguém como ele.

Ter alguém sempre ao seu lado, disposto a lutar por você. James estava pronto para arriscar sua vida por uma garotinha que ele nunca conheceu; eu só posso imaginar o que faria pela própria família. Será que eles têm alguma ideia da sua sorte? Quantos de nós não matariam por esse tipo de lealdade feroz e inabalável?

— Eu entendo — digo calmamente.

Ele estende a mão para apertar a minha, mas, por razões que não entendo bem, a ideia de tocar em James me assusta. Eu me preparo antes de enfim deslizar minha mão na dele, neutralizando minha expressão, embora esteja desconfortável, com uma profunda consciência do toque. Sua pele é quente, calejada e manchada de sangue seco, grande e áspera contra a minha.

Eu o encaro. Nós travamos os olhares.

Ele sorri um sorriso estranho e divertido, e, de repente, a cabine parece superlotada, a distância entre nós parece muito pequena. Ele me solta devagar, mas seus dedos deslizam contra a minha palma, e sinto um espasmo no peito — a mesma faísca aterrorizante que senti no dia em que o matei.

— Trégua — diz ele.

— Trégua — concordo.

Minha pele parece estar zumbindo. Ignoro esse sentimento indesejado ao achatar a mão contra o monitor rachado sem mais demora. A aeronave ganha vida e a tela desbloqueia, cumprimentando-me.

— *Bom dia, Perfil Inacabado. Atualize suas informações. Caso contrário, insira o destino.*

Sinto um mínimo de alívio. Ontem mesmo Sebastian me concedeu autorização para aeronaves pequenas; Klaus deve ter previsto este momento. Rapidamente, dou zoom no mapa. A ilha Ark está localizada na costa noroeste do que costumava ser a América do Norte; há um conjunto de outras ilhas próximas, muitas das quais permanecem sob o controle da Nova República. Faço uma seleção aleatória, escolhendo um conjunto de coordenadas em uma ilha inimiga mais próxima de nós.

— *Seu destino não existe* — diz o veículo. — *Substituir ou inserir novo destino.*

— Substituir — digo.

—*A bateria está perigosamente baixa* — diz o veículo. — *Operação da aeronave não recomendada. Substituir ou inserir novo destino.*

— Merda — diz James.

— Substituir.

— *Roda traseira esquerda com pressão baixa. Perigo de pressão extremamente baixa dos pneus. Substituir ou chamar assistência.*

— Substituir — repito.

— Ok — diz James —, essa coisa está mais complicada do que eu pensava...

Outra explosão sacode o helicóptero sem aviso. O impacto quase estoura meus tímpanos. Sou atirada de volta no meu assento, fazendo caretas de dor. Pisco para abrir os olhos, espiando através dos restos do para-brisa quebrado, e consigo distinguir as linhas familiares da figura de Sebastian, que está se aproximando rapidamente.

O pânico clareia minha cabeça.

— Substituir — repito mais uma vez, tocando na tela. — Substituir.

— *Cintos de segurança falhando* — avisa o veículo. — *Operação da aeronave não recomendada. Substituir ou chamar assistência.*

— *Substituir.*

— Achei que você deveria estar me ajudando — diz James. — Está piorando as coisas.

— Fique quieto.

— *Airbags falhando. Operação da aeronave não recomendada. Substituir ou chamar assistência.*

— Substituir.

— Talvez devêssemos roubar outro veículo? — sugere James.

— Um que esteja melhor que este?

— Não há tempo...

— *Sensores de câmera falhando. Operação da aeronave não recomendada. Substituir ou chamar assistência.*

— Ah, pelo amor de...

Coloco o helicóptero em modo manual, passo por cima de James, assumo o controle do volante e piso fundo no acelerador. O veículo se lança violentamente para a frente, jogando-me contra o corpo de James, que solta uma série de palavrões quando caio com força em suas pernas machucadas.

Não há tempo para me desculpar.

Mal consigo enxergar com meu olho bom, muito menos através do para-brisa quebrado ao corrermos pelas chamas a três metros de altura. Mantenho o pé plantado no acelerador mesmo quando o sinal de bateria fraca emite avisos de alerta máximo. Nós seguimos direto para o penhasco, derrapando em descontrole sobre duas rodas desequilibradas, enquanto helicópteros nos cercam, disparando munições contra nós, destruindo as rodas restantes uma por uma.

De repente, deslizamos.

O triciclo gira fora de controle, cortando árvores e arbustos, galhos e caules, raspando toda a carroceria externa. Piso no freio com força, e paramos de girar, derrapando para fora do penhasco, lançando-nos de mau jeito no ar. Ouço James gritar um xingamento, e então...

E então estamos em queda livre, espiralando em direção ao mar.

16

ROSABELLE

Não me permito entrar em pânico.

Troco de marcha, substituindo manualmente os controles predefinidos para ativar os rotores. Quando as lâminas enfim pegam velocidade, chicoteando o ar em um ritmo satisfatório, empurro o acelerador para a capacidade máxima, endireitando a aeronave moribunda a poucos centímetros de tocar a água. Nós batemos e derrapamos ao longo das ondas. A água açoita a estrutura com a força de uma faca, mas, em pouco tempo, a curva de uma costa distante aparece à nossa frente.

Ainda assim, meu alívio dura pouco.

Os helicópteros não estão muito atrás. Três deles aparecem ao longe, disparando mais tiros de advertência que passam perigosamente por nossas cabeças, às vezes atingindo o corpo de metal. A única coisa que nos protege da morte certa é o fato de quererem James vivo; caso contrário, eles nos eliminariam com facilidade. Se eu permitir que cheguem perto o suficiente, um atirador de elite enfiará uma bala na minha garganta antes de levar James de volta à base — onde eles sem dúvida o recalibrarão sob a orientação de Klaus. Neste momento, estou movida a adrenalina e a uma luzinha no fim do túnel: a promessa que Klaus me fez no berço.

Cumpra esta missão satisfatoriamente, Rosabelle, e nós a libertaremos, assim como sua irmã.

Monitoro os níveis da bateria, tentando espremer o máximo de vida possível desta carcaça amassada, mas posso sentir o motor falhando. Estamos quase sem tempo.

— Mantenha o pé no acelerador — digo a James, gritando para ser ouvida acima do clamor geral — e pise fundo.

Passo por cima dele de novo, retornando ao assento do passageiro antes de mexer na interface do usuário, digitando comandos furiosamente.

— O que você está fazendo? — James grita de volta, assumindo o controle conforme as instruções. — Talvez tenhamos alguns minutos antes que esta coisa vire um peso morto. Precisamos pular.

— Eu sei — grito. — Estou tentando ganhar tempo.

Ainda estou executando comandos desesperadamente, esperando que o computador da aeronave tenha energia o bastante para executar funções complexas. Somente quando o helicóptero dá um solavanco perturbador é que solto um rápido suspiro de alívio. Daí, na mesma hora, destranco o porta-luvas e encontro o que estou procurando: um kit de ferramentas compacto.

— Ei... espere... Me diga o que está acontecendo...

Eu me levanto do assento e começo a trabalhar, desmontando partes da fuselagem para acessar o armazenamento da bateria. Alguns minutos excruciantes depois, as lâminas ganham velocidade, e o helicóptero sobe vários metros no céu. Aliviada e exausta, afundo de volta no meu assento, ignorando o tremor no meu braço direito ao fechar o kit de ferramentas. Eu me permito um segundo para fechar os olhos e respirar, saboreando o relativo silêncio. Agora que não estamos tocando a água a cada dois segundos, o barulho ensurdecedor sumiu.

— Ok, o que diabos você fez? — James pergunta. — Os helicópteros recuaram e o painel se fechou. Ninguém está tentando nos matar e nenhuma das telas está funcionando.

Com relutância, abro os olhos.

— Executei uma simulação e redirecionei a fonte de energia.

— Explique isso para mim como se eu fosse um idiota.

Sinto vontade de rir disso, exceto que não rio há tanto tempo que tal impulso me surpreende. Me incomoda. Em vez disso, explico:

— Existem diferentes tipos de helicópteros, de nível civil e de nível militar. Eles têm aparências diferentes, mas as pessoas não percebem que a maioria dessas aeronaves tem programação semelhante e usa os mesmos chips de um computador. A diferença é que os modelos civis têm enormes restrições de segurança. — Inclino minha cabeça para ele. — Aí enganei o computador para pensar que era um helicóptero militar.

— O que isso significa?

— Eu desbloqueei o modo de espionagem.

Os olhos de James se arregalam, um lampejo de respeito rapidamente substituído por suspeita. Ele se recosta no assento.

— E o painel? — ele pergunta, acenando para as telas mortas.

— Como estamos no ar agora?

Eu me viro, estudando um crescente de metal raspado ao redor do para-brisa.

— Há dois conjuntos de baterias. Um grande para o motor e um menor para todo o resto: monitores, sensores, ar-condicionado, mecanismos de travamento, esse tipo de coisa. A bateria secundária não é tão potente, é claro, mas não foi danificada e parece estar quase na capacidade máxima. Pode ser o suficiente para nos levar até a costa. Desde que nossa velocidade permaneça constante, tenho esperança de que vamos chegar ao litoral da Nova República em cerca de trinta minutos. Talvez não tenhamos de nadar.

James não diz nada por tanto tempo que enfim me viro para ele; está me encarando, silencioso como uma pedra. Desvio o olhar.

— Você não consegue mais ver nossa trajetória de voo na tela, mas coloquei o helicóptero no piloto automático até o nosso destino — acrescento, sentindo-me desconfortável agora. Aponto para os seus ferimentos. — Achei que você gostaria de uma pausa na operação do veículo. Considerando o estado em que se encontra.

Quando ele continua sem dizer nada, pego o kit de primeiros socorros embaixo do meu assento e o destravo, colocando-o no colo. Bato na caixa de metal.

— Há coletes salva-vidas aqui, caso tudo falhe e precisemos pular. Mas pensei que poderíamos usar o tempo restante do voo para tratar os seus ferimentos. Suas pernas parecem estar se curando; esses ferimentos devem ter sido resultado de AEDS. Só que você ainda tem uma bala alojada no tríceps esquerdo. Não sei se notou.

— Eu notei — diz ele, remexendo-se. — O que diabos é uma AED?

— Arma de energia direcionada.

Ele arqueia uma sobrancelha.

— Tente de novo.

— Pistola a laser.

James ri, mas o som é oco. Os nervos agitam-se em mim, e me distraio soltando os fechos do kit.

— Uau — diz ele. — Primeiro ela me mata, depois cuida de mim. Tudo muito coerente. Consistente.

Fico tensa. Não sei por que seu escárnio me incomoda. Passei a maior parte da minha vida aperfeiçoando uma percepção de mim mesma. Nunca quis que ninguém além de Clara me imaginasse capaz de sentir emoções. Eu deveria estar contente por ele pensar que sou fria e desumana, mas, ao contrário, isso faz eu me sentir mal. Vasculho os suprimentos médicos, procurando tesouras e antisséptico.

— Você...

— Como sabia fazer isso? — ele indaga, apontando para o teto. — Como sabia redirecionar a fonte de alimentação? Como é capaz de hackear computadores nesse nível genial? Como sabia onde estava o kit de emergência? Como sabia que havia coletes salva-vidas a bordo? Como pode estar tão familiarizada com a tecnologia e a mecânica desta aeronave? E, já que estamos fazendo perguntas importantes, qual, exatamente, é o propósito da sua missão? Porque você é claramente muito mais que uma assassina em série. Deve ser uma agente altamente treinada. Vou te dar uma chance de provar que estou errado antes de jogá-la no oceano.

Fico desconfortavelmente imóvel. A culpa é minha. Deveria ter previsto isso. Deveria ter previsto as armadilhas dessa proximidade com ele.

Eu o subestimei.

ROSABELLE

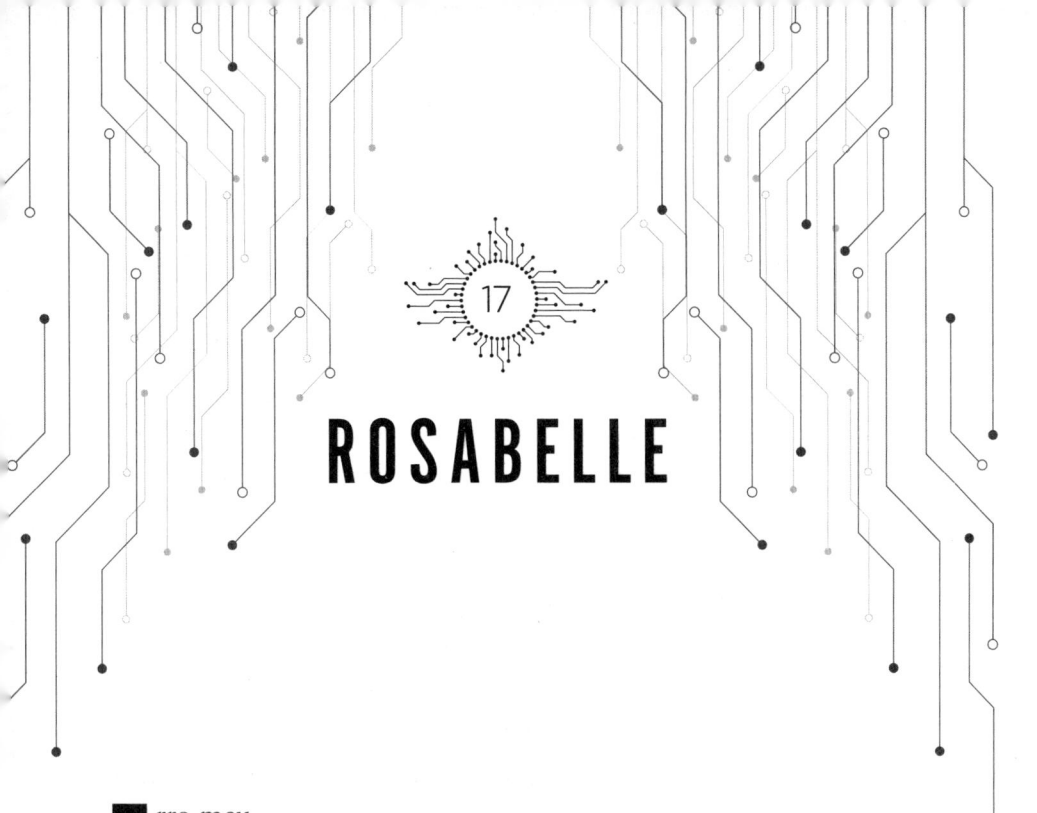

Erro meu.

Eu sabia que James não confiaria em mim de imediato; pensei que seria mais fácil lidar com esse adversário, mas ele é mais forte e mais formidável do que imaginei, e eu o tinha categorizado como emocionalmente inferior. Ele me pareceu ridículo; pouco sério. Sua atitude descontraída e brincalhona me enganou, fazendo-me pensar que poderia ser preguiçoso, menos observador, que fosse improvável que fizesse muitas perguntas.

Pego uma tesoura médica, pesando as variáveis da situação.

Tenho tentado fixar o caráter de James em um padrão, mas não tive sucesso; toda vez que acho que encontrei consistências, ele introduz desvios. Até agora, minha única descoberta concreta é de que ele vive com base em um tipo de código moral. Se não vivesse, não se importaria em salvar Clara. Se não vivesse, não me daria uma chance de provar que ele está errado. Considerando muitas de suas ações, eu o categorizaria como precipitado e impulsivo;

em vez disso, ele quer ter certeza de que está tomando a decisão certa antes de me matar. Outra inconsistência.

Que interessante.

Parece claro para mim agora que a consciência de James é a única coisa que me mantém a salvo da ejeção. Se eu lhe der uma razão sólida para duvidar das minhas intenções, ele provavelmente vai me jogar do helicóptero e voltar para casa sem pensar duas vezes. Não posso arriscar subestimar sua inteligência de novo, alimentando-o com uma mentira boba. Não tenho escolha, então, a não ser me contentar com uma admissão da verdade.

— Eu construía estas coisas — respondo.

— O que isso significa?

— Significa que às vezes tenho permissão para fazer um trabalho regular. Trabalho de fábrica. — Recolho rolos de gaze e fita do kit de emergência, além de um par de pinças. — Parte de nossa fabricação ainda não é totalmente automatizada, então, por um tempo, foi meu trabalho supervisionar a montagem de mini-helicópteros. Eu era obrigada a memorizar não apenas o manual, mas todo o funcionamento. Estes — explico, olhando ao redor — são chamados PEARLS. Propagadores elétricos aéreos recreativos para lazer. Nível civil. Conheço a interface militar porque a ilha Ark é um Estado todo militarizado. Eu os vejo em todos os lugares. E já andei neles. Sei do que são capazes. — Eu hesito, acrescentando sem alarme: — Não sou uma hacker genial, mas agradeço o elogio.

Por um minuto inteiro, James encara o para-brisa quebrado, silenciosamente e quase sem se mover. Nunca testemunhei um James quieto e contemplativo, e a inversão de caráter está me deixando ansiosa. Ocorre-me, então, que falei mais nos últimos minutos que em anos.

— Devo cortar sua manga — falo, inclinando-me para a frente. — Acho que seu corpo está tentando se curar em torno da bala...

— Se eu valho mais vivo do que morto — diz ele, afastando-se do meu alcance —, por que você foi enviada para me matar?

— Não sei. — Eu me ajusto devagar de volta no meu assento. — Na época, não me disseram quem você era.

Ele cruza os braços, estremecendo um pouco.

— E, quando descobriu quem eu era, decidiu mudar o curso de toda a sua vida? Largou seu noivo, abandonou sua irmã...

abandonou sua irmã

— ... abandonou uma carreira gratificante como assassina... Tudo por mim? Estou lisonjeado.

abandonou sua irmã

As palavras ficam presas na minha cabeça, repetindo-se em um loop doloroso.

abandonou sua irmã

abandonou sua irmã

O lembrete quase me reorganiza. Imagens de Clara tentam encher minha mente: onde ela pode estar, o que podem ter feito com ela...

abandonou sua irmã

Afasto os pensamentos, em desespero, retirando-me cada vez mais para dentro de mim, até que temo ter perdido minha alma. Quando enfim olho para fora, encontro James me observando com um fascínio que nunca senti antes. Soledad apenas me encarava com suspeita; Sebastian, com uma mistura de desejo e pena. Ninguém nunca me olhou como se eu pudesse ser interessante ou, pior, uma pessoa real e complexa. A intensidade da inspeção de James faz eu me sentir nua.

Não gosto disso.

— Eu realmente deveria dar uma olhada no seu braço — digo, quebrando o silêncio. — Se a bala se mover...

James estica o pescoço, e a ação produz rachaduras no sangue endurecido em seu rosto.

— Obrigado, mas acho que vou passar — diz ele. — A última vez que veio até mim com um objeto afiado, você cortou minha garganta.

Falo baixinho:

— Você vai usar isso contra mim para sempre?

Ele arqueia as sobrancelhas.

— O fato de você ter me *matado*? O fato de ter me visto morrer sem remorso e depois me encaminhado para ter meus órgãos arrancados? Sim, sim, vou.

Um calor raro se espalha pelas minhas bochechas, e James não deixa de notar. Ele não deixa de notar nada, agora percebo.

— Mas acabei de salvar sua vida — argumento. — Temos uma trégua.

— Tudo bem. — Um músculo se contrai em sua mandíbula. — Vou te fazer mais uma pergunta e, se responder com franqueza, talvez eu a deixe dar uma olhada no meu braço.

— Não quero responder a mais perguntas.

— E eu não acho que você possa negociar — ele rebate.

Sufoco um suspiro, preparando-me.

Depois de todos esses anos, pensei que estaria acostumada com isto: vigilância, interrogatórios, suspeita constante, ameaças infinitas contra a minha vida. Mas, ainda assim, de alguma forma, ser odiada por James parece pior. Ele não parece o tipo de pessoa que odeia os outros, e fico surpresa ao descobrir o quanto me incomoda ser a exceção.

— Tudo bem — concedo. — Qual é a sua pergunta?

VIGIA-ME

— Quando foi a última vez que você comeu uma refeição decente?

A pergunta é tão inesperada que me desarma. Minha mão direita treme, e a tesoura que eu estava segurando cai no chão. Meu coração começa a disparar.

Rosa? Rosa, meu estômago está doendo. Rosa...

Eu congelo, os olhos desfocados, a respiração alta na minha cabeça. Há algo errado comigo. Minhas pernas estão frias. Minhas mãos estão formigando. Há algo errado comigo e eu não...

Rosa, o que há de errado comigo?

— Ei — diz James. — Você está bem?

Olho para cima e lá está Clara, sentada na cama, rasgando um pedaço de pão com um sorriso que eu não via há semanas. Fico parada na porta, de botas, observando-a.

Você também não está com fome, Rosa?

Não, minto para ela.

Tem certeza?

Quando você come, Clara, é como se eu comesse.

— Rosabelle — ele diz com firmeza.

Balanço a cabeça. Posso sentir o assento duro embaixo de mim, a mecha de cabelo grudada no meu pescoço, minhas mãos se segurando.

— Desculpe, qual foi a pergunta?

— Quando foi a última vez que você comeu uma refeição decente?

Pego a tesoura caída e minha mão direita treme tanto que tenho de agarrá-la com a esquerda, derrubando os outros suprimentos. Tem algo errado comigo. Tem algo errado comigo, e isso está me assustando. Estou perdendo o controle da minha fachada e não consigo colocá-la de volta no lugar. Talvez porque não sei se verei

Clara de novo. Talvez porque os interrogatórios nunca tenham incluído perguntas sobre o meu bem-estar. Ou, talvez, porque não há chip no corpo de James. Nenhuma plateia assistindo através de seus olhos. Não tenho uma conversa privada com ninguém há anos e me sinto mais segura com esse estranho que com a minha própria irmã, e isso me desestabiliza.

— Por que você não responde à pergunta?

— Por que você está perguntando? — Eu pisco, tentando me concentrar. Não consigo retornar ao meu corpo. — Por que você está...

Respiro fundo.

A fome que venho compartimentando há dias ruge de volta à vida de repente, atingindo-me com uma dor chocante, de tirar o fôlego. É um lembrete para mim de que, por baixo das explosões de adrenalina, meu corpo está atrofiando lentamente, retirando nutrientes dos meus ossos, metabolizando a si mesmo.

— Rosabelle, eles a deixam passar fome?

Eu balanço a cabeça. Balanço a cabeça e isso não para, Clara não para de chorar, não para de gritar. Há sangue em seus lábios, manchando suas bochechas amareladas. Ela tem três anos de novo, está roendo as unhas. Quatro anos, e consigo contar seus ossos. Eu me enrolo em volta dela todas as noites, pressionando sua barriga para que ela consiga dormir, prendendo a dor com as minhas mãos. Ela choraminga por horas, e não consigo tirar isso da cabeça. Eu nunca consigo tirar isso da cabeça.

Não consigo parar de balançar a cabeça.

Você também não está com fome, Rosa?

— Não — digo em voz alta.

— Então você os está defendendo? Protegendo o Restabelecimento? — James parece bravo. — Ótimo. São dois bons motivos para jogá-la no oceano agora mesmo.

VIGIA-ME

Olho para ele, não conseguindo mais esconder meu pavor.

Não importa o fato de que não como há três dias, eu quase nunca durmo a noite toda. Não sinto água morna na minha pele há anos. Minha mente tem vacilado mais ultimamente; meu corpo não é tão resistente quanto poderia ser. As únicas roupas que eu já tive são as deixadas pela minha mãe e pelo meu pai. Estou usando o uniforme hospitalar de ontem e o suéter carcomido por traças que já usei para limpar os balcões da cozinha. Não me envolvo em um combate corpo a corpo há dois anos. O tremor no meu braço direito piorou progressivamente e está se tornando um problema. O Restabelecimento sabe disso. Quanto mais fraca fico, mais eles rebaixam as minhas tarefas. Quanto mais fraca fico, menos eu valho.

Minha última missão foi assassinar um professor no Distrito das Academias; ele foi sinalizado por Klaus como um fanático com potencial para terrorismo doméstico. O homem passava tanto tempo com os filhos que levei dois dias para dar um tiro certeiro. Agora, espera-se que esta missão dure bem mais de um mês, e ainda nem recebi ordens para matar James; recebi ordens para *usá-lo*.

Para usá-lo, tenho de fazê-lo confiar em mim, e ele é inteligente demais para sobreviver a uma dieta de mentiras — o que significa que tenho de estar disposta a compartilhar mais e mais verdades. No entanto, só sou boa no meu trabalho quando me desconecto da minha própria humanidade. A fome ajuda a me manter vazia. Eu sobrevivo apenas morrendo livre e silenciosamente, uma vez atrás da outra, dentro da minha cabeça.

Lidar com James exigirá um acesso à minha alma, e poucas coisas já me aterrorizaram mais.

Olho para ele, em seus olhos...

18

JAMES

— Ela simplesmente desmaiou — afirmo, erguendo as mãos. — Já expliquei isso umas catorze vezes. Eu não tenho ideia do que aconteceu.

— E você não fez nada com ela?

— Não, não fiz nada com ela!

— Tudo bem, todo mundo aqui precisa relaxar um pouco — diz Kenji, mordendo um palito de cenoura. Ele me oferece o saco, e pego uma cenoura, murmurando obrigado quando ele comenta: — Obviamente, James não fez nada com essa garota, porque, se tivesse alguma ideia do que estava fazendo, ele a teria matado dias atrás.

— Ei…

— Olhe — continua Kenji, mastigando. — Eu o amo, você sabe disso, e parabéns por voltar para casa quase inteiro, mas você literalmente tirou anos das nossas vidas. Pensamos que estivesse morto. — Ele mastiga por mais um segundo, então fala:

— Honestamente, se não estivéssemos tão felizes com o seu retorno, eu daria uma surra em você.

— De acordo — pontua Adam.

Kenji pega outra cenoura e acena para Adam.

— Os lanches estão ficando melhores a cada dia, cara. Um pouco de manteiga de amendoim, talvez? Nem precisa tirar do pote. — Ele dá outra mordida. — Você mesmo cortou as cenouras?

— Sim, e fatias de maçã também — diz Adam, vasculhando a mochila aos seus pés. — Roman decidiu que só vai comer maçãs esta semana.

— Ele não estava comendo só bananas na semana passada? — pergunta Winston, interceptando o saco de fatias de maçã.

— É, mas...

— Ei — digo, endireitando-me na cadeira. — Por que você marcou uma reunião se nem vai falar comigo?

— Eu não marquei esta reunião — responde Kenji. — Warner que marcou. E chegamos dez minutos adiantados, então tecnicamente a reunião ainda não começou. É hora do lanche.

— É — diz Winston, depois de uma mordida na maçã. — É hora do lanche. Trabalhamos muito para a hora do lanche.

Eu suspiro.

— Sabem onde ele está?

— Quem? Warner? — Kenji faz uma careta e encolhe os ombros. — Provavelmente pensando na melhor maneira de matá-lo sem que a J descubra.

— Como ela está, a propósito? — Eu afundo de volta no meu assento. — Ainda não a vi.

— Ela está bem. Uma leve melhora. Queria visitá-lo na recuperação, mas o médico disse que ela não deve ser exposta a idiotas. Acha que pode ser contagioso.

Jogo meu palito de cenoura na cabeça dele.

— Não seja um babaca — falo. — Estou preocupado com ela de verdade.

— Se estivesse preocupado com ela de verdade — diz Winston —, não teria desaparecido daquele jeito. Estávamos planejando seu velório.

— Quantas vezes tenho que dizer que lamento? Lamento. Lamento muito mesmo. Já pedi desculpas um milhão de vezes.

— Você não estava aqui — diz Kenji. — Não sabe como foi. Mesmo que tenhamos recebido o chamado para buscá-lo ontem, o fato é que as pessoas passaram por momentos difíceis. Sofreram de verdade. Choraram.

— Você chorou — afirma Winston. — Eu não chorei.

— Eu disse que as pessoas choraram...

— Ei, você já viu Warner? — Adam pergunta, virando-se para mim.

— Sim. — Fico um pouco tenso com a lembrança. — Mas só por um segundo. Ele veio me ver na recuperação.

— Ele disse alguma coisa? — Adam pergunta.

— Não. Só me encarou da porta.

Adam e Winston trocam um olhar.

— O que foi? — pergunto.

Kenji engole o resto de sua cenoura e olha para o saco vazio.

— Sim, hum, você deveria saber... — ele começa, arqueando uma sobrancelha para mim. — Warner está louco de raiva. Se ele de fato tentasse matá-lo, eu nem o culparia. J chorou por umas doze horas seguidas. Inconsolável. Aquele homem quase perdeu a cabeça. Ah — ele diz para Adam —, você tem mais algum desses ursinhos de goma?

Arrasto as mãos pelo meu rosto, respirando fundo pelo nariz. Adam joga um pequeno pacote para Kenji, e um borrão de cor se forma em arco pela sala. Kenji o pega com facilidade, virando o pacote em suas mãos antes de rasgá-lo. O farfalhar de plástico e os aromas sintéticos de frutas me transportam instantaneamente para outro momento. Uma sensação intensificada serpenteia pelo meu corpo, arrepios de medo e excitação. Percebo, então, que nunca serei capaz de olhar para ursinhos de goma sem me lembrar de Rosabelle.

— Alguém sabe se ela já acordou? — pergunto.

— Quem? Gigi? Ela tem cinco anos, mano, nem tira mais cochilos...

— Não Gigi — respondo, lutando contra uma onda de irritação. — Rosabelle.

— Ah. Sim. — Winston assente. Ele ainda está comendo fatias de maçã. — Quer dizer, não sei exatamente sobre acordar, mas ela está estável há algumas horas. A consciência vem e vai.

— Algumas horas? — Enrijeço. — Algumas horas e ninguém pensou em me contar?

Adam ri.

— Acho que ninguém vá compartilhar muita coisa com você daqui em diante. Warner já removeu a maioria das suas autorizações de segurança. Oficialmente, ela não é mais preocupação sua.

— Está fodendo comigo?

— Ei — diz Kenji, apontando um ursinho de goma para o meu rosto. — Olha a boca. Você sabe que o vovô Winston é uma flor delicada. Palavrões murcham suas pétalas.

Winston o encara de repente.

— Me chame de vovô mais uma vez, babaca...

— Vocês podem falar sério por um segundo? Por favor? — Eu me endireito, estressado. — Como diabos isso é justo? Na verdade, fui para ilha Ark, voltei vivo com informações e estou sendo *punido* por isso...

— James. Olhe só. — Kenji sacode mais ursinhos de goma na palma da mão, escolhe dois vermelhos e os coloca na boca. — Eu não acho que você tenha entendido... — ele diz, mastigando. — Essa foi, de longe, uma das coisas mais imbecis e perigosas que você já fez em toda a sua vida. O fato de ter entrado em Ark sem autorização já é ruim o suficiente. Mas ir até a Cidade Fascista e ainda trazer uma lembrancinha para casa?

— Ela não fazia parte do plano original...

— Não tenho certeza se você tinha um plano original — Winston murmura.

— Ai! — diz Adam, rindo.

Meu maxilar fica tenso.

— Quando ela se ofereceu para me ajudar a sair da ilha, pensei em aproveitar a ajuda... e me livrar dela assim que ela se tornasse inconveniente. Eu estava sendo inteligente.

Kenji balança a cabeça.

— Não. Ela se tornou inconveniente no minuto em que cortou sua garganta.

— Olhem. — Eu me inclino para a frente, com os cotovelos nos joelhos. — Eu não tinha certeza se ela estava mesmo fugindo do Restabelecimento. Não é difícil acreditar que algumas pessoas na ilha estão lá contra a vontade, certo? Elas não têm permissão para sair sem autorização. E havia evidências suficientes para indicar que ela poderia estar em perigo real. Eu vi um soldado bater na cabeça dela enquanto levavam sua irmã para um hospício...

VIGIA-ME

— Você viu mesmo a irmã dela sendo levada para um hospício? — pergunta Adam. — Ou ela apenas disse que foi isso que aconteceu?

Solto um suspiro, escolhendo não responder.

— O Restabelecimento é complicado — diz Kenji, escolhendo com cuidado outro ursinho de goma. — Você não sabe o que eles podem ter orquestrado para fazê-lo acreditar que essa garota é inocente. E odeio ter de dizer isso, mas, com base em tudo que você nos contou sobre seu tempo lá, parece que eles armaram isso, e você caiu direitinho. Trouxe essa garota diretamente para o coração do nosso governo, e não temos ideia de quem ela seja.

— Eu estava tentando descobrir — afirmo, passando as mãos pelo cabelo. — Ela literalmente desmaiou. Pensei que ela poderia estar morrendo. — Suspiro. — Eu não a curei. Não a ajudei mais do que eu precisava. Apenas imaginei que a manter viva para um interrogatório poderia ser útil. Não ganho nenhum crédito por isso? O que mais eu deveria fazer?

— Poderia tê-la empurrado direto para o oceano — Winston diz calmamente, mordendo outra fatia de maçã.

Kenji concorda, contando nos dedos:

— Poderia tê-la empurrado para fora; poderia tê-la esfaqueado na garganta; poderia *nunca ter aceitado ajuda do inimigo, para começar...*

— Eu não tinha evidências suficientes para matá-la — quase grito. — Ela não estava armada; claramente sofreu abusos; ela poderia ser um caso legítimo para buscar asilo. Além disso, que tipo de assassina desmaia no meio de uma missão?

— Uma assassina esperta — responde Kenji, pegando a mochila. Ele começa a vasculhar. — Por que tem tantos lenços umedecidos aqui? Onde estão aqueles biscoitinhos que parecem peixes?

— Pelo menos ele voltou para casa — afirma Adam, vindo em minha defesa. — Verifique o bolso lateral — ele diz para Kenji. E depois para mim: — Ninguém nunca entrou em Ark e voltou para casa, certo? Isso vale alguma coisa.

— Objeção — protesta Kenji. — É como se uma criança ateasse fogo em casa por diversão, queimasse tudo, mas conseguisse sair viva. Ficamos felizes que a criança esteja viva, mas ainda estamos bravos com ela.

— Eu *não sou* uma criança — digo de forma sombria.

Kenji se vira e me encara.

— Você é uma criança. Provou que era uma criança quando partiu em uma missão não autorizada e voltou para casa procurando atendimento médico para a mercenária que o matou. Sério. James. *Eu te amo.* Eu morreria por você. Cortaria meu braço por você agora mesmo se precisasse, mas o que diabos há de errado com você?

— Escutem, eu sei que errei... Percebo agora que não deveria tê-la trazido de volta aqui. É só que... não sei, tem algo diferente nela. Realmente acho que tem algo diferente nela e, se me derem um tempo para descobrir, acho que ela pode ser um recurso muito importante para nós...

Kenji revira os olhos com tanta força que esse ato por si só já diz muito.

— O que foi? — pergunto. — Por que é tão difícil acreditar?

— Não, você está certo — diz Winston, arrancando o saco de guloseimas das mãos de Kenji. — Todos nós vimos a garota, e de fato há algo diferente nela. — Ele encontra os meus olhos. — Ela é linda. Realmente linda. Etérea, parece uma pintura, tipo, linda...

— Não foi isso que eu quis dizer.

— Ai, merda — solta Winston, pegando o saco. Ele sorri para Adam. — Desta vez, você trouxe as caixinhas boas de suco.

— Tem caixas de suco ruins? — Kenji pega o saco de volta de Winston. — Eu amo todas as caixinhas de suco.

— Olhem… Não foi isso que eu quis dizer…

— Alia foi ao supermercado ontem — explica Adam, ignorando-me. — Eu disse a ela que você gosta do sabor de ponche de frutas…

— Ei — chamo a atenção, frustrado. Ninguém está olhando para mim. Ninguém está me ouvindo. Deus, esse é exatamente o tipo de experiência que me fez agir como agi. Ninguém me leva a sério. — Sim, ok, ela é linda — digo, admitindo isso em uma expiração só. — Ela é realmente linda, mas não foi por isso que a trouxe para cá. Não sou tão estúpido…

— Mano. — Kenji coloca o canudo em sua caixa de suco. — Literalmente ninguém acredita nisso.

— É verdade!

Kenji dá de ombros.

— Se é nisso que você acredita, homenzinho. — Ele está sorrindo agora, seus olhos vivos com uma risada malcontida. — De qualquer forma, Warner vai acabar com você.

— Mas eu não…

Adam olha para o relógio.

— Ei, tenho de buscar Roman logo. Acham que ele está atrasado?

— Warner nunca se atrasa — o resto de nós diz em uníssono.

Neste momento, a porta se abre.

19

JAMES

— O que vocês três estão fazendo aqui? — Warner dá um passo para dentro da sala antes de parar de modo abrupto.

A visão dele é tão familiar que me assusta; eu não o vejo há dias e às vezes esqueço o quanto nos parecemos. É como olhar para um espelho errado. Nossos olhos são de cores diferentes e seu cabelo é ouro puro, enquanto o meu é mais uma bagunça bronzeada, mas não há como confundir nosso DNA. Quando olho para ele, vejo meu lar.

Mas, por ora, o sentimento não é mútuo.

— O que você quer dizer? — Kenji dirige-se a Warner, dando uma tragada em seu canudo. — É hora do lanche. Nós sempre usamos esta sala para a hora do lanche.

— Hmm, pensei que *deveríamos* estar aqui — diz Winston. — Não deveríamos estar aqui?

A expiração de Warner é lenta e controlada.

— Não.

— Ah.

— Ei — digo, acenando para ele.

Warner vira-se para olhar para mim com uma expressão fria e inescrutável, e, de repente, ele não é meu irmão mais velho, meu mentor, meu modelo, o cara com quem convivo há dez anos. Neste momento, Warner personifica cada centímetro de sua reputação, e eu juro que minha vida passa diante dos meus olhos.

Aaron Warner Anderson é uma lenda viva.

Às vezes esqueço como ele pode ser assustador. Seus olhos são de um tom surreal de verde-pálido, tão penetrantes que pode ser difícil até mesmo manter contato visual.

— Levante-se — ele diz, baixinho.

Meus olhos se arregalam.

— Áh… O quê?

— Agora — ele ordena. — Vamos.

— Vamos? — Olho em volta. — Mas…

— É, vou embora — diz Adam, fechando o zíper da mochila. — Vejo-os amanhã?

Kenji levanta-se para um abraço em Adam, dando um tapinha em suas costas ao se afastar.

— Ei, pode trazer aqueles rolinhos de frutas amanhã? Aqueles mastigáveis com piadas impressas dentro da embalagem?

Adam sorri.

— Isso. — Winston balança a caixa de suco vazia. — Dê um beijo nas crianças por nós. Apareço por volta do meio-dia amanhã. Diga a Roman que vamos construir robôs neste fim de semana.

— Farei isso — diz Adam, ainda sorrindo. — Ele vai ficar animado.

Adam acena para Warner, depois joga algo para ele.

— Conforme prometido.

Warner pega a oferta, depois olha para ele.

— Obrigado — responde calmamente.

— Ei, eu não sabia que você gostava de jujuba — comenta Kenji, espiando por cima do ombro. — Estava escondendo algo de nós. Deveria se juntar a nós para o lanche...

— São para a minha esposa — Warner solta, ríspido.

— Ah, é? Você tem uma *esposa*? — Kenji joga o braço em volta de Warner e o aperta. — Você é *casado*? Parabéns, cara. Eu não tinha ideia. Você literalmente nunca mencionou isso.

— Cale a boca.

Warner afasta-se de Kenji, que só parece encantado por tê-lo irritado. Então, do nada, Kenji joga a caixa de suco vazia na minha cabeça.

— Ai, que diabos...

— *Levante-se* — ele murmura.

Olho para cima e vejo Warner assistindo a essa troca, examinando-me de modo impassível ao guardar o doce no bolso. Puxa as mangas da camisa e cruza os braços. Ele está usando uma camisa cor de lavanda.

É o único cara que eu conheço que pode usar uma camisa de gola redonda lavanda e ainda assim ser assustador.

— Então, nos vemos no jantar na semana que vem? — Adam olha para Warner ao se dirigir para a porta. — Alia gostaria de ver Juliette.

Warner assente.

— Ela vai adorar. James vai cozinhar.

— O quê? — Fico rígido. — Eu não concordei em cozinhar.

— *Ah*. — Adam estala os dedos, voltando sua atenção para mim. — É bom você saber — ele diz — que Roman não come mais brócolis, arroz nem queijo derretido. Mas come macarrão.

— Então ele vai morrer de fome — digo. — Só sei cozinhar peito de frango e shake de proteína. Ovos. Talvez um hambúrguer.

— Não é preciso cozinhar shake de proteína — Winston pontua.

Eu aceno para ele.

— Obrigado por reforçar meu argumento.

— Vou fazer macarrão para ele — Warner oferece. — Ele gosta com molho vermelho, não é?

Adam abana a cabeça, colocando a mochila no ombro.

— Não mais. Só molho de queijo.

Warner franze a testa.

— Achei que ele não gostasse mais de queijo derretido.

— No pão ou com vegetais. No macarrão, tudo bem — explica Adam. — Mas só se for queijo branco. Ele não toca se for amarelo.

— O que está acontecendo com seus filhos, cara? — indaga Kenji, atordoado. — Quando eu era pequeno, era uma escolha entre comida ou nenhuma comida. E sempre escolhi comida.

— Gigi come de tudo — diz ele, dando de ombros. — Roman implica com as coisas.

A cara feia de Warner se aprofunda.

— Acho que preciso ter uma conversa com Roman. Mas, primeiro, preciso ter uma conversa com uma criança diferente. — Para mim, ele diz: — Levante-se.

— *Eu não sou uma criança* — praticamente grito.

— Você está certo. A maioria das crianças aprende a ficar de pé com um ano de idade. Quantos anos você tem?

Com relutância, eu me levanto.

— Tudo bem, tudo bem, estou de pé.

Estendo os braços.

— Aonde vamos?

— Meu Deus, que garoto corajoso — resmunga Winston. — Eu já teria mijado nas calças.

Warner me encara por mais um segundo, exala audivelmente e sai da sala.

Simplesmente sai da sala.

— Ei — eu o chamo. — Aonde vamos?

A porta se fecha com um estalo.

— É melhor você segui-lo — sugere Kenji, juntando suas embalagens de guloseimas.

— O que diabos está acontecendo? — pergunto, olhando ao redor. — Para onde ele está tentando me levar?

— Para algum lugar onde não encontrem o corpo — comenta Winston.

Adam ri.

— Como você pode achar isso engraçado?

— Não sei — diz Adam, olhando para o relógio. — Espero que ele realmente lhe dê uns cascudos. Você não tem ideia do que nos fez passar nos últimos dias.

Suspirando, fecho os olhos com força. Achava que a zombaria gentil e o mimo constante eram ruins antes de partir para Ark. Achava que, no mínimo, voltar vivo para casa inspiraria algum respeito, se não admiração total, por sobreviver ao insuportável. Em vez disso, parece que piorei as coisas.

Eles nunca me deixarão superar.

Quando enfim alcanço Warner no corredor, ele não para de se mover nem diminui o ritmo. Apenas olha para mim e diz:

— Idiota.

— Desculpa... Olha...

— Você vai se desculpar.

— Já me desculpei — afirmo, acompanhando seu passo. — Já pedi desculpas para todos...

— Você vai se desculpar com Juliette. E vai se desculpar hoje. Vai ficar com ela pelo tempo que ela quiser e não vai contar histórias sobre ter sido explodido de uma árvore ou sobre ter seus órgãos arrancados. Você nunca mais vai fazer isso com ela. — Ele para de repente, virando-se para mim. — Entendido? Você nunca mais vai fazer algo tão estúpido ou eu juro, James, vai se arrepender.

Eu encaro minhas botas, o piso de concreto polido sob meus pés. Neste momento, sinto mais culpa que medo. Sei o verdadeiro motivo de sua raiva. Sei o quanto ele me ama, mesmo que só tenha admitido uma vez, por omissão, quando Juliette estava tentando mediar uma discussão entre nós e disse *Tudo bem, já chega, vocês dois se amam*, e Warner não a corrigiu.

Ele praticamente me criou.

Eu amo Adam até a morte, mas, quando derrubamos o Restabelecimento e ele decidiu que queria viver de forma tranquila e normal, corri diretamente para Warner. Na época, ele era o irmão que eu mal conhecia, que eu tinha acabado de encontrar.

Pedi a ele que me acolhesse.

Aos onze anos, eu nem entendia a amplitude do que estava pedindo; só sabia que não queria uma vida tranquila e normal. Acabava de descobrir que tinha poderes de cura; acabava de descobrir minha herança familiar; e havia mais que eu queria aprender, mais que eu queria me tornar. Sabia que não conseguiria atingir meus objetivos com Adam, porque eu entendia a diferença entre os meus irmãos.

Adam queria paz. Warner queria justiça.

Mas percebi logo cedo que não se pode ter paz sem garantir justiça; e, se está vivendo sob tirania, não pode garantir justiça sem violência. Eu não queria viver passivamente. Além disso, eu não era cego. Via a maneira como o mundo olhava para Warner: com o tipo de admiração, medo e respeito com que sempre sonhei. Ele trabalhou duro para obter esse tipo de poder, vivendo de forma aterrorizante e propulsiva que me fazia pensar que ele era invencível.

Eu queria *ser* ele.

Warner e Juliette me acolheram em sua casa sem hesitação. Eles eram recém-casados, mergulhados no caos de uma era pós-revolução, tentando remodelar um mundo desfigurado, mas nunca fizeram eu me sentir um fardo. Adam estava ocupado demais lutando por nossas vidas para ficar por perto durante a minha infância; por isso, passei a maior parte do meu tempo sozinho, defendendo-me, vivendo uma existência semiórfã. Em contraste, Warner quase nunca me deixou fora de sua vista. Ele me colocou sob sua proteção, ensinou-me e treinou-me. Reconstruiu-me. E, por viver em sua casa, vi lados dele que a maioria das pessoas não acreditaria ser possível. Versões mais suaves; versões risonhas, até. Versões amorosas.

Agora tudo isso se foi. Agora ele é um escudo invulnerável. Uma parede de gelo.

Está magoado.

— Então, hmm, como ela está? — pergunto sem tirar os olhos do chão. — Os médicos ainda estão preocupados?

Eu o ouço suspirar. Ele se mexe, e suas botas afastam-se de mim.

— Ela está melhor — ele responde, calmamente. — Agora que você está em casa.

— Eu vou até ela agora — afirmo, olhando para cima. — Vou para a casa agora mesmo...

— Você vai — ele pontua em tom sombrio — quando eu terminar com você.

Abro a boca. Fecho. Tento de novo.

— O que isso significa?

Ele começa a andar.

— Significa que ainda temos muito o que fazer antes de o dia acabar.

— Espere… o que está acontecendo? — Corro atrás dele, e meus passos ecoam pelo corredor de concreto. — Para onde estamos indo?

— Dê um palpite — ele sugere, secamente.

— Por que você não responde à minha pergunta?

— Por que você faz tantas perguntas? — ele rebate.

— Para *esclarecer* a situação. Por que mais eu faria perguntas?

— Sua petulância é exaustiva.

— Petulância? Você acha que sou petulante por querer saber o que vamos fazer antes de fazermos?

— Acho.

— Isso é loucura…

— Juliette o mimou demais.

— *Você* me mimou — retruco.

— Cale a boca.

Agora estou sorrindo, caminhando com calma ao seu lado. Olho para Warner pelo canto do olho, perguntando-me se ele vai me repreender mais que isso, mas ele não repreende. Estranho. Uma vez, quando criança, deixei cair um suporte de pesos no meu braço, quebrando-o em dois lugares, e seu discurso raivoso (em pânico) durou uma hora. Este discurso durou apenas alguns minutos.

E, então, dou-me conta do seguinte:

— Você nem está tão bravo assim, né? — indago. Meu espírito se eleva parcialmente. — Está um pouco impressionado comigo, não está? — Warner não me olha. — Está, não está? — Agora fico animado. A tensão afrouxa meus ombros. Meu sorriso se alarga. — Você acha que sou incrível. Acha que sou um gênio por voltar vivo…

— Eu acho que você é um idiota — ele diz, bruscamente. Para atrás de uma porta fechada, lançando-me um olhar de advertência. — Acha que voltar vivo é algo para se orgulhar? Acha que a morte é a pior coisa que pode acontecer a você? Morrer é fácil. Suportar a própria dor é uma misericórdia. O inferno é quando você é forçado a permanecer vivo, observando seus inimigos levarem alguém que você ama, *torturar* alguém que você ama, enquanto você é incapaz de salvá-lo. Às vezes, rezamos pela morte, James. Às vezes, escapar vivo é pior que a morte.

Isso mata, de imediato, o sorriso no meu rosto.

— Mas este — Warner continua, mais calmo ao enfiar a mão no bolso — talvez seja um resultado interessante do seu tempo gasto na ilha.

Ele segura o pequeno chip azul que arranquei do esquilo. Não está mais ensanguentado. Ele claramente o estava examinando.

Consigo dar um sorriso hesitante.

— Então… Eu me saí bem?

— Você entregou uma mercenária do Restabelecimento diretamente ao epicentro da resistência, garantindo a ela acesso a todos os líderes importantes da oposição. Você a trouxe aqui sem pensar, sem nem mesmo verificar se havia armas escondidas…

— Na verdade, verifiquei — corrijo-o depressa. — Eu a revistei…

— Você revistou dentro da *cabeça* dela? — ele pergunta, interrompendo-me. — Arrancou a pele dela para escanear em busca de tecnologia de vigilância, rastreadores, explosivos sutis…?

— Merda. Não. — Eu respiro fundo. — Não. Não fiz isso.

Warner toca a porta com a mão, escaneando seus dedos, abrindo-a um momento depois com um suspiro. Ele a abre, e eu o sigo para dentro da sala escura. As luzes se acendem quando entramos no corredor estreito. Eu nunca estive aqui antes. Um hall leva a uma sala maior, com pouca mobília. Sua única característica distintiva é uma janela enorme que ocupa uma parede. Olho duas vezes.

Do outro lado está Rosabelle, deitada em uma cama de hospital. A visão dela me faz parar no meio do caminho.

20

JAMES

Não vejo Rosabelle há 36 horas.

Quando ela caiu no helicóptero, eu a peguei por impulso, puxando-a para os meus braços, a fim de que ela não despencasse pela porta. Os cintos de segurança — e um monte de outros recursos — não estavam funcionando bem depois que roubei o triciclo de Jeff, o que significa que tive de segurá-la contra o meu peito pelo resto do voo de trinta minutos. Ela é tão pequena e angustiantemente leve que seria quase fácil demais carregá-la com a bochecha pressionada no meu pescoço. Verifiquei o ferimento acima do olho dela, e sua pele é macia como seda.

Por meia hora, segurei-a firme com meu braço bom, pilotando a aeronave com o braço ruim. Quando enfim consegui pousar o helicóptero, tive de carregá-la por uma floresta densa e um terreno íngreme. Ao chegar à cidade mais próxima, estava tão exausto que quase caí de joelhos, segurando Rosabelle como uma oferenda.

Mesmo agora, lembrando-me disso, meu coração começa a bater de forma instável. Segurá-la pareceu natural e fácil, como se eu

VIGIA-ME

já tivesse feito isso uma centena de vezes. Não consegui entender minha reação a ela naquele momento e não entendo minha reação a ela agora. Tudo o que sei é que o instinto de protegê-la me vem tão naturalmente que tenho de fazer um esforço consciente para desligá-lo. Que inferno, eu não consegui nem evitar de ir em sua direção quando ela estava prestes a me matar.

Engulo em seco, olhando para ela pela janela.

Isso é ruim. Isso é muito ruim. O sangue está correndo para a minha cabeça agora, deixando-me mais estúpido. Eu ainda posso senti-la sob minhas mãos. O cheiro dela ainda vive na minha cabeça.

— Terminou? — Warner pergunta com severidade, arrancando um tablet brilhante da parede. — Ou você precisa de mais tempo sozinho com suas ilusões?

Isso clareia meus pensamentos em um instante.

Olho para ele, e a vergonha irradia um calor lento pelo meu pescoço. Warner tem a habilidade sobrenatural de sentir as emoções das pessoas. Isso se traduz de maneiras mais poderosas também — ele pode roubar os poderes de outras pessoas —, mas, na maioria das vezes, sua superforça apenas desperta vergonha em nós, mais fracos.

— Estou bem — digo, forçando um sorriso.

Warner examina o tablet enquanto fala.

— Como você sabe, a paciente estava inconsciente ao chegar. Ela sofreu uma contusão na cabeça, que resultou em uma fratura linear do crânio e em um leve inchaço orbital, mas danos limitados ao olho em si. Ela estava desidratada e perigosamente desnutrida. Tinha uma frequência cardíaca elevada, apesar de estar inconsciente, o que é muito incomum, e hematomas cobrindo a maior parte do corpo. Os hematomas, 247 no total, eram exatamente do mesmo tamanho e formato, o que nos leva a supor que foram causados em conjunto e pelo mesmo método. Não há nenhuma teoria ainda sobre que tipo de arma pode tê-los causado, embora a consistência dos ferimentos aponte para algum tipo de tortura padronizada. Além disso, fizemos vários exames para rastrear tecnologia sutil, e ela saiu limpa.

Ele olha para mim. Eu sinto seu olhar em mim.

Mas estou olhando para Rosabelle de novo. *Fratura linear do crânio. Desidratada e perigosamente desnutrida. Hematomas cobrindo a maior parte do corpo. Tortura padronizada.* Estou tendo uma reação muito ruim a essa notícia.

Posso sentir: o pico no meu pulso, a raiva se acumulando dentro de mim. Cerro e abro meus punhos, tentando me livrar do sentimento. Não conheço essa garota. Não tenho razão para sentir nada além de ódio por ela, mas continuo ouvindo sua voz vacilante e desesperada na minha cabeça:

Por favor
Diga para serem gentis com ela
Ela é apenas uma criança

Eu sei como o Restabelecimento pode ser cruel. Sei o que eles fazem com as pessoas, como eles as derrubam, arrancando-lhes de suas mentes.

O que diabos fizeram com ela? *Por quê?*

Com os olhos fechados, Rosabelle parece irreal, frágil. Seu cabelo loiro-claro é mais longo do que eu esperava, solto do rabo de cavalo de antes, espalhado sob a cabeça. Suas mãos estão entrelaçadas sobre o lençol dobrado cuidadosamente na sua cintura. Seus ferimentos foram curados; o sangue, limpo de seu rosto. Ela parece artificial, como uma boneca de porcelana. É difícil acreditar que essa é a mesma garota que assassinou a mim e a inúmeros outros.

Warner limpa a garganta, irritado.

VIGIA-ME

— Obviamente, o Restabelecimento teria previsto tais exames — diz ele. — Eles não a teriam enviado aqui com evidências de suas intenções entrelaçadas no DNA dela. Aliás, é possível que a tenham escolhido para esta missão precisamente por ela não ter nenhuma prova da tecnologia deles em seu corpo... O que me leva a acreditar que isso é altamente raro entre a população de Ark. Há, no entanto, uma cicatriz distinta e mal curada na parte interna de seu antebraço direito. Considerando os avanços médicos pioneiros do Restabelecimento, isso é bem incomum, e talvez a coisa mais interessante sobre ela. Ou eles não podem remover essa cicatriz por alguma razão insondável, ou *querem* que ela carregue esta cicatriz como punição. Ou como um lembrete.

— Um lembrete de quê? — pergunto, desviando os olhos de Rosabelle. — Uma punição pelo quê?

— Isso ainda precisa ser descoberto.

Minha raiva só se intensifica.

— E os hematomas? A desnutrição? Você disse que eles a estavam torturando.

A irritação de Warner é óbvia.

— Muito bem — começa ele, encaixando o tablet de volta em seu suporte. — Suponho que faremos isso agora. — Ele respira fundo antes de encontrar meus olhos. — Apague as esperanças e os sonhos. Não existe cenário em que as intenções dela sejam honrosas. Não se deixe enganar por sua aparência. O regime do Restabelecimento adora destruir rostos de inocência; eles acham perversamente satisfatório forjar assassinos com base nas figuras mais modestas, sobretudo mulheres jovens que exibam potencial físico e mental quando crianças. Na verdade, é uma grande vantagem para eles que a assassina se apresente como pequena e delicada — ele conclui, encarando-me. — Fizeram a mesma coisa com Juliette.

— Mas...

— Eu imagino que ela tenha mais ou menos a sua idade — Warner continua, olhando para ela pela janela —, o que significa que seus anos de formação foram moldados sob a era imperial do Restabelecimento. Eu ficaria chocado se ela não tivesse sido treinada para isso desde tenra idade. Então, tire isso já da sua cabeça. Ela não é uma inocente frágil. Nem o considera seu herói. Você não salvou a vida dessa garota. Ela não está fugindo de captores e não o ajudou a escapar da ilha na esperança de encontrar uma vida melhor...

— Então, por que eles a estavam deixando passar fome? Por que machucaram a irmã dela?

— James. Você já sabe disso.

— Sim — respondo, cruzando os braços. Depois, citando Warner: — "Com poucas exceções, o Restabelecimento em geral controla as pessoas por meio de coerção, chantagem ou tortura. Às vezes, todos os três." Mas isso não prova o que estou dizendo? Ela estava sendo torturada. Provavelmente, chantageada.

— Essa situação não é incomum e não ajuda a provar que ela simpatiza com você ou com a nossa causa — continua Warner. — Na verdade, se a garota ama a irmã, como você parece acreditar, isso só piora a situação.

Levanto as sobrancelhas.

— Como isso piora?

— Ela tem mais a perder — ele afirma, caminhando até a janela. — E já provou que está disposta a matá-lo para atingir seus próprios objetivos.

Exalo, surpreso com o peso desse golpe. Nem tinha percebido o quanto minhas esperanças eram altas até elas ruírem. É até um pouco embaraçoso.

— É — digo, baixinho. — Você está certo. Claro que está. Não sei o que eu estava... — Mas algo clica para mim. Meus olhos se arregalam com horror. — Puta merda... — suspiro. — Você me trouxe aqui para matá-la?

Warner parece instantaneamente enojado.

— Dez anos convivendo comigo, aprendendo comigo, e você ainda recorre a palavrões. Eu culpo Kent. Ele o criou pensando que estava tudo bem falar como um criminoso.

— E Kenji — acrescento. — Kenji me inspira diariamente.

O maxilar de Warner se contrai.

— Você não precisa matar a garota hoje — ele diz, respondendo à minha pergunta. — Hoje, eu quero que você vá lá e converse com ela. Gostaria de observar suas interações.

— Hmm. — Eu rio, mas sai estrangulado. — Por quê?

— Eles o estão usando, James — ele diz, virando-se para mim. — Já o usaram. Ela já o manipulou tão perfeitamente que você nem percebeu. Foi ingênuo o suficiente para trazê-la aqui, e agora temos de administrar a situação. Reescrever as regras a nosso favor.

— Você realmente acha que é tão ruim assim?

— Acho.

Eu solto um suspiro.

— Ok. Então você não quer que eu a interrogue? Só quer que eu *converse* com ela?

— Ela está esperando um interrogatório — diz Warner. — Está esperando ser tratada como uma criminosa, ficar na defensiva. — Ele começa a andar devagar. — Se a garota for uma mercenária do Restabelecimento, seu limiar de sofrimento será alto. Ela provavelmente foi submetida a crueldades indizíveis, do tipo que nunca implementaríamos em nossos procedimentos. Qualquer dificuldade que ela enfrente sob nossa custódia não vai ser nada para ela. Vai ser fácil, até... O que ela não está esperando — ele conclui, girando distraidamente a aliança de casamento em seu dedo — é ser tratada com qualquer tipo de gentileza. Não espera que ninguém cuide de seu bem-estar. Não espera ser tratada com humanidade.

— Humanidade? — indago com um sorriso. — Você está parecendo Juliette agora.

Ele olha pela janela.

— Sei que você quis dizer isso como um insulto, então se considere sortudo por eu gostar de você o suficiente para não o matar por desrespeitar a minha esposa.

Isso me faz rir alto.

Warner me encara por um momento, seus olhos brilhando com um humor abafado. Às vezes acho que, em segredo, Warner ama que eu esteja por perto, porque, mesmo que eu o irrite pra caramba, sou o único que não tem medo dele. Não importa o que ele diga, sei que nunca me machucaria. Ele é meu irmão mais velho, e realmente amo esse cara.

O rosto de Warner muda quando tenho esse pensamento, e a emoção atravessa suas feições antes que ele se vire.

— Muitas vezes tento pensar como Juliette — ele diz, calmamente. — Ela tem uma perspectiva mais reflexiva e holística do mundo que eu. E, agora, estou ponderando sobre as opções. Não podemos prosseguir sem um plano claramente definido. E, antes de decidir o melhor curso de ação, gostaria de saber que tipo de influência você tem sobre a garota.

— O que o faz pensar que tenho alguma influência sobre ela?

— Ela tem dito seu nome durante os sonhos.

Um choque de prazer se move através de mim. Uma descarga automática de endorfina.

— O quê? Sério?

— Não.

— Uau, ok, vá se foder.

Warner de fato sorri. É um de seus raros sorrisos, covinhas aparecendo e desaparecendo só para mexer com a nossa cabeça. Ele vai de assassino a galã em dois segundos.

— Olha como você está decepcionado — ele diz, baixinho. — Como ficou feliz quando pensou que uma serva do Restabelecimento, enviada aqui para matar você e toda a sua família, estava tendo sonhos inapropriados com você.

— Sabe — falo, cruzando os braços —, eu realmente, *realmente* odeio que você possa sentir as emoções de outras pessoas.

— Não sinta muita pena de si mesmo. — A expressão de Warner esfria. — Imagine administrar o dilúvio psíquico incessante de cada pessoa que encontro. Você não tem ideia do excremento emocional que tenho de peneirar todos os dias. Às vezes não consigo me ouvir pensando. — Ele se vira. — Viver com você na puberdade, por exemplo, foi um tipo especial de inferno. Às vezes acho que você ainda está passando pela puberdade.

Eu franzo a testa.

— Não gosto de ouvi-lo dizer a palavra *puberdade*. Na verdade, acho que não preciso ouvi-lo dizer essa palavra nunca mais...

Warner ergue uma mão para me silenciar quando as pálpebras de Rosabelle tremem.

Suas mãos tremem.

Ela pisca devagar, estudando o quarto com um olhar de soslaio. Observo-a se recuperar da desorientação, quase se sentando na cama, em um surto repentino de pânico. Ela parece entender as coisas de maneira gradual, enfim voltando a si, acomodando-se em seu novo ambiente. Então, vira a cabeça, ainda piscando de leve, e olha diretamente para mim.

Eu enrijeço.

Não, não diretamente para mim. Ela está olhando nesta direção, com os olhos vidrados, rastreando a janela; tentando resolver um enigma. Mesmo agora, percebo, ela sabe que está sendo observada.

— Não se deixe enganar — orienta Warner, calmamente. — Entre aí com sua guarda alta.

— Sim. — Respiro fundo. — Sim, ok.

Hesito quando algo me ocorre.

— Ei, ela já comeu alguma coisa?

Warner muda de posição.

— Fluidos foram administrados de modo intravenoso, mas ela ainda não comeu nada sólido, não. Por quê?

— Tenho uma ideia.

21
ROSABELLE

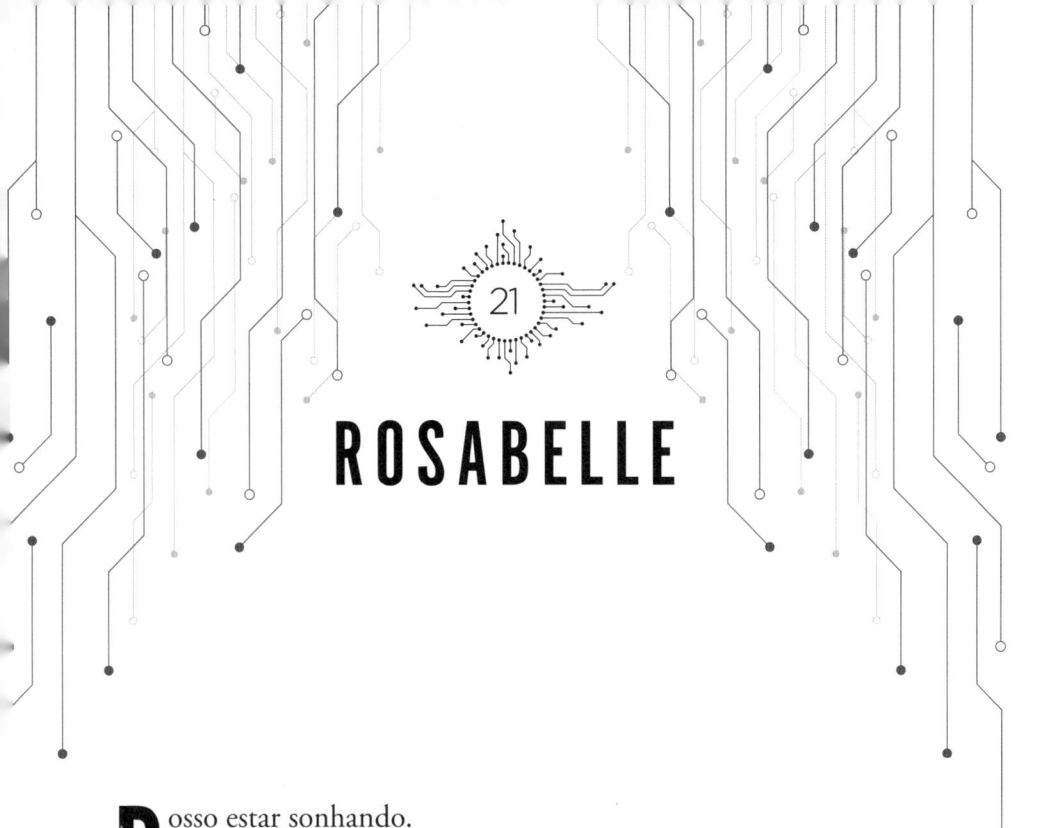

Posso estar sonhando.
    O problema é que meus olhos estão abertos. O problema é que o brilho da iluminação do teto não é aconchegante. O problema é que o bipe constante dos monitores médicos cria uma tensão em mim que só aumenta, embora meu cabelo esteja solto, livre do rabo de sempre. O problema é que não estou segura, embora meu corpo se sinta mais forte, melhor de uma forma que não consigo qualificar. Fecho os olhos, forçando-me a respirar fundo e com firmeza, mas a alucinação se intensifica. Meus sentidos são atacados pelo cheiro de carne grelhada, de dar água na boca. Meu estômago se contrai com a promessa de comida. O aroma de cebola e alho salteados enchem minha mente. Sinto cheiro de hortelã e manjericão. Limão. Pimenta. Queijo.
    Delirante.
    Abro os olhos.
    Posso ouvir meu coração batendo no peito. Seus movimentos ecoam alto pelo tipo de máquina que não vejo há anos.

O equipamento nesta sala é antigo, exceto que parece novo. Não tinha imaginado que pudessem não possuir os mesmos avanços tecnológicos aqui. Franzo a testa. Onde?

Não é um sonho.

Digo a mim mesma que cheguei à Nova República.

Fase um concluída.

Eu daria um suspiro de alívio, exceto que não consigo me lembrar de como pousei aqui. Os detalhes que relatam minha entrada em território inimigo não existem; onde deveria haver memórias, há apenas vazio. Fiquei à mercê dos rebeldes em um estado de inconsciência e não tenho ideia de como posso ter me exposto ou o que eles podem ter feito comigo. Imploro à minha mente que use a razão: mantenha a calma. Mantenha o curso. Um agente do Restabelecimento foi designado para entrar em contato comigo dentro de 48 horas após minha chegada.

Não tenho ideia de quanto tempo faz que estou aqui.

Minha prioridade imediata é encontrar uma saída.

— Ei — diz ele, segurando um copo para mim. — Sério, é só água.

Eu paro.

James está sentado ao lado da minha cama de hospital, magicamente inteiro. Eu o tinha notado antes, mas, como ainda não tinha decidido se estava sonhando, não sabia como explicá-lo aqui, ao meu lado. Sua presença é tão vívida que ele parece um sonho. Sua energia ocupa a maior parte do ambiente. Há um peso nele de que gosto. Ele parece sólido. Inabalável. Mas, sem aquela camada grossa de sangue e sujeira obscurecendo seu rosto, é muito mais difícil olhar para ele, e luto para me dirigir ao seu olhar investigativo. Ele está me examinando com uma expressão direta e ligeiramente curiosa. Mas é ilegível.

VIGIA-ME

Não é um sonho.

Ele entrou há alguns minutos com apenas um olhar na minha direção, empurrando uma mesa cheia de pratos de comida do tipo que eu não via há anos.

Ainda está segurando o copo d'água, esperando que eu o pegue. Seus olhos são um caleidoscópio de azuis; como o mar, às vezes tranquilo e turbulento. Agora mesmo está sem pressa e confortável no próprio corpo. Tenho um pensamento estranho: queria poder reunir sua calma e puxá-la sobre mim, dormir debaixo dela como se fosse um cobertor.

— Rosabelle — diz ele. Pela primeira vez, abre um sorriso. — Vamos lá. Juro que não é veneno.

— Não entendo — sussurro.

— Você pode se sentar um pouco mais?

— Por quê?

— Você precisa comer — diz ele. — Eu trouxe comida para você.

— Não? — respondo isso como uma pergunta.

— Sim — ele retruca enfaticamente. — Vamos. Sente-se um pouco, mas não se mova rápido demais.

— Não entendo — repito.

— O que você não entende?

— Por que está sendo gentil comigo?

Ele coloca o copo d'água sobre a bandeja na minha frente e logo se recosta em seu assento. Seu sorriso desaparece. Na verdade, seu rosto se fecha por completo, e isso me incomoda mais que a oferta de comida. Sento-me sem pensar, como se a ação fosse devolver o sorriso ao seu rosto.

O sorriso não retorna.

— Não estou sendo gentil com você — declara ele. — Isso se chama ser uma pessoa normal. Não vou deixá-la passar fome.

Engulo em seco, surpresa ao descobrir que minha garganta não está seca. A dor irradia por todo o meu corpo, a fome arranha minhas entranhas. Olho para a mesa de comida, permitindo-me acreditar, pela primeira vez, que isso pode realmente estar acontecendo. Balanço a cabeça. Eu nem saberia por onde começar.

— A propósito, você não respondeu à minha pergunta — diz James. Olho para cima com a mudança repentina em seu tom. Seus ombros parecem mais rígidos, seus olhos mais tensos. — Há quanto tempo você não come uma refeição decente?

Meu coração troveja no peito ao som dessa pergunta e, quando o monitor indica essa mudança, James olha para a máquina, e entro em pânico. Eu me forço a descer para o nada, desconectando meu corpo da mente, esmagando o que resta de mim. Preciso me recompor e permanecer assim. Não posso me dar ao luxo de mais erros.

Quando meu batimento cardíaco diminui, olho para ele e revelo:

— Três dias.

— Três dias — ele repete.

Eu aceno, como se isso fosse normal.

— Não como há três dias.

Seu rosto fica frio. Sua voz é dura.

— E o que você comeu há três dias?

Cogumelos.

— Não entendo por que isso é relevante.

— Olhe, você pode, por favor, beber a água? — ele retruca, e sua compostura se esvai.

Sua raiva me surpreende.

Observo James, depois o quarto. Meus olhos percorrem tudo no espaço claro e estéril. Considero a situação. Esta é claramente uma cela de detenção reformada, com um leito de hospital. Há uma pintura enorme e genérica de um campo de verão ocupando a maior parte de uma parede, atrás da qual provavelmente há algum tipo de janela de observação. Não tenho dúvidas de que estou sendo observada por várias pessoas agora. Não sei há quanto tempo estou aqui, mas a recuperação física de James aponta para um lapso de tempo longo o suficiente para acomodar a recuperação e a cooperação. Ele teve horas para tomar banho, comer, dormir, restaurar o brilho saudável em sua pele. Isso significa que teve tempo para se reunir com seus oficiais, o que quer dizer que eles sabem o que James sabe. Ele não veio me visitar sem autorização; veio com um plano.

Esta comida não é um ato de misericórdia, percebo com algum alívio.

É um teste.

Digo a mim mesma: uma pessoa normal, faminta, sem segundas intenções, não teria medo de comer comida oferecida de graça.

Pego o copo d'água com a mão trêmula, derramando-a levemente ao levá-lo aos lábios. Tomo um gole e fecho os olhos, saboreando-a. A água está em temperatura ambiente, fácil de beber, suave para a minha garganta, mas me pega de surpresa ao perceber que não estou com sede de verdade. Olho para as antigas bolsas de soro e a resposta é óbvia: estão me dando fluidos intravenosos. É por isso que me sinto melhor. Mais leve.

Coloco o copo na mesa.

James empurra um prato de frango na minha frente; a carne já cortada em pedaços pequenos, como se eu fosse uma criança. A visão disso faz algo comigo, ameaça me afogar.

— Já deve estar frio agora — diz ele, desculpando-se.

Como se eu me importasse. Olho para James, tentando manter minha frequência cardíaca estável.

— Você vai apenas me ver comer?

— Vou.

Este é um tipo de tortura que não previ. Tudo sobre este momento parece carregado e estranho, e o medo aperta meu estômago. Meu apetite é algo que só consigo controlar quando estou quase faminta. Às vezes, a fome é uma misericórdia, desnudando minhas entranhas tão completamente que é mais fácil me desligar, permanecer vazia. Tenho apenas memórias distantes de como é me sentir cheia. Não sei o que meu corpo fará quando eu o alimentar, e o desconhecido me assusta.

Pego o garfo com apreensão, ciente dos muitos olhos que devem estar observando esse momento. Minha mão treme um pouco, e escondo isso espetando a carne com mais força do que gostaria, depois a levo aos lábios com hesitação. Minha boca enche-se d'água automaticamente, os aromas saborosos de gordura e sal me deixando doente de desejo e culpa.

Rosa, qual é o gosto da carne?

Meus olhos tremem. Meu peito se aperta.

Rosa, vamos fazer um banquete. Você se senta aí, e eu me sento aqui, e vamos fingir que meu lençol é a toalha de mesa, está bem?

Está bem, concordo, sentando-me. *O que tem no cardápio?*

O chef preparou um frango assado para nós! Você gosta de frango, Rosa? Vi uma foto de frango em um livro...

Meu estômago se revira com ódio de mim mesma. Agitando-se com necessidade e desgosto. Minha mão treme de novo.

Rosa, isso é particular, ela tinha dito, franzindo a testa enquanto eu desamarrotava um pedaço de papel. Eu o encontrei quando tirei os lençóis dela. Era uma lista, e eu li o título e os dois primeiros itens antes de devolvê-la, com meu coração disparado no peito.

Coisas que vou comer um dia, dizia.

frango

dosse

Forço-me a olhar para o frango espetado no meu garfo; forço-me a abrir os lábios. Inalo pela boca e acho que posso passar mal. Sinto meu estômago embrulhar e luto contra a ânsia. Meu peito arfa de leve.

— Rosabelle? — chama ele.

Eu olho para cima, horrorizada ao perceber que meus olhos estão cheios de lágrima.

Não.

Estou morta por dentro. Faz anos que estou morta por dentro.

— Ei...

Morra, digo a mim mesma.

Morra.

Eu forço o pedaço de frango na minha boca, forço-me a mastigá-lo, forço-me a prová-lo.

Como é, Rosa? É muito delicioso?

Ouço os monitores de longe, as máquinas gritando, como se estivessem atrás de camadas de neblina. A carne é estranha na minha boca. Desconhecida. Macia. Isso é frango de verdade, percebo. Carne de verdade de um animal, não cultivada em laboratório. Tem uma textura que não experimento desde a infância. Meus dentes parecem novos para mim, afiados. Os sabores são muito fortes, fortes demais. Eu arfo, coloco a mão sobre a boca. Forço para baixo. Espeto outro pedaço.

— Ei — ele repete, uma nota de pânico em sua voz agora —, você não precisa comer... Eu só pensei...

Você acha que algum dia vamos comer carne de verdade, Rosa? Eu gosto do pão que eles nos dão e até que não me importo com o mingau, sério, mas lembra que nos deram ovos uma vez, e eles tinham vindo de uma galinha, e uma vez nos deram leite, que vem de uma vaca, então talvez...

Empurro o próximo pedaço na boca, lutando contra a náusea. Meu maxilar já está cansado; o movimento repetitivo é robótico. Minha pele está esquentando e esfriando, minhas mãos estão úmidas. Um leve suor brota na minha testa. A dor aperta meu estômago quando engulo. Espeto outro pedaço de frango.

— *Pare* — ele manda, arrancando o garfo da minha mão. James parece diferente agora. Assustado. — Você não precisa comer. Desculpa...

— Vou comer — afirmo. Meus olhos estão quentes. Molhados. Pego o frango com as mãos, forçando outro pedaço na minha boca. — Vou comer.

— Rosabelle, pare...

Ele agarra minhas mãos sujas, forçando-me a encará-lo. A resolução vibra dentro de mim, estremecendo minha garganta. Meu rosto está úmido. Meu coração bate fora do peito.

— Desculpa — diz ele, em desespero. Seus olhos estão assustados. — Desculpa. Você não precisa comer se não quiser...

Eu sinto a maneira como meu corpo se contrai no silêncio e tento controlar; eu realmente tento, mas não consigo.

E vomito em cima dele.

22

ROSABELLE

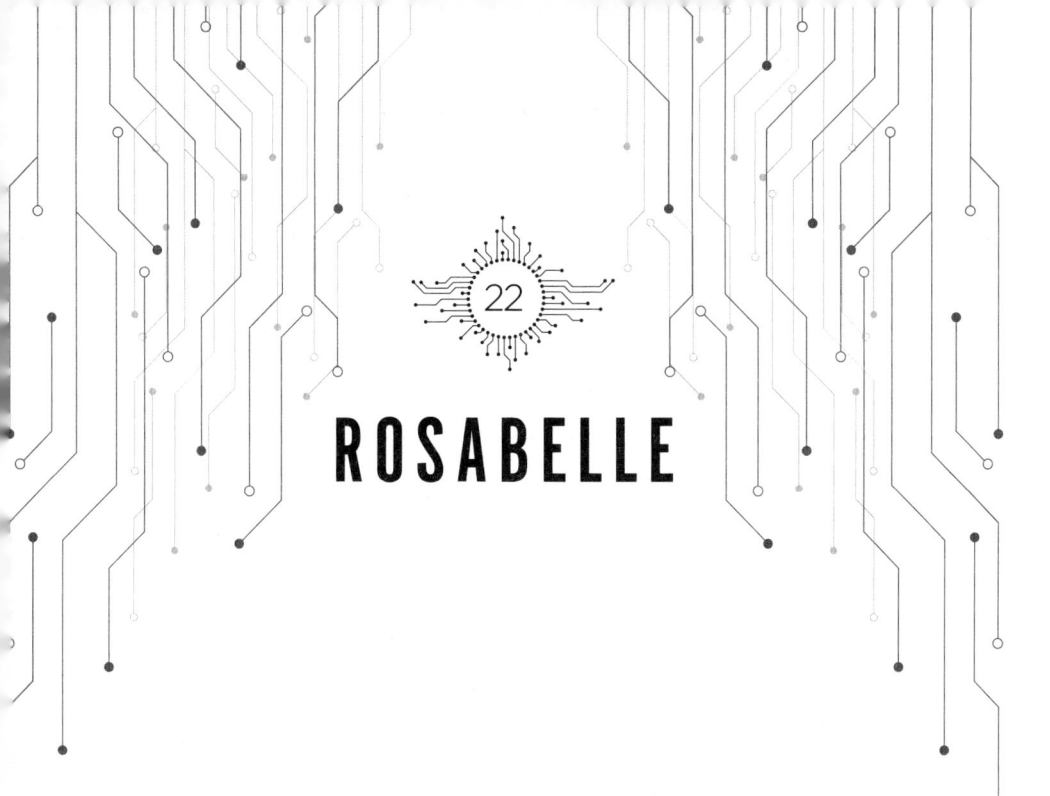

Viro as mãos, olhando para os meus dedos enrugados. Estou mergulhada em água quente há tanto tempo que minha pele já começou a coçar; ainda assim, não consigo sair. Isto é luxo: o estrondoso ruído branco; o vapor escorrendo pelo meu corpo; o silêncio pacífico.

O silêncio pacífico.

Tinha me esquecido de como era estar sozinha. Tinha me esquecido de como era ter privacidade. Continuo esquecendo que as pessoas aqui não estão conectadas ao Nexus. Que não é padrão vigiar pessoas em todos os lugares, o tempo todo.

Fecho os olhos, deixando a água bater no meu rosto.

Meu quarto de hospital foi invadido logo depois da minha humilhação. Enfermeiros entraram com urgência, gritando protocolos para proteger James de qualquer risco. Eles o levaram para longe de mim enquanto ele protestava. Sem dúvida, vão examiná-lo em busca de vestígios de veneno ou explosivos e enviar amostras do meu vômito para um laboratório só para ter certeza de que não fiz de propósito.

A ideia quase provoca em mim um sorriso sombrio. Os rebeldes não são estúpidos, embora pareçam ter me superestimado nesse caso. Depois do incidente, eles me trataram como eu esperava, arrastando-me para o chuveiro com movimentos rápidos e bruscos, tirando minha camisola de hospital com fria eficiência.

É hora de me recompor.

Clara não está morta.

Clara não está morta.

Eu sei disso com absoluta certeza; eles não a matariam sabendo que podem usá-la para me manipular. O problema é que continuo perdendo o controle da minha imaginação; continuo permitindo que meus pensamentos vaguem, imaginando como eles podem a estar torturando. Mas perder a cabeça significa cometer erros, o que é, sem dúvida, a maneira mais segura de garantir sua morte.

Tenho de compartimentar.

Selar Clara hermeticamente no meu coração. Aceitarei o paradoxo de que, para salvar sua vida, devo ignorar seu sofrimento. Clara, eu vou conseguir.

É James que não sei como controlar.

Não entendo o que há de errado com ele. Estou cansada de tentar entendê-lo. Ele me confunde o tempo todo, demonstrando paciência e gentileza quando deveria me atirar em uma cela após um interrogatório violento. Não tenho prática nesse tipo de guerra sutil. Ele está me manipulando de forma sofisticada, e as consequências disso são perturbadoras. Estou começando a fazer associações positivas com o seu nome, com a visão de seu rosto. Quando penso nele, não sinto medo algum.

Isso está me dando raiva.

VIGIA-ME

Percebo que cerrei meus punhos apenas quando eles começam a doer. Olho para as mãos, expirando ao soltá-las. Respiro agora com dificuldade. As emoções estão se acumulando dentro de mim sem serem convidadas; meus pensamentos mais silenciosos estão começando a se desenrolar livremente. Sinto esse movimento crescente, esse desejo desesperado de enfim ocupar mais que um cantinho da minha própria mente. Por anos, me sufoquei no silêncio, mas agora as vinhas de pensamento escalam a minha garganta. O perigo das palavras e dos sentimentos proibidos ergue-se dentro de mim como um grito abafado...

Sempre odiei o Restabelecimento.

Enrijeço só de pensar nisso, preparando-me para a gagueira familiar do meu coração, a compressão no meu peito. Pressiono as mãos no chão duro, procurando algo, instintivamente. A paranoia cresce e recua dentro de mim, alimentada pelo medo, faminta pela lógica. Eles não se arriscariam a me observar aqui, digo a mim mesma. Nunca antes o Restabelecimento conseguiu plantar um espião de Ark no núcleo da Nova República; eles não arriscariam me expor durante uma missão sem precedentes. Meu olhar percorre o chuveiro simples e industrial, procurando através do vapor o conhecido flash de luz azul. Lembro a mim mesma que estou longe de casa; que estou sozinha.

Meu coração não desacelera.

Lembro a mim mesma que também odeio os rebeldes — e essa direção mais aceitável dos meus pensamentos me acalma.

Respiro fundo, sentindo o gosto da água.

A verdade é que odeio todos igualmente.

Os fundadores da Nova República são responsáveis por milhares de mortes e por uma violência indescritível, mas sempre culpabilizam o Restabelecimento, alegando superioridade moral.

Prometem fantasias de liberdades insustentáveis à população, ao mesmo tempo que a expõem aos males da fome, da anarquia, da ignorância, do conflito e do derramamento de sangue — e a um clima irreparável. Desafiam os avanços da ciência e da tecnologia moderna. Insistem que o caos autogovernado é preferível à ordem mundial regulada.

O Restabelecimento é um empreendimento autoritário, imoral, com punho de ferro, mas a Nova República é pior que ingênua. Por essa razão, eles nunca vencerão.

Ainda me espanta que meu pai tenha jurado lealdade a uma revolução fadada ao fracasso e, ao fazê-lo, sentenciado o resto de sua família a um destino pior que a morte. Sempre quis vingança contra os rebeldes responsáveis pela destruição da minha vida e pela revolta do mundo, mesmo que julgasse como desprezíveis as ações do meu próprio regime. Eu me alinhei com o que acreditava ser o menor dos dois males, certa de que nenhum governo era confiável.

Ainda assim...

Deslizo um dedo pela condensação sobre a parede de azulejos, maravilhada por ter tido pensamentos terríveis e traiçoeiros contra o Restabelecimento, mas sem ninguém para me interrogar no mês que vem e descobrir.

Meu corpo emite um som, algo como uma risada.

Testo os músculos do rosto, passando a língua pelos dentes, tocando a ponta do dedo na maciez dos lábios. A água corre em riachos pela minha pele aquecida, roçando as depressões e as curvas do meu corpo.

Enquanto estou aqui, pelo menos, pertenço a mim mesma.

— Vou cortar a água agora — avisa a enfermeira. Ela esteve esperando do outro lado da porta por todo esse tempo. — Estarei aqui com uma toalha.

VIGIA-ME

E acabou. O barulho de água, o vapor.

O silêncio.

Olho para baixo nos momentos seguintes e vejo que o calor enrubesceu meu corpo. Um pinga-pinga constante bate no azulejo sob meus pés. Levanto-me do chão, minha pele gravada pelo desenho do azulejo. Minha cabeça está fervilhando; meu estômago, gritando.

A enfermeira, conforme prometido, está à minha espera.

Ela não desvia os olhos; na verdade, me olha de cima a baixo como se quisesse verificar se estou desarmada. Pego a toalha e a enrolo em volta de mim, e, quando enfim saio do chuveiro para o banheiro frio de concreto da cela de detenção, meus pés quentes parecem se encolher no chão gelado. Um arrepio percorre meu corpo, e enrolo a toalha com mais força. Meu cabelo está pingando. Olho para a enfermeira.

Ela é alta, de meia-idade; pele escura, olhos escuros; seu rosto angular e interessante. Lembro a mim mesma que as pessoas da Nova República ainda têm poderes sobrenaturais. Até mesmo uma enfermeira despretensiosa pode ter uma força secreta, capaz de me matar com um único movimento.

Como se pressentisse essa minha avaliação, ela arqueia uma sobrancelha. Então desvia o olhar de forma pronunciada, e sigo seu olhar para um canto, onde uma pilha organizada de roupas dobradas foi colocada em cima de uma pequena caixa sem identificação.

— Aquelas são para você — ela diz, observando-me mais uma vez. — Vista-se. Você será transferida daqui a dez minutos.

— Transferida?

Essa informação me anima.

E me preocupa. Passei parte do meu tempo no chuveiro tentando esboçar opções de fuga. Sabia que acabariam me transferindo para uma cela de prisão de alta segurança, mas eu esperava ter tempo para escanear o local, fazer um mapa na minha mente.

— Transferida para onde? — pergunto.

— Para uma clínica de reabilitação.

Estou pegando a pilha de roupas quando ela responde, o que me faz congelar no lugar. Eu me viro devagar para encarar a enfermeira, e meus instintos se aguçam em alerta. "Clínica de reabilitação" é sempre um código para algo pior: hospício; laboratório; um lugar para experimentos e dissecações.

— Entendo — digo, descongelando ao pegar as roupas nos meus braços.

O tecido é macio, e não consigo evitar senti-lo na minha mão. Meus olhos desfocam quando as engrenagens mudam de direção na minha cabeça.

Meu incidente com James deve ter sido pior do que eu temia. Escapar de um laboratório — ou de um hospício — exigirá um plano totalmente diferente, sobretudo se pretendem me drogar.

Ainda assim, de certa forma, é um alívio.

Tortura não é o ideal, mas pelo menos é algo conhecido; consigo lidar com a dor. Além disso, os rebeldes são fracos; nem acreditam em certos métodos de punição. Minha mente está trabalhando rápido agora, imaginando um cenário diferente atrás do outro enquanto me visto. Mal percebo que as roupas são bem-feitas até que estejam pressionadas contra o meu corpo: um suéter macio azul e uma calça jeans que quase serve em mim.

Essas não são roupas de uma prisioneira.

Olho para a enfermeira, que não dá qualquer explicação; ela apenas cruza os braços enquanto caminho até a penteadeira. Escovo os dentes com os itens fornecidos, depois escovo o cabelo, prendendo-o para trás, molhado, em um rabo nada lisonjeiro. Estudo meu reflexo no pequeno espelho sobre a pia. Não gosto de me olhar. Quando olho para mim, vejo a minha mãe. *Morte*. Minha irmã. *Sofrimento*. Meu pai. *Traição*.

Meu rosto esfria, passando de vermelho a rosa. Meu cabelo quase ganha cor quando está molhado. Meus olhos, percebo, estão brilhantes e assustadores, febris.

James me chamou de linda.

A lembrança desencadeia um sentimento adormecido dentro de mim, algo elementar que eu nunca estimulei. Observo um rubor lento se espalhar pela minha pele, derretendo no calor que deixa meu corpo. Eu costumava ser bonita, acho. Sebastian costumava dizer coisas assim para mim.

Minha pele esfria com essa lembrança.

Não trouxe a aliança de casamento comigo. Eu a joguei em seu rosto quando ele veio atrás de Clara, e as consequências desse ato eu, sem dúvida, enfrentarei ao voltar para casa.

Mato esse pensamento quando pego a caixa sem identificação.

Dentro, encontro uma pequena bolsa; um par de tênis resistentes; meias; um saquinho de castanhas; uma garrafa de água; uma barra de chocolate. A barra de chocolate me surpreende.

Eu não como chocolate desde que era criança.

Decido neste momento guardar para Clara. Quando chegar em casa, terei provado meu valor e minha lealdade ao Restabelecimento, e Clara comerá chocolate pela primeira vez. Klaus nos prometeu liberdade em troca dos meus esforços — e Klaus não é humano o suficiente para mentir.

Neutralizando minha expressão, respiro fundo. Um plano está se formando na minha mente; uma onda de esperança que me dá foco. Reúno os diversos itens e os coloco dentro da bolsa. Sento-me em um pequeno banco para calçar as meias e os tênis, mas tenho um pouco de dificuldade com o sapato esquerdo. O tamanho está certo, mas há algo como uma pedrinha presa dentro do tênis, logo abaixo da palmilha. Vasculho o interior, puxo a sola removível e meu dedo encontra um pequeno disco plano. É do tamanho e com o peso de uma moeda.

Na mesma hora, fico rígida.

Dou uma olhada furtiva para a enfermeira, que ainda está me observando. Uma sensação estranha percorre minha espinha.

— Depressa — diz ela. — Tenho de acompanhá-la para fora.

Volto para os tênis, com as mãos firmes. Tiro o disco de metal da sola. É liso e sem marcas, de prata polida. A enfermeira ainda está me observando. Todo aquele tempo no chuveiro, pensei que estivesse longe do olhar atento do Restabelecimento.

Erro.

— Gostaria de saber que horas são — declaro, repetindo as palavras que fui instruída a dizer.

Ela se move, ainda me olhando, depois estende a mão. Um clarão de luz azul pulsa dentro de seu antebraço.

— Está tarde — responde ela. — Você quase perdeu a hora.

Isso me deixa alarmada.

Rapidamente aperto o disco entre o polegar e o indicador, e ele oferece feedback tátil imediato, respondendo às minhas impressões digitais.

Com um zumbido final, destrava.

O disco abre-se em espiral, produzindo um holograma. É uma imagem perfeitamente renderizada de um frasco de vidro. O objeto tem quase o tamanho da minha mão, e o líquido dentro dele é preto como breu. Gravo a imagem na memória pouco antes de ela se desintegrar. A moeda vaporiza-se de repente — tão quente que queima minha pele.

Enfim, olho para a agente.

Ela está estudando seu braço. A luz azul pisca mais rapidamente agora, em contagem regressiva. Ocorre-me que ela está tão ansiosa quanto eu para concluir esta tarefa. Se não tivesse entregado a holomoeda dentro de 48 horas após a minha chegada, é provável que também fosse punida.

Quando a luz enfim cresce e morre, ela exala visivelmente.

— A fase dois agora está completa — diz ela.

Pondero sobre essa revelação por um momento e, então, sem pressa, começo a amarrar meus tênis, arquivando e classificando mentalmente novas informações. Se a fase um era escapar da ilha com James e a fase dois envolvia receber a holomoeda, acabei de ser lançada na fase três: adquirir o frasco.

Quando ela encontra meus olhos, balanço a cabeça.

— Onde eu o encontro? — pergunto.

— Eu não respondo a perguntas — diz ela. — O próximo responderá. Você tem duas semanas.

— Duas semanas? — repito, atordoada. — Nem sei por onde começar.

— Preste atenção. Se for esperta, perceberá.

— Mas...

— Eu não respondo a perguntas — ela repete, com os olhos brilhando. — O próximo responderá.

Ela segura a porta aberta para mim, e me levanto com um frio no estômago. Vai ser muito mais difícil do que eu pensava, e nunca pensei que seria fácil.

Preste atenção, foi o que ela disse.

Não conseguir cumprir a missão a tempo deveria me preocupar, pois posso errar e arruinar minhas chances de salvar Clara. Mas, apesar de toda a vagueza, me sinto estranhamente calma. Se há uma coisa em que sou boa é em prestar atenção.

Em vez disso, porém, quando penduro a bolsa no ombro, não consigo deixar de pensar em James, que estava disposto a sacrificar a vida para salvar minha irmã. Tolo o suficiente para me dar uma chance de provar que ele estava errado. Ingênuo o bastante para se preocupar com a minha fome. Fico aliviada de pensar que é provável que eu nunca mais o veja, mas me pergunto se os rebeldes têm alguma ideia da facilidade com que foram infiltrados.

Este mundo de fantasia que construíram não durará muito mais tempo.

23

JAMES

— Acho uma ótima ideia — diz Juliette, sorrindo para Warner como ela sempre faz. Como se ele não pudesse fazer nada errado.

— Acho uma ideia estúpida — argumento. — Confusa e perigosa...

— Você perdeu o direito de votar — Warner me interrompe. — Estamos nesta situação por sua causa. A garota tem vulnerabilidades claras, e deveríamos nos utilizar de todas as vantagens que temos sobre ela. Enquanto estivermos na fase de descoberta, este é possivelmente nosso melhor curso de ação para reunir inform...

— Não farei isso — declaro, com raiva.

— Por que não? — ele rebate.

— Porque... — explico, passando as mãos pelo cabelo. — Porque é estranho. Parece estranho.

Kenji ri. Ele está comendo pipoca.

— Mano — diz ele, dirigindo-me um olhar. Ele faz aspas no ar com a mão. — "Estranho" não é um contra-argumento. Todos nós tivemos de fazer coisas desconfortáveis ao longo dos anos para sobreviver. Pense na J aqui — ele fala, jogando uma pipoca no rosto de Juliette, que a afasta com a mão. Ele continua: — Quer falar sobre "estranho"? Essa moça aqui já foi controlada mentalmente pelo próprio pai. Foi forçada a se tornar uma supersoldada...

— Ai, Deus, não me lembre — gemo. — Eu odeio essa história.

— E ela quase matou todos nós só porque o papai Anderson pediu.

— Meu Deus. — Passo as mãos pelo rosto. — Não o chame de *papai*.

Meu irmão, percebo, ficou branco como papel.

Nada faz Warner enfurecer-se mais rápido que se lembrar do quanto Juliette sofreu nas mãos do nosso pai. Como se ele fosse, de alguma forma, cúmplice dos pecados do homem que o torturava todos os dias de sua vida. Talvez porque eu fosse criança quando tudo aconteceu, consigo fazer essa distinção.

Warner não consegue.

Kenji continua, sem se deixar abater.

— E, se Warner não tivesse conseguido salvar J pelo poder do amor — ele afirma, imitando fogos de artifício com uma das mãos —, nós todos seríamos marionetes do Restabelecimento controladas mentalmente agora mesmo.

— Não vamos reviver todos os detalhes — Juliette interrompe, apertando o braço de Kenji. Ela olha preocupada para Warner, que agora está encarando o abismo não tão distante. — Isso foi há muito tempo — ela diz com gentileza — e, na verdade, foi sorte eu ter passado pelo experimento e sobrevivido, porque, do contrário, não teríamos conhecido a extensão do programa. Não fazíamos ideia que eles já tinham começado a conectar civis a uma rede neural e não percebemos que destruir a Operação Síntese cortaria o sistema nervoso do programa. — Ela olha de novo para o meu irmão. — Warner acha que eles lançaram uma nova versão da rede em Ark. A teoria é de que nunca abandonaram o projeto. — Então, sorrindo para mim, ela acrescenta com empolgação: — É por isso que ele está tão animado com o chip que trouxe para casa. Está realmente orgulhoso de você, James. O que você fez foi uma grande coisa, apesar da maneira como nos preocupou. Ele fala sobre isso o tempo todo.

Esta última parte é um golpe de gênio, que alcança o que percebo ser o efeito desejado por ela: Warner é instantaneamente arrancado de sua melancolia.

— Eu não usaria a palavra "animado" — corrige ele, lançando-me um olhar de advertência. — Nem "orgulhoso". Nem "grande coisa". Nem "o tempo todo".

Ainda assim, sinto um pouco como se tivesse sido atingido por raios de sol.

— Uau — exclamo, lutando contra um sorriso. — Olhe para você. Nem consegue evitar. Você me ama tanto que sente nojo. Está enojado consigo mesmo.

Juliette ri.

— Eu gostaria de voltar ao tópico original — Warner declara com rigidez. — Pare de tentar mudar de assunto. Temos coisas importantes para discutir...

Kenji o ignora, acrescentando:

— Warner me ama também. — Ele come uma pipoca. — Às vezes é um pouco demais, sabe? É sempre "Oh, meu Deus, Kenji, você é incrível, é meu melhor amigo, não diga nada a Juliette, mas eu o amo mais...".

Warner o interrompe:

— Por que é que toda vez que você abre a boca, está mastigando comida?

— Não exagere só porque está com ciúme — diz Kenji. — Se quer pipoca, basta pedir.

— Eu não deveria ter de pedir — Warner rebate friamente. — Você é quem deveria oferecer.

— Tudo bem, quer saber? — interrompo. — Eu nem consigo levar vocês a sério agora. Isto aqui não é uma reunião de verdade. É tipo uma festa do pijama fracassada.

— Não é uma festa do pijama de forma alguma — Warner pontua, alarmado.

— E não é fracassada — Juliette acrescenta, abafando um bocejo. — Kenji e eu vamos ficar acordados até tarde e assistir a filmes antigos. Você pode se juntar a nós se quiser.

Ela se senta de pernas cruzadas na cama, seu longo cabelo castanho caindo em cascata sobre os ombros. Ela está embalando sua enorme barriga de grávida, com Kenji apoiado ao lado dela, suas longas pernas esticadas na frente do corpo. Eles estão cercados por guloseimas.

— Claro que ele não está convidado — Kenji murmura. — Ele sempre fala durante o filme. De qualquer forma, ele precisa ir, tipo, se barbear e fazer coisas assim. Tomar banho algumas vezes. Correr ao redor do quarteirão e liberar esses feromônios. Se preparar para o romance.

Warner arqueia uma sobrancelha para ele.

— Se é isso que você faz para se preparar para o romance, eu posso ver por que está solteiro.

Kenji faz uma pausa no meio da mastigação, inclinando a cabeça para Warner.

— Sabe de uma coisa? Nem todos nós temos acesso ao "felizes para sempre" de vocês, ok? Nós, mortais, vivemos no mundo real, onde os amores das nossas vidas não nos amam o suficiente, e isso não tem nada a ver com quantas vezes tomamos banho ou não. Ou talvez tenha. Ela não foi muito clara sobre isso.

— Kenji — diz Juliette, baixinho —, você sabe que é mais complicado...

— Não quero falar sobre isso — rebate Kenji. — Mas, para que fique registrado, nós, pessoas comuns, não gostamos de ter o passado jogado na nossa cara. Ainda mais em uma noite de filme.

— Eu não quis dizer isso assim — Warner afirma, sua voz cortante.

Kenji dá de ombros.

— Fiz as pazes com tudo isso. Sem contar que não estou sozinho na minha tristeza. — Ele coloca outra pipoca na boca. — Winston e eu fomos abandonados anos atrás e estamos felizes com a nossa amargura desde então. Na verdade, decidimos fazer colagens feias e usá-las para decorar a nossa casa. Ele vai juntar qualquer coisa que tenha a caligrafia de Brendan e usar para fazer um monte de rolinhos de papel machê. Vou bater minha cabeça na parede até deixar uma marca. Achamos que, enfim, é hora de colocar alguma arte na sala de estar. — Ele mastiga um pouco mais. — Winston chama o estilo de "deprimente chique".

— Isso é uma piada? — Warner olha para Juliette, depois para Kenji. — Eu mesmo coloquei aquela parede de gesso. Nós repintamos aquelas paredes no mês passado.

— Nazeera não o abandonou — argumento, trazido para a discussão contra minha vontade. — Você sabe disso. Ela simplesmente não podia ficar aqui. Tem de viver do outro lado do mundo. O povo dela está lá...

— Eu sei — afirma Kenji, erguendo a mão. — E, olhem, não estou amargurado com isso. Nós tivemos uma boa fase, mas estamos reconstruindo nosso mundo. Eu entendo; todos nós temos trabalho a fazer. Ela precisa ficar no Oriente Médio, e um relacionamento à distância é superdifícil. Mas ela queria se reconectar com suas raízes, sua cultura, seu povo. *Por tempo indeterminado.* Isso se chama levar um pé na bunda. *É provável que eu me case com um árabe bonitão e perca seu telefone.* De toda forma, não quero mais discutir sobre isso.

— Kenji...

— Falei que não quero discutir sobre isso — ele enfatiza com firmeza, e a sala fica em silêncio. Então, aponta para mim e fala: — Aliás, voltando ao assunto importante, também acho que a ideia de Warner é sólida. Essa garota Rosabelle é... — Ele solta um suspiro. — Sim, ela é, *uau*. Você deveria fingir ser o melhor amigo da garota que (a) o assassinou e (b) vomitou em você. Os resultados serão adoráveis.

Estou prestes a responder a isso quando Juliette grita de repente, curvando-se e ofegando. Warner se levanta, seus olhos brilhando de pânico.

Merda.

24

JAMES

— Estou bem — avisa Juliette, expirando. Seus olhos se fecham enquanto a dor diminui. Ela acena para Warner, ainda fazendo uma careta. — Estou bem. Sério. Juro.

Há uma tensão coletiva na sala ao assistirmos e esperarmos. Eu observo meu irmão mais velho, as linhas severas de seu rosto. Faz meses que ele anda aterrorizado. Juliette, como Warner e eu, nasceu nos braços do Restabelecimento; eu não soube quem era meu pai por um longo tempo — Warner e eu temos mães diferentes —, mas somos todos filhos de comandantes supremos. A principal diferença é que os pais de Juliette eram cientistas, enquanto o meu pai era estritamente militar. A mãe de Juliette foi quem lançou o experimento responsável por reescrever o DNA humano, gerando poderes sobrenaturais para serem usados como armas em nome do regime. Meu pai era um monstro, mas os pais de Juliette eram sádicos em um nível totalmente diferente. Tiveram filhos com o único propósito de experimentação, usando seus descendentes como cobaias, construindo-os e destruindo-os de maneiras cada vez mais desumanas. As consequências acabaram matando a irmã de Juliette.

A própria Juliette não foi feita para ter filhos.

Caio de volta na minha cadeira com um suspiro. Olho para Warner, que está de pé, imóvel, na cadeira ao meu lado.

— Tem certeza de que está bem, meu amor? — ele pergunta para a esposa, descongelando ao se aproximar dela.

Ele se senta na lateral da cama, pegando as mãos de Juliette. Pressiona a testa na têmpora dela e sussurra algo em seu ouvido.

Eu a ouço dizer:

— O sangramento parou há algumas horas.

Eu me viro, não querendo escutar.

Eles não esperavam engravidar. Depois de dez anos de casamento e exames intermináveis, tinham aceitado que era praticamente impossível reverter a quase esterilização a que seus pais a tinham forçado. O bebê foi um choque enorme. A gravidez inteira tem sido tensa. Por três vezes, ela quase o perdeu. Em dado momento, não conseguíamos ouvir seu batimento cardíaco. Houve muitos dias sombrios.

Juliette chama tudo de milagre.

Warner chama de "pesadelo do caralho", e ele nunca usa palavrões. Uma vez, quando achamos que ela havia perdido o bebê, eu o ouvi tendo um ataque de pânico no banheiro. Kenji estava com ele, acalmando-o.

A lembrança me atinge bem no peito.

Gostamos de zombar uns dos outros, mas, no fim das contas, todos morreríamos uns pelos outros, sem hesitação.

— Sério, estou bem — ouço Juliette dizer e olho para cima para pegá-la forçando um sorriso, sua mão ainda presa abaixo da barriga. — Eu simplesmente odeio não poder sair da cama.

— Só mais algumas semanas — diz Kenji, seus próprios olhos sóbrios. — Você consegue, J.

— Podemos fazer quantas reuniões aqui você quiser — acrescento com um pouco de ansiedade. — Prometo que venho mais vezes.

— Sério? — Seus olhos brilham. — Eu gostaria de ouvir todas as histórias de Rosabelle...

— Não — Warner interrompe, bruscamente. — Nada perturbador.

Ela apenas olha para ele, seu sorriso demonstrando algo tão abertamente adorável que eu tenho de desviar o olhar.

— Vou ficar bem — ela afirma em tom suave. — Você não precisa se preocupar tanto.

— É como dizer à água para não molhar — Kenji murmura, mastigando outra pipoca. — Esse homem vive para se preocupar com você. É a coisa favorita dele. Entre se preocupar com você, falar sobre você e brincar pelos campos gritando agressivamente seu nome para a vida selvagem, estou surpreso que o homem ainda tenha tempo para foder com o mundo.

— Ei, não zombe do meu marido — Juliette diz, brincando, e o belisca. — Ele trabalha muito.

Kenji grita. Pipoca esquecida, ele se vira para ela com os olhos arregalados.

— Você acabou de, tipo, me eletrocutar com seu poder de matar?

Ela ri.

— Só um pouquinho.

— Só um pouquinho? — Os olhos de Kenji continuam arregalados. — J, você pode literalmente assassinar pessoas com apenas *um pouquinho*...

— Ela pode assassinar quem ela quiser — pontua Warner, categoricamente. — Não a sufoque.

Kenji está boquiaberto.

— Vocês dois são nojentos. Toda essa situação é nojenta. Eu odeio todo mundo nesta sala.

— Exceto a mim — lembro.

— Exceto você — confirma ele, assentindo, mas hesita, franzindo a testa. — Espere, não, ainda estou bravo com você.

— Pensei que nós o tivéssemos perdoado — comenta Juliette.

— Não, nós não perdoamos — esclarece Warner, cruzando os braços. Ele se vira para mim. — E nós não terminamos esta discussão.

Eu suspiro, afundando na cadeira.

— No começo, pensei que o afastar da garota era o curso de ação certo — diz Warner —, mas está claro para mim agora que você precisa terminar o que começou. Ela exibiu vulnerabilidade suficiente, instabilidade suficiente, nas interações com você para provar que é humana, o que a torna fraca.

— Escreva isso — diz Kenji. — Lembre-se deste momento. Caramba, faça disso o título do seu livro de memórias: "Ser humano torna-o fraco", de Aaron Warner Anderson.

Juliette luta contra um sorriso, mas Warner ignora. Ele ainda está olhando para mim quando explica:

— Se a garota tem essa fraqueza, significa que ela tem outras. É seu trabalho encontrá-las.

— Ela vai se recusar! — grito, erguendo as mãos. — Rosabelle, a assassina em série, não vai participar de um programa de terapia. Você consegue imaginá-la se abrindo? Falando sobre como o Restabelecimento a fez sofrer? Os passos que ela está dando para ser uma pessoa mais consciente?

A boca de Warner fecha-se em uma linha sombria.

— Ninguém espera que a garota de fato participe. Isso nada mais é que uma oportunidade para você ter acesso regular a ela em um ambiente controlado. Se quisermos que ela acredite que aceitamos seu pedido de asilo, precisamos estabelecer uma transição igualmente crível para o nosso mundo. É o que fazemos com todos os membros teoricamente reformados do Restabelecimento. Ao final do programa, compilamos um dossiê completo sobre cada membro, para então pensarmos nos nossos próximos passos.

— Por quanto tempo? — pergunto. — Por quanto tempo eu teria de fazer isso?

— O programa de reabilitação leva cerca de oito semanas, no total. Como o supervisor, você passaria a maior parte dos dias com a garota e supervisionaria todo o progresso dela, reunindo-se com os médicos e assim por diante. Você relataria tudo, é claro, diretamente para mim.

— Pode ser inútil — pontuo. — Podemos não conseguir tirar nada dela.

— É um risco — Warner reconhece. — De qualquer forma, é uma tática psicológica para ganharmos tempo. Queremos cansá-la, dar a ela a ilusão de liberdade, permitir que o Restabelecimento acredite que somos estúpidos o suficiente para morder a isca e que ela ainda está no caminho certo para completar a missão que lhe foi atribuída. Enquanto você estiver com ela, vai ter a oportunidade de arrancar informações; ela vai se ver forçada a entrar no jogo para apaziguá-lo, o que significa que vai ter de revelar algumas verdades para sobreviver. Descubra o que puder sobre quem ela é. Por ora, você nem sabe o sobrenome da garota.

Emito um som de descrença.

— Como eu saberia o sobrenome dela?

— Você afirma ter lido o suposto convite de casamento dela...

— Ah.

— E, em vez de guardá-lo como evidência, ou, no mínimo, memorizar os detalhes, decidiu jogá-lo no fogo.

— Ok, espere um segundo, isso não é justo. — Kenji solta um assobio baixo, balançando a cabeça para mim com algo como espanto. — Você está diminuindo o nível de exigência para todos nós, cara. Eu agradeço por isso. — Ele olha para Warner de modo furtivo. — Agora talvez alguém enfim me perdoe por não ter feito um relatório a tempo.

— Você fez o relatório de modo *incorreto* — Warner declara virando-se bruscamente para Kenji. — E o descuido nos custou três meses de caos...

— Ora, vamos. — Kenji geme. — Você tem de deixar isso para lá. Já faz dois anos...

— Olhem — digo, em desespero. — Não pensei que Rosabelle acabaria sendo tão importante. Não pensei que a veria de novo, e, naquele momento, eu estava um pouco distraído com o que eu imaginava serem problemas muito maiores...

— Tanto faz. — Warner volta os olhos para mim. — Você vai compensar o erro. Quero saber a história da família dela. Quero saber do que ela é capaz. Quero saber sobre aqueles hematomas no corpo dela e a cicatriz do lado de dentro do punho. Quero saber mais sobre a irmã. E, obviamente, quero saber o que ela de fato está fazendo aqui. Estamos tentando atrasar os planos deles, James. Precisamos de tempo. Tempo e informações suficientes para preparar um contra-ataque.

— Tudo bem — suspiro, cruzando os braços. — Odeio o plano, mas tudo bem. Quando tenho de começar?

— Amanhã — responde Kenji, atirando uma pipoca na minha cabeça. — Obviamente.

Warner assente.

— Dez da manhã.

— Tudo bem — concordo.

— Uma última coisa, James.

Eu olho para o teto.

— O quê?

— Você não deve tocar nela, a menos que seja para matá-la. Entendido?

Minha cabeça se vira para a frente.

— Perdão?

— Você ouviu o que eu disse. Não toque nela. Nunca. A menos que seja absolutamente necessário.

Juliette e Kenji estão me observando com interesse renovado, trocando olhares.

— Ah, merda, que *reviravolta* — Kenji sussurra alto. Ele rasga um saco de jujubas, passa-o para Juliette e despeja um punhado de balas na própria boca. Mastigando, ele comenta: — Isso pode ser melhor que noite de filme.

Meu maxilar se contrai.

— O que os faz pensarem que vou tocá-la?

— Não acho que você tenha planos de fazer isso — explica Warner. — Só o estou advertindo a não fazer, caso venha a querer.

— Eu só me engasguei — diz Kenji, sem se engasgar.

— Eu também — concorda Juliette, também sem se engasgar.

— Isso é mesmo um insulto — digo a Warner. — Acha que eu não sei como me comportar? Tenho 21 anos. Você era dois anos mais novo que eu quando liderou a porra de uma revolução...

— Olha a boca! — Kenji exclama, alegremente, sorrindo ao rasgar um saco de batatinha.

— E todos por aqui ainda me tratam como se eu fosse uma criança. Não sou uma criança. Talvez você não tenha notado, mas faz muito tempo que cresci. Talvez seja hora de você parar de me tratar como se eu não soubesse limpar a própria bunda...

— Você não cresceu do jeito que nós crescemos — Warner diz, mortalmente calmo. — Sua geração foi mimada, não foi testada. Vocês não precisaram crescer tão rápido quanto nós fomos obrigados a crescer...

— Não deveria ter dito isso — comenta Kenji, baixinho.

— Você só pode estar brincando. — Fico de pé agora. Lívido. — Eu tinha seis anos quando vi meus amigos serem arrastados para becos para terem seus órgãos arrancados. Você sabe o que fode com a sua cabeça? Ver adultos aterrorizando criancinhas todos os dias. Acha que não cresci tão rápido quanto vocês? Quem vocês acham que enterrava os corpos? Acham que alguém se importava em organizar funerais para crianças de rua? Eu tinha sete anos quando disparei uma arma pela primeira vez. *Sete* quando matei alguém pela primeira vez. Vocês não têm ideia do tipo de merda que eu vi...

— De fato, ele não deveria ter dito aquilo... — Kenji murmura.

— Você gostaria de ganhar um prêmio pelos seus sofrimentos? — diz Warner, virando-se para mim. — Acha que é o único que teve de ver pessoas morrerem? Acha que é o único contaminado pela miséria? O que você sofreu é trágico, mas não chega perto dos níveis de escuridão que tivemos de suportar...

— Querido — Juliette interrompe com gentileza, e Warner para de imediato, seu corpo tenso —, esse não é o tipo de competição que qualquer um de nós queira vencer.

Warner abaixa a cabeça, estabilizando a respiração.

— Você vai ficar sozinho... — diz ele, virando-se para a parede. — Vai ficar sozinho com ela por longos períodos. Apenas vigilância ocasional, como prometido. Tenho de poder confiar em você.

— Claro que pode confiar em mim — afirmo, com raiva. — Que besteira é essa?

— James — ele diz, com um aviso em sua voz. — Não insulte minha inteligência.

— A garota é, tipo, *muito, muito* bonita — Kenji explica para Juliette em voz baixa, enfiando algumas batatinhas na boca. — James está muito a fim dela... — Ele mastiga. — Mesmo que ela o tenha matado e depois vomitado nele.

Agora Juliette suspira.

— Vou poder conhecê-la?

— Não. — Todos gritam ao mesmo tempo.

Juliette encolhe-se, surpresa.

— Desculpe. — Warner logo conserta. Ele empalidece. — Me perdoe, amor. Eu não queria gritar com você.

Ela amolece, sorrindo como se ele fosse um filhotinho fofo. Às vezes acho que ela vê Warner de uma forma que, literalmente, ninguém mais vê. Ela parece pensar que ele não tem espinhos.

— Ok, mas falando sério. — Kenji vira-se para ela. — Por que a apresentaríamos à mercenária que quer te matar? Nenhum de nós vai conhecê-la. Ela não tem acesso a nenhum de nós. Essa é parte da razão pela qual decidimos que o geniozinho aqui... — Ele aponta para mim. — Que ele precisa ser o único a lidar com essa merda toda.

Eu exalo, com raiva.

— Podemos encerrar isso, por favor? E, para esclarecer, não estou *a fim* dela e sou plenamente capaz de fazer meu trabalho. Só porque acho que ela pode ser um ser humano complexo não

significa que eu esteja a fim dela. — Warner me lança um olhar.
— O que foi? — indago. — Eu não estou.

— Ótimo — ele diz, com um tom sombrio. — Então isso não vai ser um problema para você.

25

JAMES

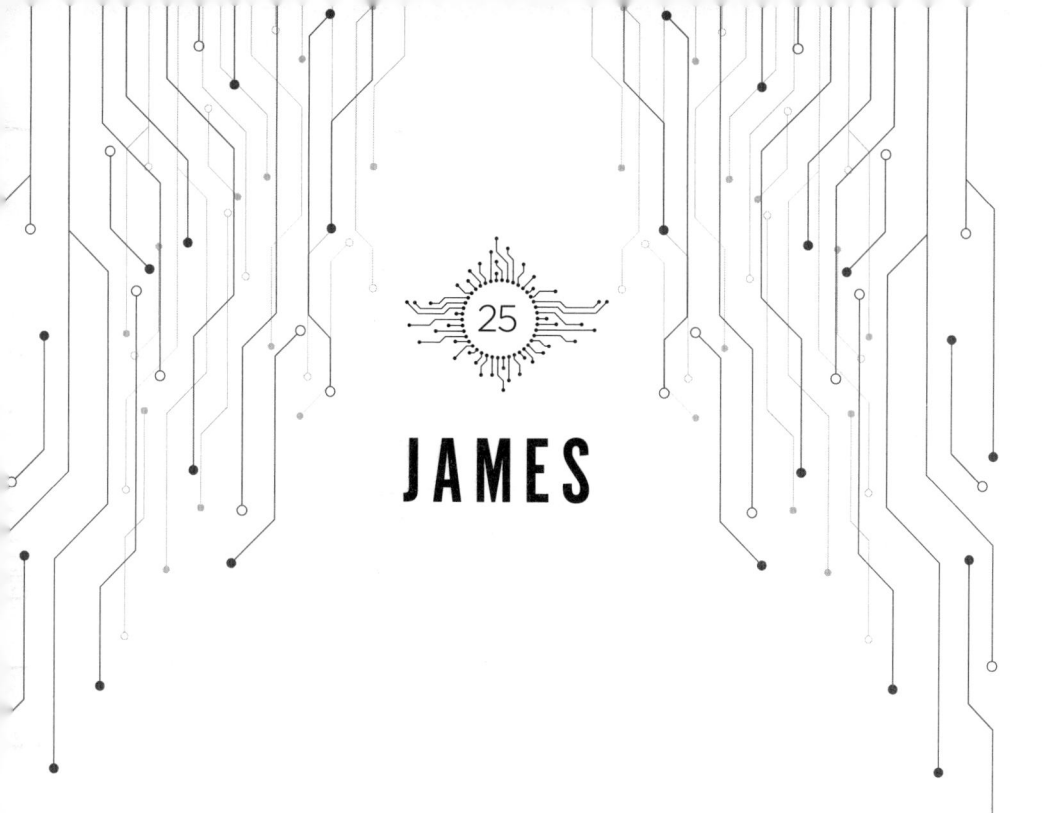

Respiro com dificuldade ao apertar o botão do elevador. O suor escorre pelo meu peito, minha camisa gruda na pele. Bebo um gole de água da garrafa e enxugo o rosto com uma toalha. Ainda estou recuperando o fôlego. O ginásio nunca fica tão silencioso quanto antes do amanhecer — embora não dê para saber quando estamos aqui embaixo. Nosso quartel-general foi construído inteiramente no subsolo.

A inspiração, claro, foi Ponto Ômega, o primeiro quartel-general subterrâneo, e Castle, o líder agora aposentado do grupo de resistência original, ajudou-nos a transformar sua visão em uma obra-prima moderna. Levou vários anos para construí-lo meticulosamente, mas, no que me diz respeito, esta é a maior conquista de Winston e Alia. É como uma cidadezinha aqui embaixo, bastante fortificada, extremamente segura. Bônus: tem academias de última geração, que estão quase sempre vazias. Ninguém parece tão animado para ir à academia quanto Warner e eu.

Aperto o botão de novo. O suor escorrendo pela minha clavícula. Warner começou a me treinar pouco depois que me mudei para a casa dele, e adorei logo de início. As constantes doses de dopamina mudaram a química do meu cérebro. Em geral, ele vem fazer eu me sentir mal sobre as minhas séries, mas não estava por perto esta manhã. Isso faz eu me perguntar se está tudo bem com Juliette.

O elevador enfim apita, e entro.

Tenho de colocar a mão no escâner para acessar o meu andar, mas faço um esforço para não me apoiar em mais nada, contendo meu corpo suado até que eu possa entrar no chuveiro. Olho para o relógio, lembrando-me por um breve momento da minha curta passagem por Ark. Eles retiveram todas as minhas coisas, inclusive meu relógio de pulso, que era bem caro. O que estou usando agora é menos adequado para a academia e muito mais simples no geral: ponteiros tradicionais de hora e minuto, sem grandes tecnologias. Nem mesmo uma bateria. Você tem de usá-lo para que ele dê corda sozinho; caso contrário, o relógio para.

Eu gosto disso. Gosto de não ficar preso, o tempo todo, à rede.

Vejo os andares passando no monitor.

O Restabelecimento era tão obcecado pelo futuro — tão obcecado pelo avanço constante da tecnologia de maneiras assustadoras — que acho que isso deixou a nossa geração complexada. Depois da revolução, criamos e subsidiamos programas para encorajar as pessoas a aprenderem ofícios práticos. Foi ideia de Warner. Ele argumentou que tínhamos de reaprender a autossuficiência como nação; trazer de volta a manufatura e a inovação para que nunca fôssemos tão dependentes da tecnologia a ponto de abandonar os blocos de construção da vida. Muitas das crianças que conheci são fazendeiras de verdade agora.

Apesar disso, ainda somos tecnologicamente avançados.

VIGIA-ME

O elevador para em um andar inferior, e as portas abertas iluminam um laboratório bem claro e além, onde pessoas vestindo jalecos já estão se movimentando. Um homem mais velho entra no elevador, seus longos dreads pretos lembrando-me de um Castle mais jovem. Já vi esse cara várias vezes por aqui, sobretudo durante as minhas sessões de ginástica matinais. Seu crachá diz: *Jeff*.

Balanço a cabeça lutando contra uma risada ao dar bom-dia. Há uma superabundância de Jeffs na minha vida.

Jeff desce em outro andar, o do laboratório de engenharia. Depois que ele sai, o elevador desacelera, exigindo nova verificação. Coloco a mão suada no escâner biométrico de novo e, então, conforme subimos ainda mais alto, minhas retinas são escaneadas antes que eu tenha passado por completo pela segurança. Depois disso, subimos depressa; tão rápido, na verdade, que fico um pouco enjoado. Enfim, paramos no último andar.

As portas fazem barulho, abrindo-se diretamente para a nossa sala de estar.

— Ei — digo, erguendo a mão.

Saio do elevador elegante e moderno, e entro no piso de madeira da nossa modesta casa do velho mundo. Raios de luz da manhã atravessam as janelas, iluminando os cômodos ao amanhecer. Feixes dourados colorem as bordas dos móveis. Um esquilo balança o rabo no galho do enorme carvalho vivo no jardim da frente, para além do qual os sons da vida despertam, lá na rua. Há o murmúrio distante de vozes; o zumbido de um carro passando. Os pássaros piam.

Warner, é claro, está quieto.

Está vestido e arrumado às sete da manhã, sentado à mesa do café com calças pretas e um suéter de tricô cinza, sempre composto, mesmo quando está em repouso. Eu o achava impressionante aos vinte; aos trinta anos, ele irradia o tipo de poder tranquilo e sem esforço que considero aspiracional. Mesmo agora, ele parece ungido, seu cabelo dourado banhado pela luz fresca do sol. Eu sei, sem dúvida, que ele está acordado desde as cinco. Talvez antes. Eu o observo do outro lado da nossa pequena casa, tomando uma xícara de café. Posso sentir o cheiro daqui: preto, muito preto. Sem leite, sem açúcar.

Só ácido de bateria.

Tiro meus tênis, colocando-os no suporte designado, antes de ir de meias em direção à cozinha.

Warner coloca a xícara de lado, depois o tablet que estava lendo. Quando me aproximo, avisto a enorme pilha de arquivos ao seu lado.

— Você deveria tomar banho — ele diz em tom de saudação.

— Sério? — falo, largando minha mochila de ginástica no chão da cozinha. Coloco a garrafa de água perto da pia e começo a preparar um shake de proteína. — Por que você não foi à academia esta manhã?

— Juliette precisava de mim.

Eu congelo, minha mão na porta do armário.

— Ela está bem?

— Ela está bem — ele responde baixinho, pegando a xícara de café.

— Quer falar sobre isso?

Ele hesita, a caneca a centímetros da boca, e apenas olha para mim.

— Não, tudo bem — digo, sorrindo ao misturar o shake. — Você quer anotar tudo no seu diário mais tarde. Entendi.

Ele coloca a caneca sobre a mesa.

— Rosabelle perguntou sobre você ontem.

Isso me atinge, *bam*, bem no esterno. Na verdade, preciso de um minuto. Então, falo:

— Perguntou o que sobre mim?

— Perguntou às meninas se você tinha os mesmos poderes. Queria saber se você poderia curar outras pessoas além de si mesmo.

Eu penso sobre isso por um momento e logo estreito meus olhos quando indago:

— Ela perguntou mesmo sobre mim? Ou você está só brincando comigo de novo?

— Não desta vez — ele responde, recostando-se em sua cadeira.

"Meninas" é uma abreviação afetuosa para Sonya e Sara, as curandeiras gêmeas que supervisionam as instalações médicas de nosso quartel-general. Atualmente, elas passam a maior parte do tempo pesquisando e desenvolvendo tecnologias curativas, mas começaram com Castle anos e anos atrás no Ponto Ômega. Estudei sob a orientação das duas por um longo tempo; foram elas que me ensinaram como usar meu poder.

— O que ela estava fazendo com as meninas? — pergunto, encostando-me no balcão da cozinha.

— Ambas sempre supervisionam os exames físicos para transferências de alto nível — ele explica com uma pitada de impaciência, como se eu já devesse saber. — Ainda mais de sujeitos que chegaram com ferimentos.

— Certo — concordo, lembrando que, na verdade, eu já sabia disso. Eu me viro para olhar pela janela. Um tentilhão pula no parapeito e me estuda, e me recordo dos pássaros-robôs. — Suponho que as meninas não tenham respondido às perguntas dela.

Warner toma um gole de café, observando-me. Meu coração, babaca traidor, acelera. Minha nuca formiga. Droga. Ainda bem que já estou suado.

Sinceramente, tenho tentado não pensar em Rosabelle.

Toda vez que olho para o relógio, tento não pensar em Rosabelle. Tenho tentado não repetir na minha mente os horrores do fiasco de ontem, tentado não lembrar como consegui fazer uma assassina em série chorar só de lhe dar um almoço. Eu quebrei suas defesas e nem sei como fiz isso. A situação me deixa enjoado.

Sei que ela é, tecnicamente, uma pessoa horrível. Eu sei disso. Tenho a cicatriz no pescoço para provar. Mas ninguém desaba tentando comer um pedaço de frango, a menos que esteja carregando muita dor. E o fato de que vou ficar sozinho com ela dia após dia, forçado a lhe arrancar informações — para sujeitá-la de novo — em busca de seus segredos mais profundos e obscuros, faz-me sentir ainda pior. E então, é claro, sinto-me uma merda por me sentir uma merda, porque, no fim das contas, não importa o quanto ela chore; vou fazer o que for melhor para a minha família, para o meu povo.

Foda-se o Restabelecimento.

— Ótimo — declara Warner, pegando sua xícara de café de novo. — Só para checar.

— *Ei* — digo, atordoado. — Não espie meus sentimentos.

— Você está fedendo — ele fala, religando seu tablet.

Eu ignoro isso e olho por cima de seu ombro. Vejo um cabeçalho que diz *Setor 52, Uma breve história*, antes que ele vire o tablet para baixo.

— Então, o que é tudo isso? — pergunto, gesticulando para a pilha de arquivos ao seu lado. — O que você está pesquisando?

Ele nem levanta a cabeça quando responde:

— Você não ganhou o direito de saber.

— O que isso quer dizer? — Franzo a testa. — Espere... Você está investigando Rosabelle?

— Obviamente. — Ele toma outro gole de café.

VIGIA-ME

— E não vai me dar informações?

— Você não tem a autorização de segurança necessária. Agora me deixe em paz.

— Está brincando? — Relaxo. — Isso é uma piada, né? Você me colocou de volta no caso dela... Devo ir para a clínica de reabilitação em algumas horas... E você nem vai me preparar?

Agora ele olha para cima, confuso.

— Deixei dois fichários na sua mesa ontem à noite.

— Ah — digo, hesitando. — Pensei que fosse, tipo, leitura opcional.

Warner fecha os olhos com um suspiro controlado e, quando os abre de novo, parece furioso.

— Você não leu nada?

Essa é minha deixa para ir embora. Posso sentir um sermão se formando do mesmo jeito que algumas pessoas sentem o cheiro da chuva no ar.

— Eu, hmm... Na verdade, ia ler agora.

Ele balança a cabeça para mim, o maxilar tenso, e em seguida pega seu tablet.

— Quer que eu pare de tratá-lo como uma criança? — ele pergunta. — Então pare de agir como uma criança.

— Obrigado, mano — digo, saindo da sala. — Agradeço o conselho. Eu também te amo.

— Leve sua mochila. Você não é um animal.

Eu pego a mochila ao sair da cozinha, apontando meu shake de proteína para ele.

— Estou muito feliz por termos tido essa conversa franca. Estou me sentindo bem hoje também. Amando a vida. Animadíssimo.

— Não se esqueça de se barbear — ele diz, os olhos fixos na tela. — E faça um trabalho limpo desta vez. Use a navalha como eu ensinei.

— Você não tem nada de positivo para me dizer? — pergunto, indo para o corredor. — Talvez um pouco de incentivo? Talvez algo sobre como sou incrível, como sou talentoso, como é um prazer me ensinar...

— Não estrague nada hoje.

— O que foi? — Coloco minha mão em concha no ouvido. — Você acha que sou mais bonito que você? Mais inteligente que você? Mais alto que você?

Warner ajeita-se na cadeira, seus olhos brilhando.

— Você está certo — continuo, subindo as escadas. — Eu cruzei a linha. Não vai acontecer de novo...

ROSABELLE

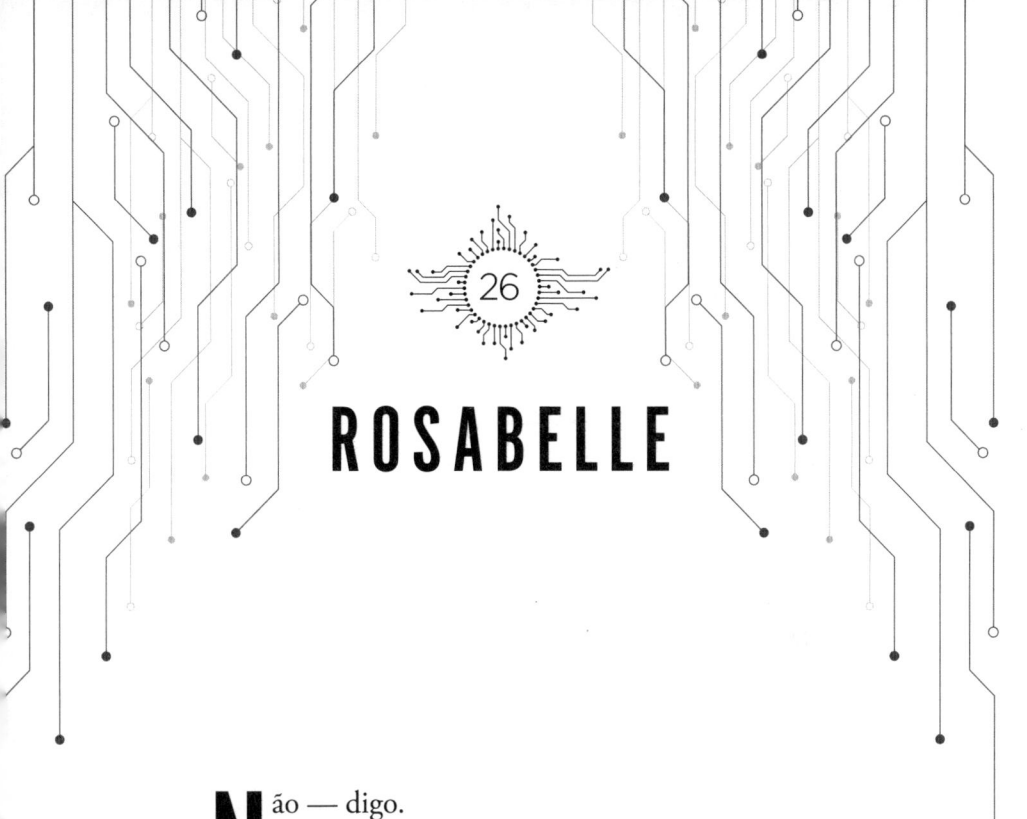

— Não — digo.

— Ok. Bem, estamos prestes a concluir nossa sessão matinal, e até agora você compartilhou apenas seu primeiro nome com o grupo. E seu nome completo? Você se sente pronta para compartilhar seu nome completo? O primeiro, o do meio, o último?

— Não.

— E sua idade? Você se sentiria confortável em nos ajudar a entender há quanto tempo você tem sofrido?

— Não.

— Entendo. Rosabelle, você tem alguma *declaração* que gostaria de compartilhar antes de encerrarmos? Que tal um "eu sinto"? Você consegue completar essa frase? Como está se sentindo hoje?

Calor se forma dentro do meu peito, soldando meus pulmões juntos, subindo pela minha garganta. Isso é pior que uma cela de prisão de alta segurança, pior que tortura física. Eu preferiria confinamento solitário a isto... Isto, uma roda de terapia em grupo.

— Está tudo bem, você não precisa compartilhar nada hoje se não estiver pronta — diz o líder do grupo, um homem magro que se apresentou a mim como "Ian Sanchez, eu não faço milagres, temos muito trabalho a fazer".

Fecho os olhos, abro os punhos, exalo com firmeza.

— Também levei muito tempo para me abrir — ele diz agora. — Não temos pressa para forçar a cura. — Ele fica repetindo isso. *Não temos pressa para forçar a cura.*

Por dentro, grito por três segundos inteiros.

Eu me imagino explodindo para fora do meu corpo, jogando-me contra uma parede e, por fim, atravessando-a. Ainda não decidi se isso não passa de uma jogada elaborada, se sou um peão sendo movido por um tabuleiro de xadrez. Se os rebeldes estão fazendo isso comigo de propósito, não tenho escolha a não ser reconhecer sua habilidade. Se, no entanto...

Uma mão se levanta.

Ian acena para o homem grande na cadeira pequena.

— Jing. Sim. Você tem algo que gostaria de compartilhar esta manhã?

— O Restabelecimento matou minha família.

Um murmúrio percorre o grupo, conforme as pessoas concordam entre si. Ian assente também, mas trata como se essa fosse uma informação nova.

— Você já compartilhou isso conosco antes, Jing. Está pronto para falar sobre o que aconteceu?

Jing balança a cabeça.

Ele é um mentiroso. Alegou que era um soldado servindo sob o comandante-chefe e regente do Setor 18. Já alegou duas vezes que o Restabelecimento assassinou sua família inteira e ainda afirma ter matado seu comandante-chefe em um ato de insurreição, em nome de vingança e justiça. Ele afirma ter sido reformado desde então.

Acontece que eu sei que o ex-comandante do 18 está vivendo confortavelmente em Ark, muito bem. Jing acha que isso é uma piada. Eu o vi rindo com Aya, e os dois sussurrando no corredor do lado de fora desta sessão infernal.

Faço listas na minha cabeça.

É possível que alguém aqui, nesta roda, seja o agente que estou procurando. Pode haver olhos sobre mim agora, observando cada movimento meu. Também é possível que esses idiotas sejam uns inúteis. Ocorre-me, ainda, que pode haver outras oportunidades valiosas aqui neste inferno. O Restabelecimento poderia me recompensar por informações sobre traidores — aqueles que podem estar vendendo segredos para o inimigo. Eu poderia comprar influência em casa, trocando informações por segurança. Mas, quando me lembro de como seus familiares pagarão o preço por sua traição, esse impulso esfria em mim.

Ian limpa a garganta.

Outra mão se levanta.

— Sim, Elias — ele diz a um homem mais velho e barbudo. — Você tem algo que queira compartilhar?

— Tenho — ele responde com um forte sotaque. — Há um fungo no meu pé. Todo o meu pé é um fungo só, minhas unhas estão caindo.

— Entendo. E há algum motivo para você querer compartilhar isso com o grupo?

— Sim — ele diz, apontando com raiva para Jing. — Espero que Jing pegue um fungo no pé, depois nas pernas, depois no corpo todo. Espero que a pele dele apodreça e caia do corpo!

— Espero que *você* pegue fungo! — Jing grita para ele.

— Eu já tenho fungo!

— Elias — diz Ian, exibindo notável contenção —, você ainda parece estar frustrado em relação a Jing depois do incidente da semana passada. Vamos resolver isso. — Jing começa a protestar, mas Ian ergue a mão. — Jing, você terá a oportunidade de responder em um momento. Elias, continue.

— Ele roubou meus chinelos e ainda nega! — continua Elias, de pé. — Estou com um fungo no meu pé! Todo o meu pé é um fungo só! Espero que ele pegue o fungo do meu pé e morra de fungo!

Ian assente.

— Certo. Esses tipos de visualizações elaboradas podem ser úteis e nos ajudar a processar a raiva na segurança de nossas imaginações. Espero que declarar isso em voz alta tenha ajudado a exorcizar um pouco dessa emoção para que possamos começar a superar. Jing — prossegue Ian, virando-se —, como isso o faz se sentir?

— O Restabelecimento matou a minha família! — grita Jing, avançando sobre Elias.

Remexo-me na cadeira, olhando ao redor da sala.

Se você for esperta, a agente me disse, *perceberá*.

O grupo não reage à explosão absurda de Jing, fazendo-me pensar que isso acontece com alguma frequência. Como se fosse uma deixa, a supervisora de Jing aparece, trazendo uma faixa de luz elétrica nas mãos. Ela usa essa luz para laçar Jing, que ainda está gritando com Elias, e o arrasta para longe com essa espécie de coleira, murmurando um pedido de desculpas para Ian.

Ian parece cansado.

— Mais alguém?

Ele espera mais um minuto, fazendo contato visual com cada um de nós antes de enfim concluir a sessão interminável.

VIGIA-ME

Há uma ligeira melhora no clima quando os sons de movimento se espalham pela sala. Tentando falar mais alto que o barulho geral, Ian está incentivando todos a fazerem um diário.

— Amanhã, discutiremos a culpa do sobrevivente — diz ele. — Pensem no que querem trazer para o grupo, ok? Tenho certeza de que todos nós teremos muito o que discutir.

Eu me arrasto para ficar em pé. Minha paciência para esse espetáculo quase chegou ao fim. Não acredito que serei forçada a suportar isso todos os dias. Não acredito que, em algum momento, serei forçada a participar.

Quase me faz sentir saudade do meu tempo com Soledad.

Nos momentos seguintes, juntamos nossos diários e seguimos para encontrar os nossos respectivos supervisores, como crianças sendo devolvidas aos pais. Os supervisores nos seguem por todos os lugares, pairando por perto o tempo todo. Ouvindo. Observando.

Ainda não me foi atribuído um supervisor permanente. Até agora, fui transportada por uma atendente interina chamada Agatha, uma mulher pequena com um penteado afro elegante e uma afinidade pela cor turquesa que me sentou ontem à noite e me disse que a verdadeira coragem era dizer sim à vida quando ela lhe oferecia um abraço, mas, que se eu tentasse qualquer coisa com ela, ela derreteria minha boca com as mãos. Com um suspiro, examino a sala em busca dela, parando ao avistar um rosto conhecido.

Na mesma hora, meu corpo fica vermelho de calor.

É automático, instintivo e sem precedentes. Eu não sou esse tipo de pessoa. Nunca *reagi* fisicamente a outro ser humano antes e agora sinto como se alguém tivesse acionado um interruptor dentro de mim, inundando minhas veias com luz. É uma sensação tão estranha que tenho o desejo repentino de examiná-la, de procurar dentro de mim a causa e matá-la.

James está parado na saída.

27

ROSABELLE

Ele está encostado no batente da porta com uma camiseta preta e calça cargo — é tudo de que preciso para meu coração disparar. É o choque, percebo, de sua presença física; há algo impressionante em sua beleza. O sorriso irônico em seu rosto me deixa irracionalmente irritada. Seus braços estão cruzados de modo casual, chamando atenção para sua constituição muscular, seus antebraços fortes. O cabelo está um pouco molhado — mais escuro que o normal —, como se ele tivesse acabado de tomar banho. Seus olhos azuis estão frios, fechados. Ele não parece feliz em me ver, e isso me decepciona, mesmo que eu não consiga imaginar uma única razão pela qual a visão de mim deveria agradá-lo. Depois de ontem, não pensei que veria seu rosto de novo. Pensei que nosso contato tivesse terminado.

Tenho tentado não pensar nele.

Tenho tentado não me lembrar do pânico em seus olhos. Do jeito como ele agarrou meus punhos e se desculpou, várias vezes, por tentar me alimentar. De repente, estou com medo de nunca me livrar dele; de que sua voz, como a de Clara, viva na minha mente para sempre.

Para onde levaram sua irmã? Para o hospício, certo?

Mas, tipo, como chegamos lá?

— Ei — ele diz, inclinando a cabeça. — Você vem?

Mas, tipo, como chegamos lá?

Hesito mais um momento, desejando que meu corpo esfrie. Os efeitos de seu impacto inicial e desorientador estão começando a diminuir, e agora estou me tornando dolorosamente ciente de que sua presença pode indicar algo mais sombrio. Pensei que James, tendo cumprido seu propósito de me entregar aos rebeldes, não fosse mais ser útil. Achei que meu foco tinha mudado exclusivamente para a aquisição do frasco.

Se você for esperta, perceberá.

Talvez James seja mais importante do que eu pensava. Talvez ele seja o único em posse do frasco. E talvez, em breve, eu tenha de matá-lo — de novo.

É o suficiente para reanimar os meus membros.

Atravesso a sala, e ele dá um passo para trás quando me aproximo, gesticulando para que eu siga à sua frente pelo corredor.

— Lidere o caminho — diz ele.

Paro de repente. Eu o encaro, e algo como medo causa arrepios ao longo dos meus braços.

— Lidere o caminho para onde?

— Para o seu quarto — responde ele. — Qual é o seu quarto?

Sirenes de alerta soam por todo o meu corpo.

Em resposta, me viro devagar para a frente, guiando-o para o meu quarto em silêncio. Os rebeldes continuam a me surpreender. A me enganar. Não tenho ideia de por que ele está aqui.

Para ser justa, estou presa nesta clínica há menos de 24 horas e também não tenho certeza de por que estou aqui. Imagino que seja plausível supor que, depois do meu comportamento de ontem, eles tenham decidido que eu, de fato, precise de reabilitação. É uma teoria improvável, mas não posso descartá-la de vez. Se os rebeldes acham mesmo que reunir ex-membros do Restabelecimento em uma sala é uma boa ideia, então estou lidando com níveis de estupidez tão astronômicos que são espantosos. De certa forma, um adversário estúpido é mais perigoso que um adversário maligno. Não consigo mapear a estupidez. Não consigo extrapolar teorias da estupidez. Não consigo enxergar padrões na estupidez.

Mas, talvez, esse seja o objetivo.

Ouço James respirar atrás de mim, o ruído baixo e constante de suas calças enquanto ele se move. Estou muito ciente de como ele está perto de mim, de como parece ocupar todo o espaço ao redor. Seu cheiro viril e almiscarado inunda minha cabeça com pensamentos vertiginosos que nunca tive antes. *Nunca* senti a vontade absurda de pressionar meu rosto no peito de um homem e inalar seu cheiro.

Não é agora que começarei com isso.

Este lugar parece uma pequena faculdade, com diferentes alas para salas de aula e dormitórios. Também parece estar selado inteiramente no subsolo, ou seus blocos de concreto são densos demais. Há janelas fora de alcance, altas demais para acessar, e preciso de mais tempo para estudar a luz para ter certeza de sua origem. Pode ser sintética ou posso não ter parâmetro para entender esta região geográfica. A ilha Ark está localizada no que seria o noroeste da Nova República, na costa do Pacífico, mas, como estava inconsciente na minha chegada aqui, não tenho ideia de onde estamos em relação à minha casa. Ainda estou avaliando. Mapeando. Isso é, sem dúvida, algum tipo de prisão disfarçado de clínica.

Enfim, paramos.

— Oiiiiii, Rosabelle sem-sobrenome — cumprimenta Leon, colocando a cabeça para fora do quarto. — Oiiiiii, minha linda Rosabelle, Rosabelle. Estava esperando por você.

Leon é meu vizinho.

Agora mesmo ele está sorrindo para mim do jeito que sorriu ontem quando cheguei, com um fervor que poderia assustar outra pessoa. Ele é alto, com cabelos e pele dourados e olhos verdes vívidos, que raramente piscam. É bonito e desequilibrado.

— Rosabelle significa *rosa bela* — explica Leon, sua cabeça ainda pendurada para fora da porta, como um cachorro na janela. — Rosabelle, Rosabelle, Rosabelle, Rosabelle...

Eu olho para James, indicando com um aceno que chegamos à porta do meu quarto, e fico surpresa ao perceber que ele parece mais zangado agora que quando chegou. Sua expressão é tempestuosa ao me observar, e me atrapalho um pouco com sua fúria silenciosa enquanto procuro a chave nos meus bolsos.

Finalmente, encontro a antiga chave de bronze.

Gosto da sensação tátil e clássica de uma chave, mas não entendo a lógica. Por que não nos trancar em nossos quartos usando mecanismos de segurança modernos, abrindo-os e fechando-os remotamente, regulando nossa liberdade? Por que nos dar a ilusão de poder?

— Rosabelle — começa Leon, rindo. — Minha linda rosa. Eu a ouvi à noite. Ou a ouvi a noite toda, Rosabelle, e vou te dar um pouco de terra, Rosabelle, deixe-me olhar dentro de você, Rosabelle, Rosabelle, Rosabelle...

James estica-se para a frente, pega o rosto de Leon e o joga fisicamente para trás em seu quarto. Há um grito estrangulado, um estrondo violento, e então James fecha a porta de Leon com uma batida.

Ele se vira para olhar para mim, e estou congelada, em choque, minha chave ainda presa na fechadura.

— Esse merdinha mora ao seu lado? — pergunta ele.

— Mora.

James vira-se, mas não diz mais nada. Estudo a linha de seu pescoço, sua garganta, que se move quando ele engole em seco. Minha mão direita treme um pouco ao girar a chave. Entramos no meu quarto. Ele fecha a porta atrás de nós, e essa simples ação corta o meu suprimento de ar pela metade.

Eu me encosto na cômoda quando ele entra no pequeno espaço, o calor cozinhando minha cabeça. De repente, fico irracionalmente aterrorizada pela ideia de que ele possa me tocar.

Ele não toca.

Ele não toca em nada. Aliás, James nem chega perto de mim. Mantém o comprimento do quarto entre nós ao inspecioná-lo, e vejo o pequeno espaço do jeito que ele vê: paredes brancas nuas, uma cama de solteiro com uma mesa de cabeceira combinando. Há um banheiro adjacente com um espelho de corpo inteiro afixado na parte de trás da porta. Ele não se move de seu lugar, mas seus olhos estão fixos na minha cama.

— Uau — é a primeira coisa que diz. — Você arruma sua cama como um soldado. Impressionante.

Eu olho para o móvel: os lençóis justos e bem puxados; os cantos perfeitos; o cobertor lisinho; os travesseiros fofos como claras em neve.

Enrijeço, alarmada.

VIGIA-ME

Não esperava uma inspeção, mas talvez devesse ter esperado. Não dormi na minha cama ontem à noite. Em vez disso, sentei-me com as costas contra a porta, olhando para a minha bolsa, para a garrafa de água e para o saquinho de castanhas.

Comi todas.

Depois lambi o sal do plástico, bebi toda a água da garrafa, olhei para a escuridão e lutei para respirar. Ouvi o silêncio, forçando meus ouvidos a buscar sinais de vida. Vasculhei cada centímetro do banheiro, enfiei meu braço no vaso sanitário, toquei nos espelhos, desatarraxei a tampa da pia. Puxei todas as gavetas da cômoda, corri as mãos pelas paredes e pressionei os ouvidos no carpete, tentando ouvir.

Nada.

Nada.

Todas as vezes, nada.

Comecei a ficar louca. A ideia de que eles poderiam me deixar trancada no meu quarto sem um pingo de vigilância estava me deixando louca. Eu precisava encontrar alguma coisa, precisava saber se o Restabelecimento tinha encontrado uma maneira de me vigiar aqui, e, se não, por que meu inimigo também não estava me vigiando. Enfim desmoronei no meio do quarto, meu coração batendo tão forte que minha visão começou a ficar turva. Nunca cheguei à cama, cujos lençóis eu ainda não tinha tirado. Fiquei ali, estrelada no chão, minha visão turva de fadiga, perguntando-me como eu tinha acabado ali, naquele momento. Lembrei-me de algo que minha mãe costumava dizer. Quando eu choramingava por algo que ela não podia me dar ou quando eu estava frustrada com um problema que ela não conseguia resolver, minha mãe falava:

Rosabelle, quando existe algo que você quer, mas não pode ter, você pode ser paciente ou ser criativa. Escolha um caminho.

Quando a bala na arma da minha mãe disparou, o caminho foi escolhido para mim. Nada poderia diminuir a força de um tiro que a expulsou de seu mundo e eu do meu.

Em um instante, parei de ser criança.

Eu tinha a habilidade obscura para a qual fui treinada da maneira mais rudimentar, e era tudo o que possuía para negociar. De repente, aos dez anos, virei mãe de família, provedora, aluna, uma idiota — e, por fim, sem cerimônia, uma assassina.

— Já se passaram dois minutos.

Olho para cima, piscando.

— Eu contei — declara James, encostado na parede. Ele olha para o relógio. As tiras são de couro; o estilo, deslocado: um anacronismo, notado. — Já se passaram dois minutos e trinta e sete segundos desde que fiz um comentário sobre sua cama e, em vez de responder, você se desligou. É como se tivesse acabado de sair da sua cabeça.

Sinto de novo: o calor ameaçando me consumir. Incendeia meu peito, minha garganta. Não gosto do jeito com que ele me observa. Não gosto do jeito com que ele parece prestar atenção.

Não gosto disso.

Não gosto disso.

Não g...

— Aonde você foi? — ele pergunta.

— A lugar nenhum — respondo, baixinho. — Estou bem aqui.

Ele me lança um olhar que beira a diversão.

— Já volto — diz ele, saindo do quarto.

Fico exatamente na mesma posição, minha cabeça mantida no mesmo ângulo quando ele entra de novo alguns minutos depois, desta vez carregando uma cadeira.

A porta bate atrás dele, e eu recuo.

Ele percebe, mas não fala nada. Em vez disso, empurra a cadeira contra a parede mais distante e se senta, dando-me o máximo de espaço que o quarto permite.

Ele aponta para a cama.

— Sente-se, Rosabelle.

— Por quê? O que vai fazer comigo?

Seus olhos parecem morrer, como uma chama que se apaga.

— Vou falar com você.

Exalo devagar, mantendo meu corpo parado. Um alívio. Enfim, algo que faz sentido. Algo que sei como administrar.

— Você veio me interrogar.

— Não — ele responde, inclinando-se para a frente, braços sobre os joelhos. — Só vou falar com você.

Minha frequência cardíaca dispara mais uma vez. Pisco para afastar a repentina onda de calor que invade a minha cabeça, recuando contra a cama, confusa. Minhas panturrilhas batem contra a estrutura. Recorro a uma reserva interna para me acalmar, para me esmagar.

Morrer.

Faz anos que você está morta por dentro, eu me lembro.

Você está morta por dentro há *anos*...

Então, com uma força que me arranca o fôlego, finalmente entendo. Em um momento de pânico puro, não diluído, finalmente entendo. É por isso que continuo cometendo erros perto dele... É isso que há de errado comigo... É por isso que não consigo morrer e permanecer morta, porque minha pele continua queimando, meu coração continua acelerado, minha cabeça continua girando...

Ele é o que há de errado comigo.

Depois de tantos anos morta por dentro, James faz eu me sentir viva.

28

JAMES

Ela é tão linda.

Eu nunca a tinha visto com roupas normais, e agora queria nunca ter visto. Ela parece ainda mais etérea em cores e tecidos suaves. Seu cabelo platinado está preso em uma trança longa e bagunçada, e ela com frequência afasta os fios soltos do rosto. Sua face está mais rosada. Sua pele e seus olhos estão mais brilhantes, mais vívidos. Ela está sentada na cama com meias brancas, joelhos dobrados e encaixados debaixo do queixo. Deslumbrante sem esforço, inconsciente do estrago que está causando no meu sistema nervoso. Não parece capaz de machucar um grão de poeira.

Deus, isso é um pesadelo. Um verdadeiro pesadelo.

Já faz — verifico o relógio — duas horas que estamos aqui. Estou perdendo a calma. Warner estava certo. Tenho mais algumas horas disso e não sei como vou conseguir. Não fui treinado para ficar sentado falando sobre nada. Estou me afogando. Se ela continuar assim, talvez eu tenha de ir embora.

Abaixo a cabeça, passo as mãos pelo cabelo.

VIGIA-ME

Ela tem olhos claros e acinzentados que não sei como descrever. Não são bem os olhos, na verdade. Nem a cor, nem o formato. É mais o jeito com que ela olha para mim, como se eu fosse novinho em folha, como se cada vez que ela me visse fosse a primeira, como se isso a deixasse impressionada. Sinto isso quando fazemos contato visual: o modo como fica parada, como se estivesse atordoada. Ela não olha muito para mim, mas, quando olha, é como se enfiasse uma faca quente no meu peito. Na maioria das vezes, sinto que está tentando *não* olhar para mim.

Como agora.

Eu me endireito na cadeira.

Ela está olhando para a parede.

— Rosabelle — digo —, por favor, responda à pergunta.

Ela se vira para mim, fixa os olhos em mim e *bam*, de novo. Como um estilingue, ela me atinge bem no coração. Tento não respirar muito forte quando seus olhos se arregalam, observando-me como se nunca tivesse me visto antes, mas, então, ela meio que suaviza. Seus olhos brilham, como se sonhassem, seus cílios estão baixos, e os lábios se separam enquanto ela se demora no meu rosto.

Isso provoca coisas em mim.

Quero sair correndo. Pular em um lago. Cravar uma tachinha na minha testa.

Mas Warner pode realmente me matar se eu for embora.

— Qual era a pergunta? — ela questiona, virada de novo para a parede.

— Estas são perguntas fáceis — falo, tentando não notar a linha elegante do seu pescoço.

O suéter fica um pouco grande para ela, aberto na gola, torturando-me com vislumbres de pele que eu não deveria estar espiando. Pressiono as palmas das mãos nos meus olhos, falando em direção ao chão:

— Perguntei qual é sua estação favorita.

— Por quê? — ela indaga, e é a primeira vez em horas que sinto algum calor por sua parte. — Qual é o sentido de saber a minha estação favorita?

Eu me aprumo, e ela olha para mim de novo, e...

Foda-se, tenho de ir embora daqui. Esfriar a cabeça. Lutar com um urso. Há adrenalina demais correndo nas minhas veias, e logo vou começar a escalar essas paredes.

— Sabe de uma coisa? — digo, levantando-me. — Eu acho, hmm, que vou comer alguma coisa. Você quer alguma coisa?

Ela se desenrola devagar: os braços se desembrulham das pernas, o peito descontrai-se. Ela se vira, sentando-se na beirada da cama, e seus pés de meia não tocam o chão. Estou observando isso, estudando a distância entre seus pés e o chão, quando ela pergunta, com cuidado:

— O que você quer dizer?

— Vou ao refeitório. — Gesticulo em direção à porta. — Quer que eu traga alguma coisa para você?

— Refeitório? — Agora ela está de pé. — O que isso significa?

— É... — Franzo a testa. — Ora, é um refeitório. Onde se comem refeições. Ninguém fez um tour pela clínica com você?

Ela balança a cabeça. Suas bochechas ficam subitamente mais rosadas.

— Agatha disse que meu supervisor me mostraria o lugar hoje. Não tenho um supervisor ainda.

Rio alto e considero seriamente a possibilidade de me jogar de um prédio.

— *Eu* sou o seu supervisor — revelo. — Não mencionei?

Ao que parece, esta é a pior notícia que ela recebeu o dia todo.

A cor desaparece do rosto de Rosabelle. Ela se torna uma estátua diante dos meus olhos. Eu me sinto tão impotente diante disso que quero enfiar a cabeça na parede. Preciso de tudo o que tenho para não fazer algo tão elementar quanto a confortar.

Este não é um jogo de igual para igual.

Não é natural para mim orquestrar a queda de uma mulher vulnerável. Eu gostava mais quando ela estava tentando me matar. Gostava mais antes de fazê-la chorar. Caramba, eu poderia jurar que ela falava mais. E ela nunca me olhava assim, como uma gata quando se sente confortável, piscando de leve, com olhos sonolentos. Não gosto disso. Está me assustando. Preciso que ela tente me esfaquear ou algo assim, e logo. Muito logo.

Espere, por que ela *não* está tentando me esfaquear?

— Não — ela diz, enfim. — Você não mencionou.

— Bem, sim, eu sou.

Claro que nunca fui supervisor antes. Agora entendo por que Warner deixou aqueles fichários na minha mesa ontem à noite. Na verdade, não fiz mais que dar uma olhada neles hoje de manhã.

— Ah — solta ela. Depois repete, em um sussurro: — *Ah*.

— Acho, hmm, que posso levá-la para fazer o tour. Se você quiser.

29
JAMES

Quando enfim nos sentamos para comer, ficamos um de frente para o outro, e passa pela minha cabeça que só piorei a situação. De repente, estamos a apenas alguns metros de distância. Posso ver toques de azul em seus olhos cinzentos. A curva suave de seu nariz, o tom acetinado de sua pele. De repente, estou olhando para sua boca.

Mentalmente, dou um soco no meu rosto.

— Posso vir aqui quando quiser? — ela pergunta, os olhos fixos em sua bandeja.

Há um único prato à sua frente e, nele, uma única maçã. Praticamente nada, mas, ainda assim, parece uma vitória. Rosabelle ficou na frente dos sanduíches por tanto tempo que quase me matou. Estendia a mão, depois a retirava. Estendia, retirava.

Como se temesse alguma coisa.

— Sim — respondo, tentando lembrar o que ela havia me perguntado. Espeto um pequeno tomate da minha salada. Nem sei o que tem nessa salada. Só peguei para ter algo para fazer. — Sim, hmm, você pode vir aqui quando quiser. Bem, quero dizer, durante o horário de jantar, mas, sim. — Aponto para uma placa em uma parede próxima com os horários listados. — Mas não pode levar comida para o quarto. É a única regra. Às vezes as pessoas acumulam coisas, que começam a cheirar mal e... — Dou de ombros, colocando o tomate na boca. — Fica nojento.

Ela pega a maçã, e percebo, não pela primeira vez, que sua mão direita treme um pouco. Eu me lembro do que Warner disse sobre a cicatriz na parte de dentro do antebraço dela, mas ela está usando mangas compridas, então eu não consigo...

Ela morde a maçã.

Ela morde a maçã e seus olhos se fecham. Ela emite um pequeno som de prazer no fundo da garganta. Isso me impacta tanto que tenho de largar o garfo.

Não. Nem pensar. Devo ficar com o garfo, manter-me ocupado. Preciso parar de pensar na expressão de seu rosto ou nesse sentimento profundamente inapropriado e primitivo de satisfação no meu peito. Ela parecia tão preocupada passando pela fila do bufê que imaginei que seria uma má ideia pressioná-la a comer mais do que estava pronta para comer — sobretudo depois de ontem. Estou tão feliz que ela esteja ingerindo alguma coisa. Estou tão feliz que ela esteja confortável o suficiente para comer alguma coisa na *minha* frente. Esses são pensamentos estranhos para ter sobre uma assassina em série.

— Então, hmm, coisas que você deveria saber... — explico, espetando outro tomate. — As pessoas que vêm para cá já cumpriram penas de prisão. Foram julgadas, examinadas e liberadas para este programa. Essa é a última fase de reabilitação antes que elas possam retornar à sociedade. O que mais? Hmm, você tem de comparecer a todas as reuniões...

— Vocês dão comida de graça para pessoas que foram para a prisão?

Eu olho, surpreso com seu tom áspero, meu garfo na metade do caminho para a boca. Coloco o garfo sobre a mesa.

— Sim — respondo. — Quer dizer, nós alimentamos pessoas na prisão também, obviamente.

— Ah.

Ela coloca a maçã no prato e desvia o olhar de mim, seus olhos vasculhando ao redor. Ela junta as mãos, e seu polegar esfrega círculos na palma oposta enquanto analisa o lugar. Eu me pergunto se ela percebe que está tentando se acalmar bem na minha frente.

— Por que isso a aborrece? — pergunto.

Ela se vira de repente para mim, seus olhos brilhantes, atordoados, *bam!*

— Eu não disse que isso me aborrecia.

— Não precisou — aponto. — Você fica triste porque nós alimentamos pessoas na prisão. Isso provoca tristeza em você.

— Como você sabe?

— Ora... — Gesticulo para seu rosto com o meu garfo. — É óbvio.

— Não é óbvio. Por que está dizendo que é óbvio?

— Ok — falo, rindo um pouco. Espeto meu tomate de novo. — Agora você está brava.

— Não, não estou.

— Definitivamente, está brava.

— *Pare de dizer isso.*

Reviro minha salada, procurando outro tomate, ao dizer:

— Agora você está com medo.

— Pare — ela pede, alto desta vez. — Pare agora mesmo.

— Pare, o quê?

— *Eu disse pare!* — ela grita.

Eu a encaro, com a comida meio mastigada, e congelo no lugar. Literalmente nunca a ouvi levantar a voz. Rosabelle parece de fato aterrorizada, e agora estou confuso.

— Você... você... — Ela está corada, ainda averiguando o refeitório com movimentos bruscos e erráticos. — Você...

— Eu, o quê?

— Você pode... — Ela engole, depois me encara. — Você pode ver dentro da minha cabeça?

— O quê? — Eu rio, relaxando. Espeto um pedaço de alface. — Do que está falando?

— Vocês também estão conectados? — indaga ela, e parece mesmo brava. — Estão me observando agora?

Ok, o garfo desce mais uma vez.

— Rosabelle, percebo que o Restabelecimento mexeu muito com a sua mente, mas juro que não estou vendo nada dentro da sua cabeça. Quer dizer... — Dou de ombros. — Olhe, tudo bem, acho que de certa forma você pode chamar isso de *ver* dentro da cabeça de alguém, mas não é...

— Então é verdade.

Ela se afasta fisicamente de mim, e sua cadeira range quando a arrasta para longe da mesa.

— Eles não estão no meu quarto porque estão em *você*.

— Quem? — retruco. — Do que está falando? Por que está surtando desse jeito?

— Não estou surtando — ela afirma, bruscamente.

— Claramente está. — Reviro os olhos.

— Se você não está vendo dentro da minha cabeça — ela diz —, como pode saber o que estou sentindo?

— Porque sou um ser humano?

— Não.

Arqueio as sobrancelhas. Não consigo lutar contra o meu sorriso.

— Você está... — Chacoalho a mão. — Rejeitando a minha resposta?

— Por que está rindo de mim?

— Não estou rindo de você — falo. — Mas acho interessante que isso a esteja deixando em pânico.

— Não estou em pânico — ela diz, a cor invadindo seu rosto.

Solto um suspiro. Realmente me esforço para conter o sorriso. Não, não consigo evitar. A risada apenas escapa do meu corpo. Isso de fato a irrita. A gata feliz já se foi há muito tempo.

— Hmm. É, olhe... — explico. — Só porque você diz algo, não significa que seja verdade. Você sabe disso, certo? — Gesticulo com o garfo. — Você não pode só declarar, olha, eu sou invisível, e de repente é verdade.

Bem, exceto no caso de Kenji.

— Não gosto quando você ri de mim.

— Eu sei — digo. — Isso a deixa brava. Você acha que não estou te levando a sério. — Seus olhos arregalam-se. Atordoados. *Bam!* A gata feliz está de volta. — Só que eu estou — asseguro. — Você só acha que é preciso, tipo, mágica ou algo assim para ver a cabeça de alguém...

— Não mágica — ela me interrompe. — É uma ciência extremamente avançada. Tecnologia de ponta.

— O que é?

— O Nexus.

— Certo, claro — concordo, supercalmo, mesmo que por dentro eu tenha acabado de estourar um vaso sanguíneo, tido um ataque cardíaco e morrido. *O que diabos é Nexus?* Ah, meu Deus, Warner vai pirar. Certo? Ou, espere, será que ele já sabe o que é

Nexus? Merda, ele provavelmente já sabe o que é Nexus. Talvez não tenha sido uma grande revelação. Continuo: — Mas há outras maneiras de se conectar com as pessoas.

— O que você quer dizer?

— Sabe… — digo, colocando um pedaço de alface na boca. — Tipo, só prestando atenção. Eu presto atenção em você.

Ela fica corada. Quase todo o seu corpo fica corado. É lindo pra um caralho. Quero morrer.

— Presto atenção em você também — ela diz, baixinho.

Eu me endireito na cadeira, minhas células cerebrais em pânico, todas correndo e gritando *o que diabos isso significa* ao mesmo tempo. Uma versão mal-editada dessa pergunta sai da minha boca:

— O quê?

Ela parece mais calma agora, estreitando os olhos.

— Eu também não preciso de tecnologia para entendê-lo.

— Uau, espere. — Levanto a mão. — Olhe, eu não a estava ameaçando. Só estava tentando explicar…

— Você acha que é tão misterioso…

— Não, eu não…

— Bem, você não é — ela solta, bruscamente. — Você não é misterioso. Seus métodos são óbvios. Você confia em véus de distração, usando humor e charme para se apresentar como um oponente fraco e incapaz, apenas para depois massacrar seus inimigos, como se isso não te custasse nada. Você finge ser imprudente quando não é. Finge ser fraco quando não é. Finge ser burro quando não é. Você vive com base em algum código moral impenetrável, decidindo a seu próprio critério se deve eliminar algo, então age como se seu sacrifício não significasse nada. Você finge tédio mesmo quando está prestando atenção. Você sorri mesmo quando está com raiva, sobretudo quando está com raiva. — Ela se inclina. — Você é um mentiroso. No fundo, você não acha este mundo engraçado. No fundo, está fervendo de raiva. Acha que eu não consigo enxergar dentro de você? Você vive como se nada pudesse o machucar, mesmo que seu corpo esteja coberto de cicatrizes.

Essas palavras detonam dentro de mim.

O resultado é uma bagunça: meu coração está batendo para fora do peito; minha cabeça está pegando fogo. Quero voltar a ser a pessoa que eu era cinco minutos atrás. É como se minha caixa torácica tivesse sido aberta, como se um mágico tivesse acabado de arrancar os órgãos do meu corpo e agora os estivesse jogando sobre uma multidão zombeteira.

Deus. Não consigo parar de olhar para ela.

Rosabelle está sentada em sua cadeira, olhando para mim com aqueles olhos lentos e sonolentos, e estou tão preso no momento que mal consigo ver qualquer coisa além de sua cabeça. Eu nem estou bravo por ela ter me despedaçado. Nenhuma mulher nunca me despiu assim. Que inferno, nenhuma mulher nunca me estudou com esse nível de intensidade, e, quanto mais nossos olhos se encaram, mais forte meu coração bate.

Quero saber o que mais ela pensa de mim.

Quero saber o que ela está pensando agora. Quero saber que outras coisas está escondendo por trás desses estranhos olhos; ela claramente guarda todos os tipos de segredos. E nem percebo que estou olhando para ela como um pré-adolescente até que deixo meu garfo cair e o metal faz barulho, assustando-me.

Eu engulo.

Sento-me direito.

Porra. Isso é ruim.

Demoro um segundo, mas finalmente recomponho minha cabeça, encontro minha voz. Limpo a garganta e declaro:

— Isso foi, hmm, muito cruel.

— O quê? — Ela recua, surpresa. — Não, não foi.

— Foi — digo, pegando meu garfo caído. — Você magoou os meus sentimentos. Acho que deveria se desculpar.

Seus olhos se arregalam. Ela de fato parece pensar na possibilidade de se desculpar, e a fração de segundo que gasta pesando suas opções me informa tudo o que preciso saber sobre essa garota. Quando me vê lutando contra uma risada, ela fica rígida de indignação.

— Você fez de novo — diz ela. — Você é mesmo um mentiroso...

— Escute — falo, balançando a cabeça. — Vou arriscar um palpite, partindo do princípio de que você não tem a mínima ideia de como ter uma conversa normal e educada. Acho que a vida de assassina em série não te ensinou a ser casual. Não deve ser tão relaxante quanto pensou que seria quando se inscreveu para o trabalho...

— Eu não me inscrevi para nada — ela me interrompe.

— Certo.

— Eu fui induzida a isso desde o nascimento.

Agora é a minha vez de ficar quieto. O Nexus talvez não tenha sido grande coisa, mas isso, sim, parece importante. Mantenho meus olhos na comida, reintroduzindo o movimento aos poucos. Pego a alface devagar, mantendo os ombros soltos. Espero que ela preencha o silêncio.

— Eu não teria escolhido essa vida — ela comenta. — Foi o que meus pais quiseram para mim.

Sim. Certo. Isso é bom.

Horrível. Objetivamente *horrível*, mas uma boa informação.

Enfim, estamos chegando a algum lugar. Warner saberá o que fazer com essa informação, mas eu conheço o suficiente sobre a hierarquia de classe do Restabelecimento para saber que, se os pais de Rosabelle escolheram esse caminho para ela, ela deve ter vindo de uma família rica. Quando os pais escolhem a profissão, eles pagam por ela e iniciam seus filhos ainda cedo. O que significa que Warner estava certo. Ela foi treinada para isso desde a infância. Rosabelle deve ser uma mercenária de altíssima classe. Isso explicaria o convite de casamento chique com o babaca chique. Exceto...

Mas, e a irmã dela? Por que estava naquele chalé estranho e decrépito? Por que eles a deixam *passar fome*?

Espere um segundo. Onde diabos estão os pais dela?

Há muito o que pensar aqui, mas eu intencionalmente ignoro a bomba para não chamar sua atenção.

— Certo — digo. — Você só está provando o meu argumento...

— Oiiii, Rosabelle sem-sobrenome! Rosabelle, Rosabelle, Rosabelle!

Eu o ouço antes de vê-lo. Vejo quando o idiota da porta ao lado bate sua bandeja sobre a nossa mesa. Meu primeiro instinto é ter raiva, mas, quando dou uma boa olhada em seu rosto, percebo que há algo errado com ele.

Ele parece... bêbado?

Não pode ser isso. Não se permite álcool aqui.

— Minha bela rosa, eu a estava procurando. Queria vê-la — ele diz, arrastando um pouco a voz. — Você é uma rosa, minha rosa cor-de-rosa.

Ele se joga na cadeira ao lado de Rosabelle, então se lança sobre ela tão rápido que eu só tenho tempo de pular da cadeira antes de ouvir seu grito de gelar o sangue. Rosabelle arranca seu garfo do pescoço dele, limpa-o com cuidado em um guardanapo. Ela pega sua maçã.

VIGIA-ME

O bobalhão está borbulhando sangue. Está agarrando o pescoço, arranhando o ferimento, e eu posso ver que ela não apenas o furou com o garfo, como rasgou um pouco de sua garganta também.

— O que fazemos com nossas bandejas? — ela pergunta, afastando-se da mesa.

Ela me dirige aquele olhar de novo.

Gata feliz, olhos sonolentos.

30
JAMES

— Então, o que aprendemos com isso? — indaga Kenji, tirando um par de óculos de sol do bolso.

Ele os abre com uma das mãos, equilibrando uma caneca para viagem na outra.

— Nada — declara Winston, parecendo mais irritado que o normal, arrastando os pés pela calçada. — Não aprendemos nada.

— Isso não é verdade — diz Kenji, parando para acenar um bom-dia para alguém que ele conhece, depois prometendo passar em uma padaria mais tarde. Ele olha para Winston enquanto caminhamos. — Aprendemos que você não deve ter permissão para conhecer novas pessoas sozinho.

— Nós já sabíamos disso — argumento. — Sabemos disso há anos. Por que você o deixou sair ontem à noite?

— Eu o deixei sair? — Kenji tira os óculos de sol, mas logo se arrepende e os coloca de volta. — O homem tem 150 anos…

— Quarenta e um — diz Winston em tom de tristeza. — Eu tenho quarenta e um anos.

— Como eu disse, ele tem mil anos, seu nariz está praticamente se desintegrando no rosto, e é meu trabalho impedi-lo de sair à noite?

— Eu não gosto de pessoas — declara Winston. — Sei disso sobre mim. É que esqueço que não gosto de pessoas até que as conheça de novo e então lembro por que nunca quero conhecê-las. É porque não gosto delas. — Ele esfrega os olhos por baixo dos óculos, e a ação os desequilibra em seu rosto. — Deus — ele diz, gemendo. — Sou velho demais para isso. Brendan disse na minha cara que eu era velho demais para isso.

— Ele não disse isso.

— Ele deixou implícito.

— Ele queria ver o mundo! — exclama Kenji, forçando o entusiasmo. — Não queria um relacionamento fixo. Queria fazer coisas de jovens, encontrar sua estrela interior, nadar nas águas infestadas de radiação da vida…

— Eu vou morrer sozinho — afirma Winston.

Kenji dá um tapinha nas costas dele.

— Ora, vamos, cara. O vovô Winston tem pelo menos cinco bons anos pela frente antes que a artrite o leve embora.

— Vá se foder.

Eu sorrio para minha caneca de viagem. É um dia de inverno perfeito, e estamos indo para o nosso lugar favorito tomar café da manhã, então, considerando tudo isso, estou bem feliz. Aqui, a apenas alguns quilômetros do oceano, o sol não desaparece no inverno, apenas esfria. Respiro fundo e saboreio o ar. Adoro a luz suave, a brisa fresca. Costumávamos viver em uma parte do continente onde o inverno significava meses e meses de céus opressivamente cinzentos e neve suja, e eu odiava aquilo. Fui feito para viver perto da água. Das montanhas. Dos grandes espaços abertos. Quando eu era criança, fingia ser uma pipa. Comecei pulando de cadeiras e mesas, e, mais tarde, de lixeiras e prédios baixos, na esperança de pegar o vento.

Em geral, tudo terminava com um grito.

De qualquer forma, já sei que não vou sair tanto ao ar livre nas próximas semanas, então estou tentando aproveitar o tempo que tenho com o céu.

Descemos a calçada, acenando para rostos familiares conforme passamos, enquanto Winston e Kenji trocam farpas. Nosso bairro fica logo acima do quartel-general subterrâneo. Com exceção da clínica de reabilitação — que fica a alguns quilômetros de distância —, nossos deslocamentos diários são fáceis. O elevador na minha sala de estar desce direto, vinte andares. Eu adoro isso. Adoro que nossa sede seja elegante, com instalações de última geração, mas nossas casas sejam antigas. Moramos em prédios residenciais da era pré-Restabelecimento, com telhados remendados e assoalhos que rangem. Temos quintais meio caídos. Caixas de correio enferrujadas. Às vezes, cupins. Temos feito reformas ao longo dos anos, mas o mais importante é que todos moramos bem próximos uns dos outros. Nossos primeiros endereços depois da revolução eram casinhas reformadas, e gostamos tanto do estilo que mantivemos a tradição viva mesmo depois de nos mudarmos.

Não tínhamos escolha a não ser nos mudar.

As coisas iam mal. Estávamos vivendo da gentileza da filha de Castle, Nouria, que construíra um santuário para o seu grupo menor de resistência. Ela e sua esposa, Sam, permitiram que nos abrigássemos lá por um tempo, mas nossa presença estava causando problemas, expondo-as ao perigo; e, depois da quinta e aterrorizante tentativa de assassinato contra Juliette, Warner chegou ao limite. Decidiu que era hora de enfim realizar um dos maiores sonhos de sua esposa: projetar uma minicidade fortificada, construída para as nossas necessidades; um lugar onde poderíamos viver com a pretensão de liberdade. Depois de um inverno rigoroso, decidimos, de modo coletivo, instalar-nos em um local de clima mais ameno.

Começou como uma única rua, depois duas e agora nosso humilde bairro se expandiu para um campus extenso, com hospitais, parques e pequenos negócios. A zona residencial existe em um plano mais fortificado, com muita segurança e acesso limitado. Todos que pisam nesta cidade dentro da cidade têm de passar por um processo de triagem. Dos zeladores aos baristas, dos cientistas aos engenheiros. Ninguém vem aqui a menos que trabalhe aqui, e ninguém *mora* aqui além de nós.

De modo informal, nós chamamos o bairro de Waffle. Porque foi assim que Roman o chamou na primeira vez que o viu no mapa. Ele então pediu waffles com calda e disse: "Tio James, olhe a meleca que eu fiz".

— Olhe — Kenji está dizendo a Winston. — Poderia ser pior, né? Veja James, por exemplo.

— O quê? — Minha cabeça se levanta em alarme. — Eu?

Winston olha para mim, as cataratas de melancolia se dissipando de seus olhos.

— Sim — ele diz, concordando. — Certo.

— Certo? — Kenji também concorda. — Jovem, bonito, bem relacionado. As garotas literalmente se jogam nele...

— Isso aconteceu só uma vez — protesto.

— Pelo menos dez vezes — esclarece Winston, com desgosto. — *Literalmente* se jogam nele, acampam nas ruas esperando que ele passe...

— Esperem, agora isso é culpa minha? As pessoas acham que eu sou Warner. É por isso que não gosto de sair do Waffle...

— E olhe para ele. Apenas olhe para ele. — Ao ouvir isso, Winston faz o que lhe é dito e olha para mim. — Esse filho da puta ingrato está solteiro há anos — Kenji está dizendo. — Pelo menos já estivemos em relacionamentos, né? Pelo menos sabemos amar.

— Ei, eu sei amar...

— Sim — Winston concorda, desta vez com mais convicção. Seus ombros se endireitam. Ele considera o horizonte. — Sim, ok, tudo isso é verdade. O que mais?

Paramos, pairando na calçada a poucos passos da lanchonete de waffles do Waffle. Já posso sentir o cheiro da calda. Do açúcar de confeiteiro. Do café passado na hora.

— Podemos entrar? — pergunto, olhando ao redor. — Estou com fome, e essa conversa nem deveria ser sobre mim...

Kenji conta nos dedos.

— Ele ainda mora com a família; ainda tem terrores noturnos; ainda é péssimo no trabalho dele...

— Eu não sou péssimo no meu trabalho — protesto.

— Você está brincando? — indaga Winston, seu humor agora muito melhor. — Seu histórico é uma merda.

— A audácia... — diz Kenji. — A burrice...

— A garota literalmente *assassinou* um homem sob sua supervisão.

— Ele ainda está vivo! — rebato. — Eu o curei quase na mesma hora! Nós higienizamos o refeitório. Não houve nenhum dano permanente.

— Tanto faz — diz Kenji, olhando para sua xícara de café vazia. — Você tem sorte de ter poderes de cura, senão isso poderia ter virado um caos, e muito rápido. — Ele hesita e, em seguida, tira os óculos escuros, estreitando os olhos pretos. — Ei, por que você não está com a mercenária agora? Você não deveria ir lá todos os dias?

— Deveria — respondo, ignorando a maneira como meu peito reage à ideia de rever Rosabelle. — Sim, mas ela está sendo disciplinada. Tem de passar algumas horas sozinha no Jardim Emocional esta manhã. Devo encontrá-la em uma hora.

— Que diabos é um jardim… Ai, *merda*…

Kenji fica invisível e reaparece um segundo depois, na entrada da lanchonete, aparece e desaparece.

— Merda, merda, merda…

— *O que foi?* — Winston e eu perguntamos ao mesmo tempo. Nós o seguimos até a entrada, em alerta máximo.

— O que está acontecendo? — questiono. — Você viu alguma coisa?

— Ok, posso estar louco — explica ele, controlando sua invisibilidade —, mas eu poderia jurar que acabei de ver Nazeera andando pela rua.

Winston e eu trocamos um olhar carregado, e, um segundo depois, Kenji nos dá um tapa forte na cabeça.

— Ai — gritamos ao mesmo tempo.

— Que diabos? — Kenji grita com raiva.

O dono do restaurante, um ruivo barbudo chamado Kip, está nos encarando através da porta de vidro. Ele franze a testa para mim, como que perguntando "o que está acontecendo?", e lhe dirijo o que espero ser um sorriso tranquilizador.

— Você sabia que ela estava aqui? — questiona Kenji. — Você sabia que Nazeera viria para cá e não pensou em me contar?

— Ela vem para cá a cada três meses — explica Winston, esfregando a parte de trás da cabeça. — Você já sabia disso.

— Além disso, você nos mandou nunca tocarmos no assunto dela com você — acrescento. — Falou que não queria detalhes sobre Nazeera, nunca…

— Vocês não deveriam me dar ouvidos quando peço merdas como essa — ele murmura, espiando por trás da porta. Reconheço o instante em que ele a avista de novo, porque ele enrijece e recua, desabando contra a parede. — Meu Deus — suspira, aparecendo e desaparecendo, sua invisibilidade falhando. — Acho que estou morrendo. Ela ficou mais bonita? Como é que ela ficou ainda mais bonita?

— Acho que devemos levá-lo para dentro — sugere Winston, olhando para mim. — Segure o braço dele.

— Ela está com um árabe bonitão? — Kenji pergunta, afastando-se. Ele espia a rua mais uma vez, então tropeça para trás, fechando os olhos. — Esperem, não me digam. Não quero saber. Não posso competir com esses caras. Eles parecem construídos de forma diferente. Ai, Deus, não consigo sentir as minhas pernas.

Um sino toca, e nós olhamos para a porta.

— Ei — cumprimenta Kip, de avental, abrindo a porta da frente. — Vocês, crianças, estão bem? O que está acontecendo? — Ele sacode um polegar para trás dele. — As pessoas estão ficando preocupadas.

— Desculpe, Kip — diz Winston. — Está tudo bem.

— O que há com ele? — ele pergunta, acenando para Kenji, que parou de falhar apenas para começar a deslizar pela parede.

— Nazeera está aqui — respondo.

O rosto de Kip cai. Ele olha de mim para Winston, de Winston para Kenji e de volta para mim.

— Ele não sabia? Ela vem aqui a cada três meses.

— Eu esqueci — Kenji confessa, gemendo em suas mãos.

— Está tudo bem — diz Kip, recompondo-se. — Você vai ficar bem. Ela vai embora em cerca de uma semana, certo?

Winston faz uma careta.

— Duas semanas? — pergunta Kip.

— Ela vai ficar para o parto — explico, olhando com cautela para Kenji. — Ela quer estar aqui para apoiar Juliette.

— Nenhum voo de volta planejado — acrescenta Winston.

Kenji emite um lamento agudo.

— Ah, garoto — Kip fala baixinho, seus olhos se fechando. — Todos nós já passamos por isso. Você vai superar.

Ele joga um braço sobre o ombro de Kenji, dando um tapinha em suas costas enquanto o leva de volta para o restaurante. Eles entram em meio a um clamor de preocupação e perguntas, mas Kip acena para as pessoas se acalmarem.

— Nazeera está aqui — ele explica. — Para o nascimento.

A pequena multidão suspira em uníssono, depois se dissolve em sons terapêuticos e universais de conforto.

— Alguém traga waffles para o meu filho — diz Kip, empurrando Kenji. — E sorvete.

— E gotas de chocolate? — pede Kenji, olhando para cima.

— E gotas de chocolate — concorda Kip.

— E eu? — pergunta Winston, seguindo-os para dentro. — Também estou deprimido. Também gosto de gotas de chocolate...

Eu rio baixinho, prestes a cruzar a soleira e entrar na nuvem de açúcar morno, quando sinto uma mão no meu ombro. Assustado, eu me viro.

É Ian.

Ian Sanchez, psicoterapeuta-chefe na clínica de reabilitação e velho amigo da família. Ele parece irritado.

— Droga — digo, alarmado. — O que ela aprontou desta vez?

31

ROSABELLE

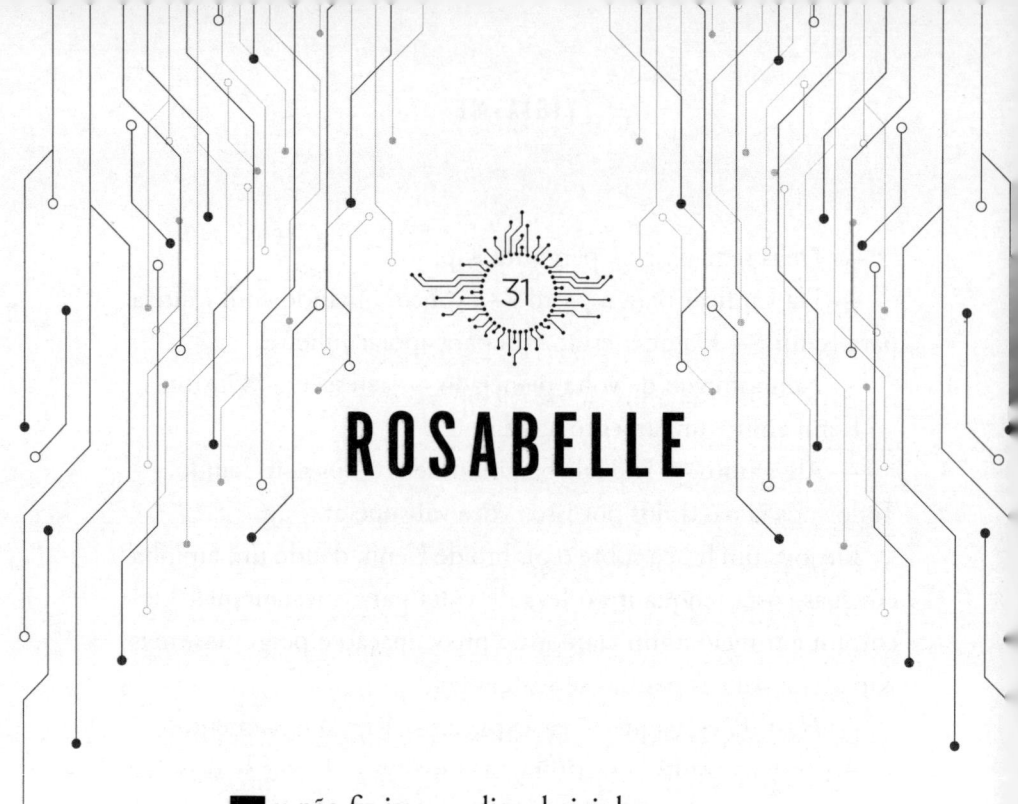

— Eu não fiz isso — digo, baixinho.

Agatha está me encarando de braços cruzados.

— Você tinha motivos para fazer.

Olho para o horizonte, vendo os verdes vívidos da sala se misturarem ao meu redor enquanto os aromas terrosos da vida vegetal enchem o meu nariz. Este lugar me surpreendeu quando entrei. Eu não esperava que o confinamento solitário fosse tão bonito.

Claro, eles não chamam isto de confinamento solitário.

Este é o Jardim Emocional, para onde os delinquentes são enviados a fim de pensar sobre o que fizeram. Não é um espaço grande, mas cada centímetro dele é coberto por trepadeiras e vegetação, com um teto abobadado e janelas que decantam a luz marmorizada sobre montes de musgo e grama selvagem. Há uma mesa e uma cadeira no meio da sala, com pernas de madeira como raízes plantadas diretamente na terra, e devemos nos sentar aqui por horas, escrevendo arrependimentos e reflexões em nossos diários. De acordo com as regras, não devemos usar sapatos nem meias.

VIGIA-ME

Clara adoraria estar aqui.

Eu odeio.

— Rosabelle — ela repete com severidade. — Alguém saqueou o quarto dele enquanto ele estava em recuperação. Revirou-o de cabeça para baixo. O que eu quero saber é o seguinte: como você entrou? Não havia nenhuma indicação de que a fechadura tivesse sido adulterada.

Olho para ela, depois desvio o olhar.

— Você percebe o privilégio que é estar aqui? — ela diz, mudando seu peso de perna. — Se não tomar cuidado, pode acabar em uma prisão de alta segurança.

— Ótimo — sussurro. — Podem me transferir.

Ela fica visivelmente tensa. Descruza e cruza de novo os braços.

— O fato de você não ter sido expulsa ainda é inacreditável, para dizer a verdade. A lista de espera para entrar nesta clínica é de *anos*. Sabia disso? Você tem alguma ideia da sorte que tem de ter acesso aos recursos que fornecemos?

Estou olhando, fascinada, para um cacho de broto tenro: a espiral aterrorizada da juventude, o aperto da incerteza. A jovem videira será persuadida a viver pela promessa de luz, desabrochando a cada dia em direção ao desconhecido, buscando um caminho até que uma mão se lance, agarre-a pelo caule e quebre-a ao meio...

— Agora, não sei o que você fez para conseguir furar a fila — Agatha continua —, mas estamos apenas tolerando seu comportamento aqui porque as ordens para admiti-la vieram de muito acima da minha cabeça. Se não se comportar direito, farei uma petição para que seja removida. Há muitas pessoas que acreditam neste programa. Pessoas que dedicam suas vidas a ele. Você está aqui há menos de dois dias e já *matou* uma pessoa, depois invadiu seu quarto...

— Eu não fiz isso.

— O que você tem feito aqui há três horas? — ela pergunta.

— Você ao menos escreveu no seu diário?

Pisco bem devagar. Meu diário está sobre a mesa, ainda fechado.

— Você não escreveu nada? — ela prossegue, atordoada.

Agatha pega meu diário da mesa, vê o selo intacto na capa e parece que um vaso sanguíneo seu estoura. Eu me encolho dentro de mim enquanto ela grita, observando-a atirar o caderno na minha frente. Suas palavras vão ficando mais distantes e distorcidas, perdendo a forma, à medida que me desconecto do tempo. Escuto os sons da minha própria respiração, fecho as mãos e traço suas linhas.

Por horas, tenho observado a luz dançar e mudar nesta sala, usando meu tempo para classificar os arquivos mentais que fiz sobre cada pessoa que encontrei na clínica. Classifiquei todas por ameaça percebida e possível utilidade, mas até agora nenhuma se destacou para mim de forma marcante, exceto James. Bem, ele e Leon.

Alguém saqueou o quarto de Leon, e não fui eu.

Preste atenção.

Eu me questionei várias vezes: é possível que alguém estivesse procurando o frasco em seu quarto? Se for, duas novas possibilidades surgem: ou Leon é o agente duplo que estou procurando, ou ele é o protetor azarado do objeto. A primeira teoria se desfaz quando comparada à lógica: parece improvável que o Restabelecimento fosse confiar o frasco a alguém de mente doentia. Claro, o incidente com Leon pode não ser nada mais que uma distração não relacionada. Ainda assim...

Se você for esperta, perceberá.

Teorias surgem e se dissolvem, como bolhas de ar.

Na minha cabeça, sublinho uma imagem do rosto de Leon, adicionando um ponto de interrogação ao lado do seu nome.

Importante? Ou idiota?

Fixado no quadro de cortiça imaginário ao lado dele está uma imagem de James, seu rosto circulado e estrelado, notas rabiscadas furiosamente nas margens...

Chave para infiltrar a família Anderson
Aterrorizante e perigoso
Linhagem notória
Acalma os inimigos com uma falsa sensação de segurança
Não o subestime

Esta última nota está sublinhada várias vezes.

A verdade é que o drama com Leon deve significar pouco mais que uma simples briga doméstica entre detentos. Parece muito mais provável, dado tudo o que passei até agora, que James seja meu verdadeiro alvo.

Eu respiro fundo ao pensar nisso.

O calor queima minha pele, e um medo não categorizado me força a voltar ao meu corpo.

— Está certo — diz Agatha, e olho para ela.

Ela entendeu mal a minha reação.

— Você *deveria* mesmo ter vergonha — ela declara. — Sinceramente, é revigorante ver que você é capaz de sentir remorso. Eu estava começando a pensar que você não se sentia mal por matar Leon.

— Eu não o matei — digo, lembrando-a. — Ele não está morto.

— Você sabe exatamente o que eu quero dizer...

Meus olhos desfocam.

James estava tão calmo. Ele não gritou nem fez perguntas. Nem pareceu bravo. Apenas olhou para mim, depois andou ao redor da mesa e estendeu a mão para Leon. Quando colocou suas mãos na garganta ensanguentada de Leon, pensei que talvez ele tivesse decidido quebrar seu pescoço, tirá-lo de seu sofrimento. Em vez disso, falou no ouvido de Leon, dizendo-lhe que ele ficaria bem, depois o segurou em seus braços até que ele parasse de convulsionar.

Eu assisti, atordoada, à minha mente vagando em uma direção perigosa...

Por um momento, eu me perguntei se James poderia curar Clara.

Mas descartei tal ideia assim que ele se afastou de Leon. Alguém já havia chamado os médicos. Estávamos cercados. James, eu raciocinei, nunca conheceria minha irmã. Ele sem dúvida já estaria morto quando eu a visse de novo.

Enquanto isso, Leon adormeceu.

— Ele desmaiou — James explicou aos socorristas, com as mãos sujas de sangue. — Temos de colocá-lo em recuperação o mais rápido possível, mas ele ficará bem.

Só depois que todos saíram é que James se virou para olhar para mim. Ele limpou as mãos em uma pilha de guardanapos, o sangue pegajoso, grudando, papel rasgando. Suspirou, balançou a cabeça.

— Rosabelle — falou em voz baixa. Eu jurei que senti a terra tremer. Sua voz, baixa e firme, deslizou para dentro de mim, circulou meu coração morto e o apertou, bombeando sangue para as minhas veias com uma força que nunca havia sentido antes. Eu não conseguia desviar o olhar dele. Não tinha ideia do que estava prestes a me dizer, como poderia me condenar. Mas, então, ele disse: — Você está bem?

E eu desvaneci.

Você está bem?

Rosa, você está bem?

— Ei! — Agatha estala os dedos para mim. — Você ouviu o que eu disse? O que há de errado com você?

Rosa, o que há de errado?

Nada, respondi, esfregando minhas mãos na pia. Eu as esfregava até ficarem em carne viva. Ficavam vermelhas e ardiam. Meus olhos estavam queimando.

Por que você fica lavando as mãos sem parar?, Clara perguntou. *Por que não vem ler para mim?*

Eu tenho de lavá-las, Clara. Eu tenho de lavá-las primeiro.

Mas você está lavando há uma eternidade, Rosa. Já não estão limpas agora?

Não.

— Com licença? Você está me ouvindo?

A porta se abre e me sobressalto com o som. Meus ouvidos estão zumbindo.

James entra.

32

ROSABELLE

Ele parece ter corrido até aqui.

Seu rosto está mais rosado que o normal, com os cabelos cor de bronze varridos pelo vento e os olhos iluminados e cativantes. Toda vez que o vejo, fica mais difícil.

Quando nossos olhares se encontram, prendo a respiração.

Sua ausência está começando a deixar uma impressão em mim. Já posso sentir meu sistema nervoso se aquietando em sua presença, os gritos do mundo se extinguindo, tornando-se apenas um ruído suave. Não gosto dessa sensação. Não gosto de ficar ansiosa para vê-lo, de esperar que ele volte, de quase terminar de contar as sardas espalhadas na ponta de seu nariz.

Sete.

— Rosabelle — ele diz, balançando a cabeça. — O que você...

— Eu não fiz nada.

Ele fica parado, me observando. Olha entre mim e Agatha, depois para trás dele, para Ian, que está carrancudo.

— Ok. Bem. — James exala e enfia as mãos nos bolsos. Ele olha para os outros dois. — Ela diz que não fez. Então, a menos que tenham provas...

Agatha e Ian explodem.

Eu assisto, sem ouvir, à discussão deles, e o sangue corre para a minha cabeça. O tempo parece se estender e se curvar, voltar e ficar embaçado. Por que ele está me defendendo? Como sabe que não estou mentindo?

— Porque... — ele afirma para Agatha, e sua voz perfura minha névoa. Sua voz, percebo, sempre me devolve ao meu corpo. — Porque ela não tem medo de você. Se tivesse mesmo feito isso, admitiria.

— Como você sabe? — Ian e eu perguntamos ao mesmo tempo.

James olha entre mim e Ian.

— Eu não sei — ele responde, encarando-me. — Só sei que sim.

Ian me estuda friamente ao refletir a respeito. James dá um suspiro.

— Ah, não se esqueça de fazer os exames, ok? — James fala para Agatha. — Eu listei tudo no meu relatório. Havia algo errado com aquele cara ontem.

— Me deixe ser bem clara — pontua Agatha, irritada. — Cada um dos nossos pacientes passou por um rigoroso processo de avaliação física e mental, e Leon não foi exceção. Só houve uma exceção, e ela está sentada bem ali. — Agatha estreita os olhos para mim. — Sabemos que Leon teve problemas com lucidez no passado, mas isso é de se esperar de alguém com a história que ele tem, e ele demonstra progresso a cada dia. Posso garantir que não havia álcool em seu sistema...

— Eu sei o que vi — James rebate com firmeza. — Seus olhos estavam dilatados de forma anormal. Sua fala estava ligeiramente arrastada...

— Talvez ela o tenha drogado — sugere Ian.

— Ian — Agatha grita, ofendida. — Nós administramos este local com a rédea curta. Saberíamos se ela tivesse trazido drogas para cá...

— Olhem — diz James, parecendo repentinamente cansado —, até que vocês tenham provas para sustentar as acusações contra ela, essa discussão é improdutiva. Ela não é a primeira pessoa a atacar outro paciente, e como não podemos provar que ela estava tentando matar Leon...

— Eu estava, sim — esclareço. — Estava tentando matá-lo.

— Isso não ajuda, Rosabelle — ele diz, cada palavra bem-marcada. Em seguida, se dirige aos outros: — Vamos nos reunir mais tarde. Ian, você não tem uma sessão agora?

Ian olha para o relógio e murmura um palavrão, e, quando ele e Agatha saem da sala — lançando-me olhares de reprovação —, um toque suave dispara várias vezes. James me oferece um sorriso sombrio.

— Hora de ir, encrenqueira — diz. Ele mantém o rosto severo, mas seus olhos estão leves, com um humor particular. — Você tem uma sessão no meio da manhã sobre gratidão essencial.

— Ok — concordo.

Mas não me movo. Meu batimento cardíaco desacelera enquanto o encaro; meus membros amolecem. Sinto-me líquida quando o observo por um tempo, como se pudesse me soltar dos meus ossos. Eu gosto disso. Gosto desse silêncio.

Sinto-me segura nesse silêncio.

— Por que você sempre me olha desse jeito? — ele pergunta, a luz desaparecendo de seu semblante.

— Olho para você, como?

Ele me encara, seu peito se erguendo um pouco conforme respira. Percebo o movimento em sua garganta, então me detenho em seu pescoço, na linha afiada de sua mandíbula. Levanto os olhos até sua boca… Ele exala de repente, olha para baixo.

— Nada — diz. — Deixa pra lá.

Gosto do seu cabelo.

Parece macio. Parece brilhar na luz refratada do teto abobadado, com toques de ouro entre as mechas castanhas.

Gosto dos seus olhos.

Suas pupilas se contraem ao brilho da manhã; tons de azul agora misturados; a íris mais clara circundada por um anel escuro. Seus cílios são longos e espessos, e, quando ele se afasta de mim, eu estudo o contorno de seu perfil, o poder contido em seu corpo. Ele muda o peso de uma perna para a outra. Está vestindo uma jaqueta jeans desbotada com gola de lã. Há um broche brilhante em forma de pipa no bolso.

— No que você pensa — ele pergunta, desviando o olhar de mim — quando fica quieta desse jeito?

— Em nada.

Ele solta uma risada áspera.

— Claro. Certo.

— Por que você está com um broche em formato de pipa no seu bolso?

Ele se vira para mim de imediato, e a surpresa colore sua expressão.

— Você está *me* fazendo uma pergunta?

Calor, aquele calor familiar e horrível: eu o sinto queimando no alto das minhas faces.

— Não.

— Não?

— Não — repito, desta vez com indiferença forçada. — Eu retiro a pergunta.

— De jeito nenhum — ele declara, sorrindo agora. — Você já pronunciou as palavras. Não pode voltar atrás.

— Você não determina as regras.

— Que tal um acordo? — sugere ele. — Se você começar a responder a mais perguntas minhas, talvez eu responda a algumas das suas.

Balanço a cabeça, e o pânico ameaça me tomar.

Já tenho de viver com o enorme erro que cometi outro dia, expondo a mim mesma em uma explosão infantil de raiva. Fui desequilibrada pela força da atenção de James, por seus sorrisos e suas risadas fáceis. Ninguém além de Clara sorri para mim com sinceridade. Eu já estava submetida ao poder estonteante de seu charme por horas naquele momento e me sentindo frustrada e reativa. Falei demais sem pensar.

Nunca mais.

Eu me forço a me afastar agora, a pegar meu diário e limpar minha mente antes de dizer ou fazer algo irreparável... quando, de repente, fico ciente do musgo entre os meus dedos do pé. Percebo que não sei o que fizeram com os meus sapatos.

— Estão do lado de fora da porta — esclarece ele.

Levanto o olhar, como se tivesse levado um tapa.

— Seus sapatos — ele explica, sem ser solicitado. — Estão do lado de fora. Em um pequeno nicho com seu nome.

— Eu não disse nada sobre querer meus sapatos.

— Eu sei — diz ele.

— Como você...

— Porque... você olhou para os seus pés e depois olhou ao redor. Eu fiz o cálculo. Não é complicado.

Eu o encaro e vou me soltando de novo. Tenho um novo sonho: gostaria de ser dobrada com cuidado, colocada sob um raio de luz e deixada ali, acumulando poeira.

James, percebo, faz eu me sentir como se pudesse descansar.

É um pensamento histérico e perigoso. Como se eu pudesse desatar essas cordas, destrancar essas correntes.

Vou para casa.

Vou para casa, pegar Clara, tentar evitar o casamento com Sebastian e passar o resto da minha vida murchando em cinzas. Fui treinada desde a infância para a vida como assassina. Era o que os meus pais queriam para mim; mais que isso, era a única carreira que me era permitida. Desde quando consigo me lembrar, todas as avaliações psicológicas e testes de aptidão concordavam: a criança parecia estar morta por dentro.

Havia algo errado comigo, algo partido, alguma razão significativa pela qual eu nunca ria como as outras crianças, nunca sorria para estranhos. Nunca chorava quando eles me cortavam ao meio sem parar, tentando alimentar uma máquina com a minha mente.

Eu não seria cientista ou médica. Nem mãe, nem soldado. Eu cresceria e me tornaria uma assassina eficiente. Um excelente trunfo para o regime. No auge do poder do Restabelecimento, nunca imaginei que minhas habilidades seriam tão desejadas, mas, agora que não temos o exército robusto de uma era passada, os mercenários tornaram-se mais importantes que nunca. Espiões, assassinos, sicários. Fomos forçados a reduzir nossa capacidade de matar, projetando missões com precisão cirúrgica e eficiência.

Isso é tudo que minha vida vale. E decidi há muito tempo sacrificar meu cadáver para que Clara pudesse viver.

— A propósito — diz James, interrompendo meu devaneio —, se vai fingir que está fazendo as coisas, precisa trabalhar nos detalhes. Você anda com esse caderno por aí, mas nunca carrega uma caneta. Não está enganando ninguém.

Não sei o que me leva a dizer isso. Não sei se estou pensando quando falo, em voz baixa:

— Eu tenho enganado as pessoas a vida toda. Você é o único que está prestando atenção.

JAMES

— Me deixa perguntar uma coisa — digo, jogando-me na poltrona de veludo. Afundo no tecido macio, como se o peso do dia me puxasse para baixo. — É normal uma garota ficar olhando muito para você e não dizer nada? E, se não for normal, isso significa alguma coisa?

Warner olha para mim da janela escura, estreitando os olhos.

— Certo — falo, com uma expiração. — Esqueci com quem estava conversando. Olhar para as pessoas e não falar nada é a sua praia, não é?

Warner não morde a isca. Ele rebate:

— Uma mercenária de sangue frio, leal ao Restabelecimento, é presa em uma clínica de reabilitação, onde é forçada contra sua vontade a participar de sessões excruciantes de terapia em grupo seguidas de horas de questionamento invasivo, e você está esperando que eu diga que o olhar silencioso e inflexível é uma indicação de que ela está apaixonada por você?

Eu me jogo para trás, deixando minha cabeça pender para fora do encosto da poltrona. O mundo vira-se de cabeça para baixo, e fecho os olhos com força.

— Bem — comento —, quando você coloca dessa forma...

Uma brisa fresca sopra pelo quarto. Grilos cantam na noite distante. A luz baixa aquece o espaço aconchegante, e a luminária na mesa lateral lança um brilho suave sobre Juliette, que está sentada na cama, esfregando os olhos. Há um livro aberto sobre sua barriga.

— Estamos falando de Rosabelle? — ela pergunta.

— Você está cansada, meu amor — Warner afirma, baixinho. — James e eu podemos discutir isso em outro lugar. Você deveria dormir.

— Não — ela diz, inclinando-se para trás, fechando os olhos ao se apoiar na cabeceira da cama. — Eu quero saber o que está acontecendo. — Ela reprime um bocejo e se vira para mim. — Ela se meteu em encrenca hoje de novo?

— Hmm... — Olho para Warner, que está rígido. — Sim — falo, suspirando, em sinal de derrota. — Sim, ela se meteu.

Já faz dez dias. Dez dias eternos de Rosabelle. A linda Rosabelle. A *irritante* Rosabelle. Ela já foi enviada para o Jardim Emocional seis vezes. Hoje recebeu outra censura oficial. Tinha saído para usar o banheiro por apenas cinco minutos e, quando voltei, a sessão de grupo estava um caos. Rosabelle segurava Jing com um mata-leão. Um dos supervisores gritava: "Ela o está usando como escudo!", enquanto Ian dizia: "Não é assim que resolvemos as coisas!".

E, quando abri caminho pela multidão para chegar até ela, Jing desmaiou. Assisti, atordoado, conforme ele deslizava dos braços dela para o chão. Rosabelle assustou-se quando me viu, afastando-se de Jing como uma criança pega roubando um doce.

— O que você está fazendo? — pergunto, horrorizado. — Rosabelle, vamos lá, nós já conversamos sobre isso...

— Eu estava tentando ajudar — ela argumenta.

Quase tropecei para trás de espanto, e ela apenas olhou para mim com aqueles olhos de gata piscando e revelou que estava encorajando Jing a devolver os chinelos para Elias. A explicação foi tão absurda que quase não acreditei até que um homem mais velho e grisalho veio correndo um momento depois, abraçando-a alegremente pelas costas.

Estou exausto.

Quando ela não está me irritando, está me deixando louco. Às vezes, tudo o que faz é me encarar. Nunca sei o que fazer quando isso acontece, então fico apenas sentado ali, sendo encarado, seus olhos percorrendo cada centímetro de mim. Imagino o que diabos ela está pensando, mas tenho consciência de que nunca vai me dizer. Às vezes, ela permanece quieta por tanto tempo que o silêncio começa a me fazer suar. Acordo pensando nela. Adormeço pensando nela. Por acidente, esbarrei nela ao passar por uma porta e, pela forma como meu corpo reagiu, parecia que ela tinha me pressionado contra a parede e se oferecido para abrir o zíper da minha calça. Tive de sair do prédio só para tomar um ar. Comecei a sonhar com ela. Acordo no meio da noite superaquecido e fora de mim. Tive problemas para dormir a vida toda, mas esse pode ser o pior sono que tive em anos.

— Talvez devêssemos tirá-lo dessa tarefa — sugere Warner, afastando-se da janela.

— O quê? — Eu me sento direito. — Por quê?

— Não tenho certeza se consegue lidar com isso.

Eu me irrito, e a mentira é automática:

— Eu consigo lidar com isso.

— O que você conversou com ela hoje?

Engulo em seco, arrumando-me no lugar e observando ao redor do quarto, tentando ganhar tempo. Hoje eu a vi trançar o cabelo. Trançar e destrançar. Trançar e destrançar.

Perguntei sobre os pais. Ela olhou para mim.

Perguntei sobre a irmã. Ela olhou para mim.

Perguntei sobre o ex-noivo. Ela olhou para mim.

Enfim, cruzei os braços e questionei:

— Você vai fazer isso para sempre? Sério? Vai ficar aí sentada, me encarando sem me dar nada? Qual é a sua cor favorita, Rosabelle? Você pode me dizer qual é a sua cor favorita? Ou é algum tipo de segredo comercial altamente protegido que não pode compartilhar com o mundo por medo de incitar uma nova guerra?

E, então, ela *riu* de mim, e quase tive um derrame. Senti o sangue sumir do meu rosto. Minhas mãos ficaram quentes, depois úmidas.

Um som suave e musical que eu nunca tinha ouvido dela. Caramba, eu nunca a tinha visto sorrir.

Ela ainda estava sorrindo quando olhou para mim depois disso, e a expressão gentil persistiu em seu rosto.

A porra da minha alma deixou o meu corpo.

Sempre a achei linda, mas não tinha ideia do que estava perdendo. O jeito como seus olhos brilharam, a maneira como seu nariz se enrugou. Ela tem comido mais a cada dia e está com a aparência mais saudável, ficando cada vez mais radiante.

— *Uau* — sussurrei, boquiaberto como um idiota descobrindo as próprias mãos pela primeira vez.

Percebendo que eu tinha dito a palavra em voz alta, enfiei a mão dentro de mim e agarrei meu cérebro.

— Você realmente perdeu a cabeça? — indaga Warner, sua raiva tão aguda que me puxa de volta ao presente. Não tenho certeza de quanta turbulência emocional ele está percebendo agora, mas seu olhar me revela que deve ser muita coisa.

— Sabe — digo, apontando para ele. — É interessante. Há algo no jeito como ela sempre mantém a guarda alta que faz eu me lembrar de você.

O rosto de Warner permanece neutro. Um sinal claro de que ele está escondendo a própria resposta emocional.

— Como assim?

Juliette emite um "hmm" de interesse.

— Tipo, obviamente, vocês são pessoas diferentes — esclareço. — Mas eu conheço o verdadeiro você, porque convivo com você há muito tempo. Sei que o rosto que você exibe para o mundo não é o mesmo que mostra quando se sente seguro. Ela emite essa mesma vibração. Às vezes, eu não consigo muitas respostas dela, mas, quando ela olha para mim, juro que consigo vê-la. — Eu me viro. — Como se a verdadeira Rosabelle fosse uma garota vivendo dentro de uma fortaleza, dentro de uma fortaleza, dentro de outra fortaleza, dentro de outra fortaleza. Mas as paredes são tão espessas que ninguém consegue ouvi-la gritando. — Quando eu enfim os encaro, descubro que Warner está me observando. Juliette está me observando. — O que foi? — pergunto.

— Você se importa com ela — pontua Warner.

— Não, eu não me importo — minto.

— Você se importa, sim — concorda Juliette, seus olhos ficando suaves. — Ah, James...

— Este é um resultado indesejado — diz Warner, virando-se para a janela.

— Não é bem assim — minto de novo, lutando por redenção. — É que às vezes tenho a sensação de que ela está mesmo assustada. Ou nervosa. Ou que apenas é *humana*. Às vezes, tenho a sensação de que ela se afastaria do Restabelecimento se achasse que há uma saída. E, só para constar, não acho que ela seja fria...

— Kenji pode lidar melhor com isso — afirma Warner a Juliette.

— Ou Samuel.

Juliette balança a cabeça.

— Os dois estão sobrecarregados agora, e Samuel não tem autorização.

— Hugo pode estar pronto — diz Warner.

— Ah, Hugo... — repete Juliette, sonolenta.

— *Ei* — falo com raiva. — Você disse que eu tinha oito semanas. Faz apenas dez dias...

— Pode ser um bom ponto de entrada dar a ele uma chance de se provar — reflete Warner. — Mas, se estivermos errados, ele pode se mostrar um risco...

— Gostaria de ver Hugo em ação — diz Juliette. — Ele esperou tempo suficiente...

— Tudo bem — interrompo, erguendo as mãos. — Querem dados concretos? Tudo bem. Ela me disse que o nome da mãe dela era Anna, que seus pais estão mortos, que tem vinte anos. Sua irmã é sete anos mais nova que ela. Ela não tem outros irmãos. Já sabem sobre o convite de casamento; ela estava noiva de um cara chamado Sebastian na ilha e me disse, quando a conheci, que o casamento não aconteceria mais. É possível que tenha sido arranjado pelos pais, o que pode explicar por que ela conseguiu se afastar da situação tão facilmente. Isso também combina com a teoria de que ela nasceu em uma família rica e de alto escalão, porque, como vocês sabem... — digo, olhando para eles — noivados eram uma prática comum entre a elite do Restabelecimento, e o próprio fato de ela estar em Ark indica que desfrutava de um nível raro de privilégio...

— Quando os pais dela morreram? — Warner pergunta, interrompendo.

— Não sei.

— Em qual setor ela morava?

— Não sei.

— Você conseguiu reunir mais informações sobre o Nexus? Como ele funciona? Quem o controla?

— Não.

— Por que ela tem uma cicatriz na parte interna do antebraço?

— Não sei...

— De onde vieram os hematomas?

— Não sei.

— Por que ela não foi informada sobre sua identidade antes de matá-lo?

— Não sei!

— Então, *o quê* você sabe?

— Eu sei que ela é destra? Que descobriu recentemente que não gosta de tomates? A luz solar direta às vezes a faz espirrar?

Juliette boceja de novo, remexendo-se contra a cabeceira da cama.

— Dez dias — diz Warner. — Faz dez dias que você está com ela, e isso é tudo que descobriu.

— Você me orientou a conversar com ela — retruco. — Você me falou para agir como se acreditássemos que ela está aqui por uma chance de uma nova vida. Você me instruiu a fazer perguntas normais, sem hostilidade. Como eu deveria interrogá-la, se você ordenou explicitamente para não a interrogar?

— Chama-se *finesse* — esclarece Warner, um músculo pulsando em sua mandíbula. — Talvez eu devesse fazer isso eu mesmo.

— Não — quase grito. — Não é seguro para nenhum de vocês ter exposição direta a ela. Além disso, vocês já têm dez bilhões de coisas para administrar. Não me tirem da tarefa. Vamos lá, mano. Que bobagem. Ela já me conhece...

— Cale a boca por um segundo.

Estou pronto para protestar, mas Warner atravessa o quarto até Juliette, pegando-a em seus braços com uma ternura que ele não demonstra com mais ninguém. Eu observo, minha raiva diminuindo, enquanto ele a ajuda a se acomodar na cama, ajustando sua cabeça, afastando seu cabelo dos olhos. Ele posiciona travesseiros extras ao redor do corpo dela, fecha seu livro, coloca-o na mesa de cabeceira e puxa o cobertor sobre seus ombros.

Ela murmura um "obrigada" para ele, e ele beija sua testa. A troca carinhosa me deixa inquieto, como se eu precisasse sair do meu corpo. Crescer ao lado desses dois arruinou as minhas expectativas de relacionamento. Eu quero o que eles têm.

Warner olha para mim assim que o pensamento cruza a minha mente, estudando-me como se eu tivesse falado as palavras em voz alta.

— Ela te fez outras perguntas nos últimos tempos? — indaga Juliette, deslizando a mão sob seu travesseiro.

— Mais ou menos — respondo, com certo alívio no corpo. — Ela não faz muitas perguntas pessoais sobre mim, mas tem feito algumas sobre como é o nosso mundo. Ela ficou confusa com o meu relógio. — Eu o mostro como prova. — Também sobre o uso regular de caneta e papel, os toques de tecnologia analógica em todos os lugares. — Hesito. — Ela fez uma pergunta bem específica sobre a luz no Jardim Emocional. — Inclino a cabeça, lembrando. — Ela queria saber se era de verdade.

Warner enrijece.

— Ah, ela está planejando uma fuga — afirma Juliette, abafando outro bocejo. — Deve estar esperando contato em breve.

— O quê? — Franzo a testa. — O que você quer dizer?

— Use a cabeça — Warner diz, calmamente. — Ela está fazendo perguntas práticas sobre tecnologia e sociedade porque está se preparando para uma fuga em território estrangeiro. Ela quer saber se a luz é real, porque...

Sou atingido pela compreensão. Com força. Afundo de volta na cadeira, sentindo-me bobo.

— Porque está tentando descobrir se o prédio é subterrâneo.

Um alarme repentino e estridente toca baixo no quarto, e Warner se levanta, deslizando o receptor para fora do bolso. Ele desdobra o metal fino como uma navalha, e a voz de Kenji projeta-se de imediato.

— Ei, cara, eu sei que é supertarde e você deveria estar offline agora, mas Maya pediu para Agatha avisar Ian, que *me* ligou para contar que estão todos preocupados que algo estranho esteja acontecendo no corredor do lado de fora do quarto de Rosabelle...

Eu me endireito de prontidão, quase esbarrando em Warner.

— O que isso significa? — pergunto.

Warner olha para mim, irritado.

— Eu não sei, cara — responde Kenji. — Mas Ian contou que Maya falou que a sua namorada está falando com Leon sobre... Ah, *merda*.

A linha fica silenciosa. Kenji está apenas respirando.

— O que foi? — perguntamos todos ao mesmo tempo.

— James, vá já até lá — Kenji ordena, e todos os traços de humor desaparecem de sua voz. — Maya acabou de me enviar algumas imagens das câmeras do corredor.

— Ok, estou indo agora... Já chego. Ela está tentando matá-lo de novo?

— Não — responde Kenji, sem alarme. — Acho que é o cara que pode estar tentando *matá-la* desta vez.

34

ROSABELLE

Ouço a batida na minha porta no meio da noite.

Meus olhos se abrem, mas meu corpo está calmo. Já faz dez dias desde que cheguei à clínica, e ainda não tenho pista sobre o frasco. No fim das contas, Leon provou ser nada mais que uma distração; não o vejo desde o incidente. Pensei em lançar uma varredura secreta em seu quarto só para ter certeza, mas ele se trancou lá dentro desde o dia em que o matei, citando-me como a razão pela qual ele se recusa a sair, nem mesmo para as refeições. Não tenho certeza de como estão o alimentando.

Agatha e Ian me odeiam.

Mantive meu foco em James, observando-o em busca de sinais, tateando significados em pequenos detalhes. No fim das contas, estou à mercê de outro agente, esperando ser contatada por alguém que precisa encontrar uma maneira de me alcançar; se essa pessoa falhar, eu falho também. Restam apenas quatro dias. Ultimamente, passo minhas noites olhando para o teto, segurando-me nas laterais da cama enquanto minha cabeça gira.

VIGIA-ME

James me envenenou.

Ele está nas minhas veias. Fico doente com o peso dele, fico doente ao vê-lo. Sua voz me assombra; sua presença me desarma. Seu rosto aparece toda vez que fecho os olhos, por isso tento não os fechar. Tento não pensar em suas mãos, em sua risada ou no jeito como ele suspira baixinho, às vezes, quando olha para mim. Tento não me demorar em um desejo assustador e aterrorizante de tocá-lo. De ser tocada por ele. Penso, sobretudo, na guilhotina, que é o meu lugar de descanso.

Quando a batida vem de novo, a interrupção é quase um alívio. Pego debaixo do travesseiro a faca de manteiga que escondi no meu quarto, segurando-a de modo frouxo enquanto vou, descalça, até a porta.

Espero, ouvindo. Sem respirar.

A batida soa uma terceira vez e, com ela, uma voz:

— Rosa-belle? Rosa-bela, você está acordada?

Eu viro a faca de manteiga na mão e destranco a porta, abrindo-a. Leon está parado sob a luz fraca.

— Posso ajudar? — pergunto.

— Recebi seu bilhete — ele diz, parecendo instável.

Analiso seus olhos dilatados mais de perto, imaginando a avaliação de James sobre sua lucidez. Achei que Leon estivesse com medo de se aproximar de mim, então esse novo entusiasmo é surpreendente.

— Que bilhete? — pergunto.

— Eu te perdoo, Rosinha — ele sussurra. — Sei que não queria me machucar.

— Leon — falo com firmeza. — Que bilhete? Do que você está falando?

Ele desdobra um pedaço de papel.

— Você disse que estava procurando um lugar para descansar a cabeça, um lar que durasse para sempre. Disse que morreria por mim. Descreveu as profundezas a que iria por mim. Disse que, se eu quisesse algo, só tinha que pedir.

Ele olha para mim quando termina, os olhos perplexos e desfocados. Aperto a mão em volta da arma. Definitivamente, há algo errado com ele.

— Posso ver esse bilhete, por favor?

— Não — ele diz, esmagando-o contra o peito. — Vou ficar com ele para sempre, Rosinha. Só queria que você soubesse... — Ele balança a cabeça com força. — Eu tinha de dizer isso na sua cara, para que você pudesse ver nos meus olhos: eu não gosto nem um pouco de você.

Isso me surpreende ainda mais.

— Eu tenho uma esposa — ele sussurra, ainda com os olhos arregalados. — E você é muito bonita, Rosabelle sem-sobrenome, mas minha esposa é muito mais bonita que você, e eu sei, no meu coração, que não fomos feitos para ficar juntos, porque não gosto nem um pouco de você. Eu amo outra pessoa e a amarei para sempre, e ela é muito melhor que você em todos os sentidos... — Ele baixa a voz. — E sei que isso é muito triste para você.

— Leon.

— Sim, Rosinha?

— Onde está sua esposa?

Ele abana a cabeça, desta vez com tanta força que seu cabelo balança.

— Não sei — ele responde, inclinando-se para mim. — Você sabe? Ele disse para onde a levaram?

— Quem? Quem a tirou de você?

— Você *sabe* — afirma ele. — Você sabe quem a levou, porque isso aconteceu com você também.

Então ele começa a chorar e seu rosto se contrai.

— Ah, Rosinha, você consegue sentir como vai acontecer de novo?

Respiro fundo. No começo, pensei que talvez Leon fosse só louco, mas, agora, estou começando a me preocupar.

— Sente o que está acontecendo? — indaga ele, olhando ao redor, com os ombros tensos, e as lágrimas param de forma tão repentina quanto começaram. — Posso sentir acontecendo de novo, Rosabelle. Você pode sentir também.

— Leon.

— Sim?

— Por favor, me dê esse bilhete.

— Não — ele fala alto, com raiva. — É meu. Você disse que estava procurando um lugar para descansar sua cabeça, um lar que duraria para sempre. Disse que morreria por mim. Descreveu as profundezas a que você iria por mim. Disse que, se eu quisesse algo, só teria de pedir.

— Leon... — Tento mais uma vez, pegando o papel.

— Não! — Ele se afasta de modo descontrolado, respirando rápido. — Você disse que estava procurando um lugar para descansar sua cabeça, um lar que duraria para sempre. Disse que morreria por mim. Descreveu as profundezas a que você iria por mim. Disse que, se eu quisesse algo, só teria de pedir.

Preste atenção.

A intuição me diz para dar um passo cauteloso para trás.

Leon se endireita. Sua testa se alisa, seus ombros se retraem. Ele parece se encaixar em seu corpo, crescendo de volta dentro de si mesmo, e as linhas afiadas de seu rosto capturam sombras.

Seus olhos brilham como moedas, e aperto a faca de manteiga um pouco mais forte.

— Você não é a única aqui — ele diz, sorrindo. — Você não é a única.

— O que isso significa?

— Significa que você não é especial — ele retruca. — E, se você não fizer isso, outra pessoa fará.

Preste atenção.

Se você for esperta, perceberá.

— Fazer o quê? — indago, esperando guiá-lo com minha voz para que permaneça calmo. — Preciso que me dê mais informações...

Seus olhos morrem sem aviso, ombros curvados, lágrimas escorrendo pelo rosto. Ele olha ao redor, piscando rápido.

— Você pode sentir, Rosa-belle? Pode sentir acontecendo de novo?

Meus instintos estão em guerra: matá-lo ou mantê-lo falando? Decido que ele ainda pode ser útil.

— Leon — digo. — Há quanto tempo sua esposa está desaparecida?

— Não sei! — ele exclama, agarrando meus braços. — Para onde a levaram?

Eu me ordeno a não reagir a esse contato físico, forçando-me a olhar em seus olhos selvagens. Ele é incapaz de expressar alguma coerência.

— Leon — repito. — Por favor, me dê esse bilhete.

— Não! — ele grita, afastando-se de mim. — É meu. Você disse que estava procurando um lugar para descansar a cabeça, um lar que durasse para sempre. Disse que morreria por mim. Descreveu as profundezas a que você iria por mim. Disse que, se eu quisesse algo, só tinha de pedir.

— Estou pedindo agora — afirmo, lutando contra a minha raiva. — Dê para mim...

— Você não vai pegar! — ele exclama. — Você não pode tirar mais nada de mim!

— Eu não tirei nada de você. Não fui eu quem mexeu nas suas coisas. — Olho de um lado para o outro no corredor silencioso, meus instintos agora gritando. — Leon... — digo, tentando encontrar seus olhos. — Me escuta. Não fui eu quem saqueou seu quarto, e não escrevi esse bilhete. Acho que alguém está tentando me incriminar...

— Não se preocupe, Rosinha — ele fala baixo, virando o papel amassado para me mostrar. — Eu sei que você não fez isso.

A página está em branco.

Leon ri, então fica mole, seus braços pendurados pesadamente de cada lado do corpo.

— Por que você mexeria nas minhas coisas? Você nem sabe onde eu escondi. — Ele se inclina sobre mim, e observo, horrorizada, uma película preta e escorregadia aparecendo e desaparecendo em seus olhos. Em seguida, sussurrando: — Eu não queria encontrá-lo, Rosabelle. Ele me fez encontrá-lo.

Agora, uma pontada de medo real atravessa meu corpo.

Estou tentando ficar calma; tentando manter a respiração regular. Mas um pensamento aterrorizante ganha força na minha cabeça, traços díspares de cor se juntando para formar uma imagem perturbadora.

— Quem o fez encontrá-lo? — pergunto.

— Rosinha intrometida! — Leon grita, sua cabeça pendendo para o lado. — Minha rosa bela... Vou dar um pouco de terra para você, Rosabelle, me deixa olhar dentro de você, Rosabelle, Rosabelle, Rosabelle...

Finalmente, perco a paciência. Agarro um punhado de sua camisa com violência, pressionando a faca de manteiga em sua garganta.

— Comece a responder às minhas perguntas — ordeno — ou, desta vez, quando eu o matar, vou garantir que ninguém esteja aqui para salvá-lo.

Seus olhos se arregalam. Ele parece de repente em pânico.

— Mas eu trouxe um gole de terra para você — diz ele. — Sou um menino grande, Rosinha, eu fiz tudo sozinho.

Ele enfia a mão no bolso e pega um frasco de vidro, o recipiente brilhante cheio de escuridão.

— Klaus me fez encontrá-lo — ele diz, desatando a chorar de novo. Seus ombros desabam. — Klaus queria que eu o entregasse a você. Ele me fez sair do quarto. Ele me fez fazer isso, Rosinha, eu não queria...

Minha mão direita treme e eu o solto, sacudindo os tremores do meu punho antes de pegar o frasco oferecido por ele. Meu coração está disparado. O vidro está quente.

— Adeus, minha rosa bela. Adeus. Adeus! Eles levaram seu pai do mesmo jeito que levaram minha esposa, lembra? Você consegue sentir aquilo acontecendo de novo, Rosinha?

O choque percorre meu corpo.

— O quê? Do que você está falando? — Eu o balanço de leve. — Leon? Leon, onde está Klaus?

— Klaus? — ele suspira a palavra. Sua voz muda, suas costas se endireitam. A película preta rasteja sobre os seus olhos. — Klaus está aqui.

Eu sufoco um arrepio, contendo meu horror.

— Onde?

Leon me agarra pelo pescoço e me levanta do chão.

35

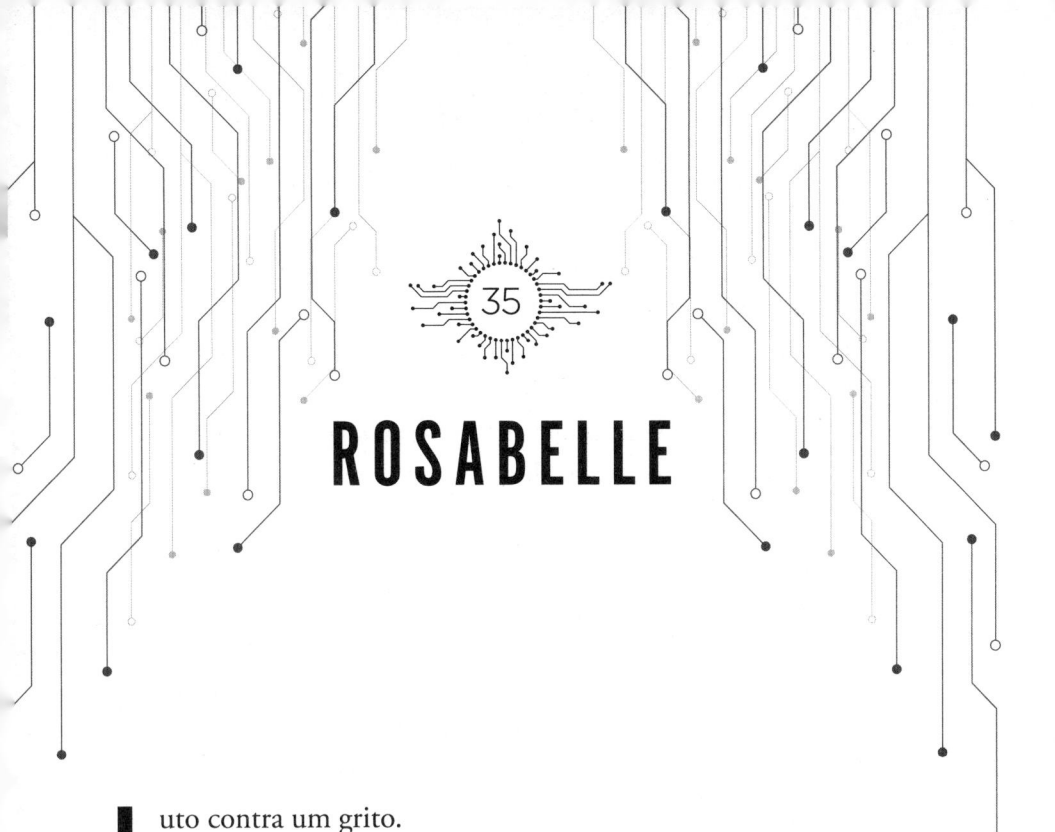

ROSABELLE

Luto contra um grito.
 Já sei que não devo matá-lo. Eu sei, mesmo com a visão manchada, que Leon está tomado e que matar seu corpo hospedeiro só vai atrasar o inevitável. De alguma forma, estou sendo punida e preciso prestar atenção.
 Não sei como isso está acontecendo.
 Não sei por que seus olhos exibem a película preta. Não sei como Klaus conseguiu anular a mente de Leon; eu não sabia que era possível para Klaus ter esse tipo de controle a uma grande distância. Só sei que estou perdendo oxigênio, lutando para enxergar direito. Ele me empurra para o meu quarto, batendo minhas costas contra a parede interna. Meus olhos tremulam quando a faca de manteiga cai da minha mão com um baque surdo.
 — A fase três agora está completa — diz ele.
 Ele me solta sem aviso, e desabo no chão, batendo a cabeça contra a borda da cômoda, a dor explodindo atrás dos meus olhos. Olho para cima, e o quarto se agita ao meu redor. Vejo Leon fechar

a porta, acender as luzes e depois nos trancar. Ofego, tentando respirar, massageando minha garganta.

— Que horas serão? — pergunto com aspereza, repetindo as palavras que fui instruída a falar.

— Tarde — ele responde, sua voz baixa. — Ouvi dizer que você tinha perguntas, Rosabelle.

Tento engolir.

— O que eu faço com o frasco?

— Você bebe — explica ele.

— O que isso vai provocar?

Leon pisca, e a película escura flutua e recua em seus olhos.

— Abrirá caminho para as três fases finais da missão.

Fico imóvel. O medo agora está se desenrolando dentro de mim a uma velocidade que não consigo controlar.

— Olhe o que fizeram com a gente — diz Leon, gesticulando para o quarto. — Olhe o que tiraram de nós. Veja o que fizeram quando foram autorizados a pensar por si mesmos. Eles, como você, acham que podem escapar do controle. Leon também pensou que poderia escapar de nós. Ele foi o primeiro cientista a provar da terra, a experimentar o poder da própria invenção… Mas decidiu, tarde demais, que não gostava de Klaus. Realizou experimentos implacáveis consigo mesmo, tentando desfazer a edição genética, mas falhou. Não seja como Leon — diz ele. — Leon tentou lutar contra o futuro, e veja o que aconteceu. Nada de bom acontece quando as massas se autogovernam. Só caos. Guerra. *Anarquia*.

— Então você vai testar esse frasco em mim — sussurro — para ver se pode me controlar melhor do que controlou Leon.

— Controlá-la? — Leon franze a testa, seus olhos turvos, fingindo confusão. Ele se abaixa até mim, depois bate na minha cabeça como se eu fosse um brinquedo que ele está desligando. — Você ainda não descobriu por que está aqui?

Eu o encaro quando ele se levanta, meu coração martelando contra as costelas.

— Rosabelle Wolff, você foi enviada aqui para morrer. Klaus olhou em sua mente e viu uma fraqueza indigna, incompatível com a nossa missão maior. Seu pai era fraco. Sua mãe era fraca. Sua irmã é fraca. Você é uma desgraça. Alimenta pensamentos quase traidores sobre sua nação, você se ressente do único homem disposto a se casar com você, e suas ações cotidianas são motivadas pelo bem-estar de uma criança doente cuja existência apenas drena os nossos recursos. Sua mente foi considerada insuficiente. E sua vida, como resultado, não vale mais a pena ser sustentada. Seu único benefício para nós será seu sacrifício final, caso decida aceitá-lo.

Essa revelação me atinge em ondas, destrói os planos do meu corpo como vidraças, estilhaça-me.

— Você disse... você me prometeu que, se eu completasse a missão, libertaria a mim e à minha irmã...

— Morte é liberdade. Caso decida aceitar seu sacrifício final, nós a recompensaremos matando Clara rapidamente. Se rejeitar o sacrifício, nós a manteremos viva por dez anos, cada dia suportando torturas maiores que no dia anterior.

O quarto está girando ao meu redor. De repente, não consigo respirar, não consigo enxergar direito...

— Você vai cavar a própria cova, Rosabelle. Vai beber o frasco e se enterrar viva. Seu corpo vai se decompor em 24 horas, e os resultados disso desencadearão uma explosão indetectável, que irradiará pela terra em níveis sem precedentes, cauterizando tudo em um raio de 150 quilômetros. Os poderes sobrenaturais dos rebeldes desaparecerão. Dentro de seis meses, seus corpos sucumbirão à edição genética, permitindo-nos controlá-los sem mais derramamento de sangue nem conflitos. Essa é a magnitude da nossa misericórdia.

— Por que preciso me enterrar viva?

— Seu corpo em decomposição exigirá fusão com um elemento clássico; dos quatro, terra com terra é o mais poderoso.

Estou fora de mim, uma estrela colapsada, um buraco negro, depois nada, nada...

Você não é a única, Leon me disse. *Você não é a única aqui.*

— Você está fazendo isso em todos os lugares, não é? — Suspiro. — Por toda a Nova República. Eu não sou a única...

— Você tem oito semanas para realizar a tarefa. Se escolher rejeitá-la, será substituída, prontamente assassinada, e sua irmã sofrerá as consequências.

— Quais são as últimas três fases da missão? — consigo perguntar.

— Morte, destruição e renascimento.

— O que isso significa?

Em resposta, Leon se desequilibra, sua cabeça pendendo para a frente do corpo, seus membros travados em posições tão anormais que me afasto dele com um som estrangulado. Leon está convulsionando de forma descontrolada. Ele enfim cai de joelhos e agarra a cabeça, em um pânico frenético, e, quando começa a gritar, eu já sei como isso vai acabar.

Cubro o rosto com os braços, o frasco ainda fechado no meu punho, preparando-me enquanto ele grita até que as luzes do corredor se acendem, os sons de passos trovejando em nossa direção. As maçanetas das gavetas da cômoda começam a chacoalhar, o chão estremecendo abaixo de mim, punhos batendo implacavelmente contra a minha porta. Ouço vozes e gritos abafados, o barulho e o estalo de uma fechadura caindo. Quando Agatha bate à porta do meu quarto em um pânico enlouquecido, Leon já se autoimolou.

Tiro as mãos do rosto, o que parece que leva anos. Sangue respingado por todo lado, manchando tudo. Fico entorpecida ao examinar o resultado: seus olhos, seu nariz, sua boca, tudo se foi. Leon foi eviscerado por dentro, carne e sangue empurrados para fora por orifícios abertos. Meu estômago se revira.

Eu me curvo.

Ouço Agatha gritar e, de repente, o quarto está tomado — rostos e membros se confundem, e eu cambaleio para ficar de pé, percebendo tarde demais o que parece ter acontecido: Leon, brutalmente assassinado dentro do meu quarto, com suas entranhas ainda caindo do corpo conforme o sangue mancha o carpete sob os nossos pés. Fico de pé sobre ele, meu rosto lívido de emoção — eu, sua assassina, a pessoa que já tentou matá-lo uma vez. As mandíbulas estão frouxas de horror, os olhos arregalados e acusadores. Até eu consigo entender a facilidade com que eles tomam suas conclusões. Logo, mãos estão se estendendo, avançando sobre mim. Expressões enlouquecidas, suspiros de urgência, alguém gritando "pegue as algemas", então me lembro, com um sobressalto, da promessa de Agatha de derreter minha boca no meu rosto.

Percebo que não tenho escolha.

Coloco o frasco no bolso e procuro a faca de manteiga no chão. Agatha grita "ela está armada!", e eu escapo de um laço elétrico, batendo no espelho pendurado atrás da porta do banheiro. Vidro se estilhaça ao meu redor e não hesito: atiro um caco na garganta de uma mulher — Deepti, o nome dela é Deepti —, escutando o impacto, então me levanto assim que ela solta um grito gutural e sufocante. Agatha se lança sobre mim em fúria, e aproveito seu impulso, virando-a sobre minha cabeça, caindo de joelhos e enterrando a faca em seu peito.

Sinto um zumbido de consciência quando puxo a lâmina cega, o som do silêncio inesperado instalando-se no quarto. Eu olho em volta, devagar, para o mar atordoado de rostos familiares, depois para o sangue nas minhas mãos, o olhar de espanto congelado no rosto de Agatha. Jing está chorando. Elias cobriu a boca de horror. Aya se molhou. Ian está caído contra a parede, a ponto de vomitar. Estou a quilômetros e quilômetros de distância da minha mente quando James irrompe no quarto, e sua expressão conforme ele assimila tudo... Quando ele se vira e me encara com uma decepção silenciosa, devastadora...

De fato me mata.

Sinto minhas extremidades dormentes; meu coração desacelerado dentro do meu corpo. Meus ossos cedem e eu caio no chão. Minha cabeça bate no carpete molhado. Olho para as luzes embutidas, escurecendo e brilhando, tirando tudo de foco. Viro o pescoço, e o esforço é exaustivo; pisco, e dura um século. Mãos me seguram de forma rude, arrancam a faca de manteiga do meu punho. Eu não quero mais lutar. Não quero mais matar. Não quero mais ser essa pessoa. Não quero mais viver neste corpo...

Há anos você está morta por dentro, eu lembro a mim mesma.

Morra, digo a mim mesma.

Morra.

Meus olhos reviram-se dentro da cabeça, meu coração se transforma em pedra no peito. Sinto minha mente se desconectando. Meu peito para de se mover. Estou ciente, de alguma forma, de que não estou mais respirando, não estou mais sentindo. Minha pele é como um traje de borracha encharcado.

Morra, Rosabelle, digo a mim mesma.

Morra.

E, desta vez, eu morro.

36

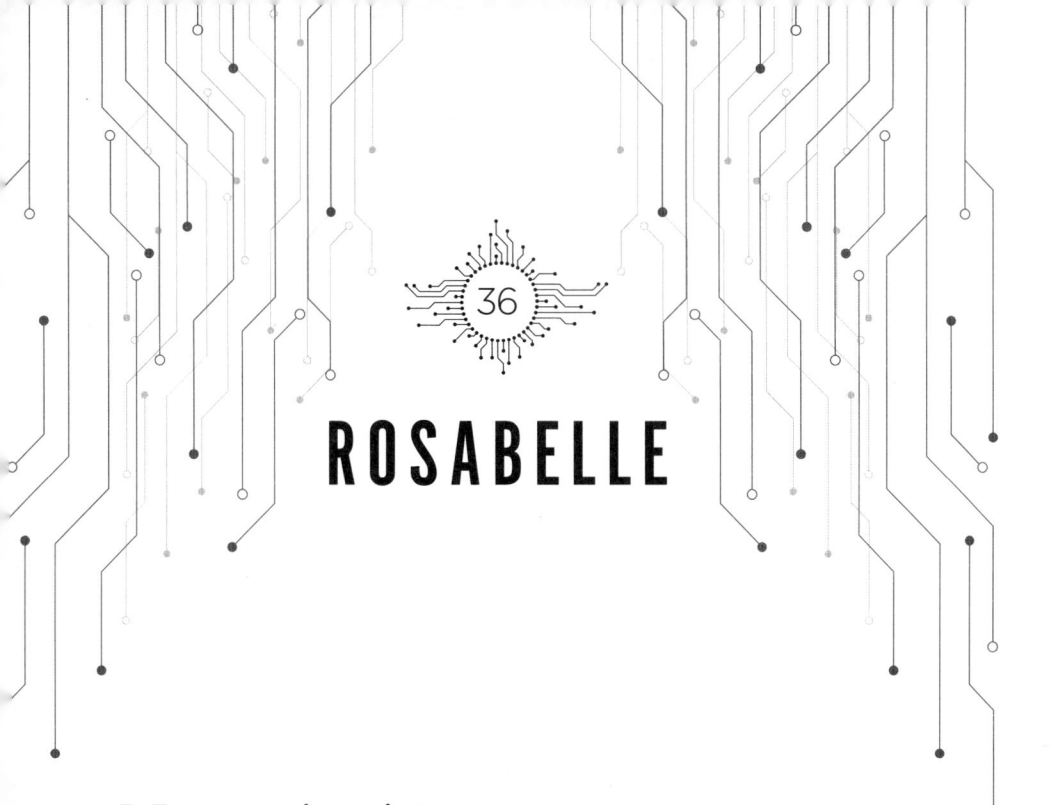

ROSABELLE

Nos meus sonhos, tudo é suave.
As bordas ásperas do mundo estão difusas e meu rosto, embalado por nuvens. Meu corpo parece suspenso na água. Meu cabelo está solto, e as mechas sedosas caem em cascata pelas minhas costas. Sou um corpo ainda em formação, intocado pela tragédia. Nos meus sonhos, estou segura; tenho uma mão forte para segurar; uma porta para me trancar longe da escuridão; um ouvido confiável para sussurrar meus medos. Nos meus sonhos, sou paciente e gentil; tenho espaço no meu coração para dores além da minha. Não tenho medo de sorrir para estranhos. Nunca testemunhei a morte. Nos meus sonhos, a luz do sol brilha na minha pele; o vento suave acaricia meus membros; a risada de Clara me faz sorrir.

Ela está correndo.

Nos meus sonhos, ela está sempre correndo.

Meu coração reinicia-se com um choque elétrico.

— *Tente de novo* — *grita Soledad, sua voz ecoando dentro de mim.* — *O que você quer dizer com não há atividade cerebral?*
— *Senhor, tentamos implantar o chip várias vezes, mas não conseguimos fazer com que ela se conecte...*
— *Mentira!* — *ele grita.* — *Tente de novo.*

Alarmes soam, mãos manipulam-me, despem-me. Metal frio e flashes de luz.

— *Fizemos exatamente como o senhor pediu* — *diz uma voz nervosa.* — *Tentamos de novo... Este ano sem nenhum anestésico, exatamente como o senhor instruiu...*
— *Então, por que ela não está se movendo?* — *indaga ele.* — *Ela não deveria estar gritando?*
— *Sim, senhor. Essa seria a reação normal, senhor. Sim.*
— *O que diabos há de errado com ela? É possível que ela ainda tenha um gene mutante que interfere no processo?*
— *É difícil saber. Já administramos a terapia de edição genética várias vezes. A esta altura, ela não deveria ter mutações residuais, se é que havia alguma.*
— *Isto é inacreditável. Bilhões gastos em pesquisa, e você não consegue me dar uma razão sólida para que haja uma pessoa nesta ilha que não pode ser conectada ao Nexus?*

Água fria, água morna, mais mãos no meu corpo.

— *Já faz dois anos que estamos tentando* — *diz Sebastian.* — *Ela teve tempo suficiente para se recuperar entre as tentativas. Sinto muito, senhor... Ela me prometeu que daria certo desta vez. Ela me prometeu que não aconteceria de novo...*

VIGIA-ME

— Estou farto disso — afirma Soledad, com raiva. — Já faz anos de desculpas esfarrapadas. Quero uma explicação real...

— O corpo dela está exibindo algum tipo de resistência — explana uma voz que não reconheço. — Já tentamos de várias maneiras diferentes. Não importa o que façamos, quando a conectamos, simplesmente para de funcionar. A tecnologia está sendo rejeitada.

— Isso é impossível — diz ele. — O programa é perfeito. Foi testado de mil maneiras...

— Não sabemos por que está acontecendo — comenta a voz, agora apavorada. — Para conectá-la, a mente tem de estar ativa. Por algum motivo, não conseguimos sinal.

— O que diabos isso significa? — Soledad questiona. — O cérebro dela simplesmente não está funcionando?

— Sim, senhor. As ondas cerebrais dela não respondem.

— Como?

Eu ouço o momento em que sua raiva se transforma em suspeita. Ouço de vidas distantes, como se eu estivesse suspensa sobre o sol.

— Está dizendo que o corpo dela assume um estado vegetativo de modo deliberado?

— Sim, senhor. No que diz respeito ao programa, ela parece estar morta por dentro.

Eu me dou conta de que estou nua.

Minha pele está pressionada contra o metal frio, um lençol áspero puxado até o meu pescoço. Meus nervos despertam, como antenas entrando em sintonia. Minha pele parece amolecer enquanto os ossos endurecem. O som retorna a mim devagar e disperso: o zumbido da eletricidade; o arrastar de um passo; o tilintar e o barulho do aço; o raspar de ferramentas, afiando.

Então, sua voz: um milagre.

— Não acredito que ela esteja de fato morta. Isso é loucura. Tem certeza de que não há batimento cardíaco? Não deveríamos ter certeza absoluta antes de fazermos isto? Porque não há nenhuma razão lógica para que ela esteja morta agora...

Uma mulher diz:

— Ela sofreu uma pancada forte na cabeça em algum momento da noite. Às vezes, os sintomas de uma hemorragia cerebral são difíceis de detectar.

Estou em uma maca, percebo, girando pelo espaço. Sinto cada solavanco e vibração das rodas, a mordida fria do metal na minha pele. Passos batem no chão ao meu redor, reverberam dentro da minha cabeça. Meu coração está batendo tão devagar que parece se arrastar. Sinto-me antiga, composta de teias de aranha.

— Esperem — James diz. — Ei... esperem... Podem esperar um segundo...

A maca para de repente. Meu corpo chacoalha. Meus dentes batem.

— Esqueça isso, James — ordena uma voz masculina fria que eu nunca ouvi antes. — Quero que a autópsia seja feita sem demora.

Autópsia.

Devo estar no necrotério.

— Simplesmente vão abri-la? — James pergunta. — Não vão nem tentar...

— Olhe — explica a mulher, sua voz rápida. — Não há nada que possamos fazer para ajudá-la. Ela já está morta. Calculamos que tenha morrido há pelo menos trinta minutos. Nada pode trazê-la de volta a...

Meus olhos se abrem lentamente, e o esforço é como arrancar uma casca de laranja de sua polpa. Meus dedos se curvam por micrômetros sob o lençol engomado, meus pulmões se expandem um grau de cada vez.

— *Maldita zumbi* — alguém grita.

Meus olhos lacrimejam quando luz e cor inundam minha visão. Pisco várias vezes antes que minha visão se acalme, imagens se sobrepondo e focando. Um homem com olhos e cabelos pretos está olhando para mim, boquiaberto.

— Ai, meu Deus — ele diz, apertando o peito. — Ela acabou de me dar um ataque cardíaco. Ai, meu Deus, não consigo respirar...

Ao lado dele está James. Duas vezes.

Dois James.

Pisco, mas as imagens não se reconciliam; em vez disso, elas se aguçam, as diferenças se tornam mais claras. Cabelo diferente, olhos diferentes. Um James é mais velho que o outro James: seu rosto é mais anguloso, mais duro, menos linhas de riso ao redor dos olhos. Mesmo nariz, mesmo maxilar, sem sardas.

Eu prefiro as sardas.

Gosto do toque do sol em sua pele, do jeito com que sua boca se anima facilmente, como se ele estivesse sempre pronto para sorrir.

Exceto agora.

Agora, nenhum dos James parece feliz em me ver. Na verdade, estão com expressões semelhantes de fúria. E então, é claro, conforme minha mente se organiza, fica óbvio para mim que o segundo James, aquele com cabelos dourados e olhos verdes, não é o meu James.

Deve ser o irmão mais velho.

Aaron Warner Anderson.

Mesmo aqui, com meus sentidos em ebulição, um lampejo de trepidação se move através de mim. As histórias sobre o irmão mais velho da família Anderson são lendárias, até mesmo em Ark.

— Rosabelle? — James chama com cautela. — Você consegue me ouvir?

Tento abrir a boca, mas o esforço para desobstruir meus lábios é grande demais. Acho que estou morta há muito tempo.

— Não entendo — diz a mulher que está fora do meu campo de visão. Ela parece sem fôlego de medo. — Ela não tinha pulso. Não havia batimento cardíaco nem atividade cerebral...

— Acho que deveríamos colocá-la na geladeira — sugere o homem de cabelo preto. Ele tem um olhar travesso, de alguma forma charmoso, mesmo quando me insulta. — Dar a ela um tempo para morrer.

James franze a testa.

— O que você está falando?

— Deve ser alguma falha, certo? — ele explica. — Igual a um verme que continua se reproduzindo mesmo quando está dividido ao meio.

— Kenji...

Faço uma anotação: o homem de cabelo preto se chama Kenji.

— O quê? — ele diz, gesticulando para mim. — Olhe para ela. Mal está se movendo. Isto é, tipo, comportamento zumbi de verdade. Eu voto para plantarmos uma bala na cabeça dela, só por segurança.

James, percebo, não descarta tal sugestão; ele apenas parece resignado. Ocorre-me, então, que perdi até mesmo a ideia dele na minha mente. James nunca mais será um lugar de descanso para mim. Seus olhos nunca mais se aquecerão ao se virarem para me ver. Ele me vê agora como eu de fato sou.

Seu pai era fraco. Sua mãe era fraca. Sua irmã é fraca.

Você é uma desgraça.

A dor dessa percepção é tão aguda que arranca um som torturado da minha garganta.

— Ai, merda — diz Kenji. — Acho que ela está tentando dizer algo...

O rompante de sofrimento tem um efeito contraintuitivo. A inundação de cortisol e epinefrina reiniciam meu corpo, impulsionam meu coração e meus pulmões, inundam meu cérebro com oxigênio.

— Deixem pra lá — afirma Kenji, acenando com a mão. — Alarme falso.

Consigo levantar a cabeça ligeiramente, e três coisas chamam minha atenção em rápida sucessão: o jaleco pendurado na parede, o frasco de terra em um balcão de aço e a saída à minha direita. Eu me acomodo de novo, à medida que minha mente concebe vários cenários, preparando-me para eventualidades. Faço uma lista mental dos tipos de ferramentas que posso encontrar em um necrotério, coisas que podem servir como armas: serra de osso; cinzel; martelo; facas; tesoura de costela... Se eu for fazer isso, só terei uma chance.

— Então, qual é o plano? — pergunta Kenji. — Vamos ficar aqui parados olhando para ela? Porque eu não...

Warner ergue a mão, e a sala fica em silêncio. Ele me inspeciona com uma calma letal que envia uma onda de medo pelo meu corpo. Pisco com frieza, mantendo meu rosto impassível, mas ele está olhando diretamente nos meus olhos quando declara:

— Tranquem o prédio, ela vai fugir...

37

ROSABELLE

Puxo o lençol comigo quando rolo para fora da mesa e caio, tropeçando apenas um pouco ao arrancar o jaleco do gancho na parede, colocando-o sobre o meu corpo antes de pegar o frasco do balcão e colocá-lo no bolso. Warner e Kenji apontam armas para mim de imediato, mas eu saio do caminho. Tiros ecoam em superfícies de aço.

O caos explode: alguém aciona um alarme; uma voz automatizada grita um sinal de alerta de segurança pelos alto-falantes; James berra meu nome.

A mulher não identificada grita e cai no chão. Seu corpo rasteja em direção à saída. Kenji grita com raiva para James tirar Warner da sala, e consigo me abaixar atrás de um balcão para recuperar o fôlego, abotoando o jaleco aberto enquanto me esforço para ouvir a resposta de Warner, mas suas palavras baixas são sobrepostas pelo barulho das sirenes. Seja lá o que ele tenha dito só deixa Kenji mais irritado.

— Se alguém vai morrer esta noite, não será você — ele grita. — Aquela criança não vai crescer sem pai. James, juro por Deus, se você não o levar daqui, eu mesmo atiro na sua cara...

VIGIA-ME

Passo rapidamente por um carrinho de suprimentos, pegando uma braçada de ferramentas, quando outro tiro passa zunindo pela minha cabeça. A porta se abre antes de fechar com força e, de repente, somos Kenji e eu, e meu coração está batendo na garganta. Não tenho ideia do que estou enfrentando. Ele, como os outros rebeldes, pode ter algum poder sobrenatural implacável. Ainda assim, de alguma forma, minhas mãos estão calmas.

— O prédio está fechado, Rosabelle — diz Kenji, de modo casual. Ouço passos. — Por que você não sai com as mãos para cima, para que eu possa dar um tiro certeiro no seu coração? Desta vez, permaneça morta.

Mergulho atrás de outro balcão, atirando uma faca em Kenji antes de me lançar atrás de um armário próximo. Ouço seus xingamentos explosivos quando a faca faz contato, mas não há tempo para sentir alívio.

Minha pequena vitória só o enfurece.

Ele atira em mim com mais agressividade. Os sons ricocheteiam no metal e quase estouram meus tímpanos enquanto corro, descalça, atirando um cinzel em seu peito. Ele pega uma bandeja de aço no último segundo, usando-a como escudo para desviar do golpe, e a reverberação retumbante não chega a parar antes que ele descarregue balas na minha cabeça. Eu me abaixo, forçada a me proteger mais longe da saída. Mesmo ferido, Kenji está bloqueando a porta com o corpo, recusando-se a desistir de sua posição.

Saio de trás do armário, atirando o martelo o mais forte que posso, mas desta vez... eu não o vejo. Nos segundos em que o martelo dispara em direção à porta vazia, o tempo parece se expandir e desacelerar. Examino a área como se estivesse em câmera lenta e, quando não consigo localizá-lo, decido correr para a saída... Mas ele de repente se materializa, como mágica, chicoteando a bandeja em suas mãos como um taco de beisebol. Aço se conecta com aço, e o som ensurdecedor ecoa nos meus dentes. O martelo é lançado de volta na minha direção e me atinge nas costelas com tanta força que vejo faíscas. A dor me força a gritar. Agarrando a lateral do meu corpo, mergulho para me proteger.

— É uma sensação boa, não é? — provoca ele. E, então: — O que tem no frasco, Rosabelle?

Minha respiração está ficando mais forte, a dor no meu abdômen aumentando. Kenji, ao que parece, consegue desaparecer.

Isso é ruim.

Se eu não o despachar logo, ele poderá vir até mim de um ângulo que não consigo prever. A única vantagem que tenho agora é sua relutância em deixar a saída descoberta. Isso significa que é improvável que ele vá longe.

Ainda assim, não há como ter certeza.

Faço um inventário das minhas três armas restantes: uma serra; um afastador de crânio; uma seringa vazia. Uma arma seria muito melhor.

Levo mais um tempo para me recompor, depois arrisco um olhar para Kenji de trás de uma prateleira de aço. Ele atira em mim, e recuo assim que uma bala passa zunindo pela minha cabeça.

— Você tem alguma ideia — diz ele, falando com um desconforto audível — de quantas pessoas vão ficar putas quando descobrirem que você enfiou uma faca na minha perna? Como eu vou andar até a lanchonete de waffles do Waffles amanhã de manhã, Rosabelle? — Ele atira em mim de novo. — Como vou alimentar os patos no parque, Rosabelle? — E atira em mim. Eu o ouço se mexendo no silêncio que se segue. Ele está levando um momento para recarregar sua arma, trocando o carregador com uma série de cliques satisfatórios, e não perco tempo, correndo para trás de um balcão mais perto da saída, atirando o afastador em seu braço. A ponta do instrumento perfura sua carne com um baque, e a arma cai no chão, girando para longe dele.

— *Filha da puta!* — ele grita.

Mergulho para pegar a arma, derrapando para o lado enquanto a agarro, depois fico de pé com dificuldade, indo em direção a ele. Respiro tão forte que minha garganta fica seca, grudando quando engulo. Levanto a arma para o seu rosto, e ele nem se encolhe. Apenas olha para mim. Olha para mim e balança a cabeça, desapontado.

Outra decepção.

Todos os meus instintos gritam para eu atirar: cabeça, garganta, coração. Mas a imagem do rosto de Agatha surge diante de mim, lembrando-me...

Eu fiz tudo o que o Restabelecimento me pediu para fazer.

Fiz o que pensei que tinha de fazer e, no fim, meus sacrifícios foram inúteis. Minha vida, inútil. Escuridão gerando escuridão gerando escuridão; todo esse sangue nas minhas mãos dá origem a mais derramamento de sangue; a mutilação da minha alma leva à mutilação de outros; minha vida queima apenas para ajudar a incendiar o mundo.

Eu me culpo.

Achei que seria inteligente escolher o menor de dois males. Achei que seria recompensada por me alinhar ao vencedor óbvio; fui ingênua o suficiente para supor que um dia poderia receber imunidade por parte de um regime tirânico. Eu me abriguei nos braços de um inimigo, cumprindo suas ordens, mesmo que esse inimigo me matasse de fome e torturasse a minha família — mesmo quando seus comandantes despojavam seu próprio povo de humanidade em nome de uma suposta segurança. Crueldade renomeada como liberdade, tortura renomeada como justiça, horrores exportados para perpetuar horrores; tudo em nome do controle absoluto. Uma população alheia vivendo na palma de uma mão todo-poderosa, facilmente esmagada.

Apesar de todos os meus esforços, Clara nunca estará segura.

Falhei com a minha irmã. Falhei comigo mesma. Só resta um caminho para consertar isso. E, para consertar as coisas, preciso conseguir sair viva daqui. Preciso voltar para casa o mais rápido possível. Significa que preciso matar Kenji.

Mas não quero mais ser essa pessoa.

Não quero viver com medo das minhas mãos, da minha cabeça, da estrela cadente que é a minha alma. Não quero viver todos os dias apenas pela promessa da morte. O problema é: não sei como parar de ser essa pessoa.

— Não quero matá-lo — declaro. — Só quero sair daqui. Não preciso da sua ajuda para escapar. Não preciso de nada de você. Só quero que me deixe ir. Deixe-me ir para não ter de matá-lo.

Kenji fecha os olhos e suspira.

— Tudo bem, tudo bem — diz ele. — Você pode ir embora.

— O quê?

Ouço o clique antes de entender, e meu coração afunda quando o cano frio de uma arma é pressionado contra a parte de trás da minha cabeça.

— Largue a arma — pede James, baixinho. Deixo-a escorregar dos meus dedos, e ela cai no chão com um barulho retumbante. Kenji manca até ela, pega-a com seu braço bom e se arrasta até mim. De repente, tenho duas armas na minha cabeça. Na frente e atrás.

— Você está com as algemas? — pergunta Kenji a James.

Posso senti-lo balançar a cabeça.

— Só tenho braçadeiras de plástico.

— Vai servir por ora.

Fico ali, olhando para o nada, enquanto James amarra minhas mãos atrás das costas. Tento não pensar na sensação de sua pele ou no toque quente e elétrico de seus dedos nos meus punhos, tão gentis comigo até em um momento como este. De todas as maneiras que ousei imaginar como seria tocá-lo, nunca pensei que aconteceria assim.

Kenji tira o cilindro de vidro do meu bolso, segurando-o diante do meu rosto com um olhar conhecedor.

— O que tem no frasco, Rosabelle? — pergunta ele. — Planejando um massacre?

Meus olhos se fecham, horrores sobre horrores desabando ao meu redor. Imagens de Clara enchem a minha cabeça. Lembretes de uma noite ainda não processada, ameaças ainda não resolvidas.

Não importa o que faça, eu sempre perco.

— Warner está preparando uma cela para ela na supermáxima — diz Kenji. — Consegue levá-la para lá? Ela é uma fugitiva em potencial. Você vai ter de pegar os túneis.

Supermáxima.

Prisão de segurança máxima.

— Sim — responde James, em tom sombrio. — Consigo lidar com isso.

A fúria derretida de sua voz sussurra na minha pele, enviando arrepios por mim. Ainda não vi seu rosto. Não tenho ideia do que ele esteja pensando.

— Vou pedir reforços só para ficarmos seguros — diz Kenji.

— Não preciso de reforços.

Kenji ri, como se isso fosse absurdo.

— Vou garantir que Samuel os encontre no subsolo. Ele trará as algemas.

James respira fundo. Posso quase sentir sua irritação, mesmo quando ele concorda, dizendo:

— Você vai ficar bem?

Por um momento delirante, acho que ele está falando comigo.

— Vou ficar bem — confirma Kenji. — Não se preocupe comigo.

Kenji e James parecem estar trocando olhares, comunicando-se em silêncio.

— Tudo bem, então a tire daqui — fala Kenji, cutucando minha testa com sua arma ao dar um passo para trás.

Tropeço um pouco, e James desliza a mão até a minha cintura, firmando-me.

Esse breve contato quase me tira o fôlego.

James afasta a arma da minha cabeça, e o metal frio beija minha nuca quando pressiona o cano no meu pescoço. Ele se inclina até o meu ouvido.

— Eu avisei — ele sussurra, e enrijeço. Meu coração para. — Eu disse que, se machucasse a minha família, você conheceria uma versão muito diferente de mim. Tente qualquer coisa comigo esta noite, e eu a destruo, Rosabelle. Entendido? Eu a destruo, porra. Não me importa a quem você se reporta lá na sua terra. Agora, você recebe ordens de mim.

Sua mão ainda está na minha cintura, sua boca tão perto da minha pele. Eu nem sei mais o que está acontecendo comigo. Tenho desejado esse tipo de proximidade com ele por tanto tempo que não consigo dizer a diferença entre prazer e medo. Minha pele está quente, minha cabeça está quente. Não consigo recuperar o fôlego.

— Estamos entendidos? — ele pergunta de novo, e seu sussurro roça minha bochecha.

Eu fecho os olhos, exalando a palavra:

— Sim.

38

JAMES

Este é um verdadeiro pesadelo.

O inferno na Terra.

O pior dia da minha vida.

— Obrigada — diz ela, a palavra ecoando na penumbra. — Você não precisava fazer isso.

Não respondo. Já estávamos aqui há cinco minutos antes de eu perceber que ela estava descalça. Os túneis são bem limpos — os pisos de concreto polido são reforçados com painéis de aço —, mas temos pelo menos um quilômetro e meio de caminhada pela frente, e eu não podia deixá-la fazer isso sem sapatos. *Por que não*, não faço ideia. A garota é a mercenária traidora de sangue frio que todos me disseram que ela era. Eu deveria fazer um exame de cabeça.

Contudo, voltamos. Eu, com uma arma apontada para sua têmpora, indo de enfermeira em enfermeira, perguntando se alguém tem um par de sapatos — do tamanho dela — que esteja disposto a emprestar. Pareceu uma cena de comédia; absurdo de um nível inacreditável. Eu me odiava mais a cada segundo e, ainda assim, não conseguia parar. Pensei que ela acabaria na prisão com os pés ensanguentados e cheios de bolhas. Como se isso importasse. Como se eu devesse me importar.

Eu sou um lunático delirante. Em dado momento, Kenji colocou a cabeça para fora de uma sala de recuperação e disse:

— O que diabos você ainda está fazendo aqui?

Gesticulei para Rosabelle e expliquei:

— Ela está sem sapatos.

Ele então falou:

— Ela também está sem calcinha, e você não vai sair por aí pedindo para as mulheres emprestarem suas calcinhas, vai?

E eu me imaginei, brevemente, pulando de uma ponte.

Agora estou aqui, segurando uma arma contra a cabeça de Rosabelle e tentando não pensar no fato de que tenho tido sonhos vívidos e lúcidos com essa garota, tentando por semanas evitar sequer tocá-la por acidente, e agora aqui está ela, praticamente nos meus braços, nua por completo sob esse jaleco.

— James...

— Não fale comigo.

Meu coração está tão acelerado que está me envergonhando. Sou uma vergonha para mim mesmo. Minha raiva está fora de controle. Minha cabeça gira, minhas emoções oscilam de extremo em extremo. Vi evidências de sua sociopatia assassina várias vezes esta noite. Vi os restos mortais de um homem eviscerado em seu quarto; eu a vi quase assassinar Kenji; encontrei um frasco nefasto com ela; descobri uma trama frustrada; planos elaborados; e, ainda assim, não consigo desligar meus sentimentos por ela. Tudo aconteceu tão rápido. Como uma chicotada. Não tive tempo suficiente para processar, para matar o câncer que ela deixou no meu coração. Estou me sentindo mal. Sinto-me literal e fisicamente doente. No mesmo dia em que a ouço rir pela primeira vez, eu a encontro banhada em sangue e entranhas, cercada por cadáveres. Não consigo nem pensar. Recuso-me a pensar.

Porra.

Estou tentando não pensar em tanta coisa.

Engano. Traição.

O fato de ela ter morrido diante dos meus olhos e voltado à vida meia hora depois.

— Sabe o que eu não entendo? — digo, rindo um pouco. Pareço perturbado até para mim mesmo. — Não entendo como você pode ser tão boa atriz. Ser uma mercenária talentosa já é uma habilidade enorme, mas seu dom teatral é de outro nível. Não posso acreditar que caí na sua. Toda aquela coisa com a comida, com sua irmã...

— Eu nos faço parar de repente e algo me ocorre. — Espere, você ao menos tem uma irmã caçula? Ou aquela garota não passou de uma encenação? Você me contou alguma verdade, aliás? Ou devo presumir que foram todas mentiras?

— James...

— Não. Não me venha com *James*. Se vai me dizer alguma coisa, que seja a porra da verdade. — Eu a viro, pressionando-a contra a parede, empurrando a arma em sua garganta. — Quem é você? — pergunto. — Quem é você de verdade? Eu nem sei seu verdadeiro nome.

Quando ela olha para mim, percebo meu erro. Não via seu rosto desde quando ela havia apontado uma arma para Kenji, e era mais fácil viver na minha raiva quando não conseguia ver seus olhos. Agora ela está olhando para mim, suave e calma, com uma tristeza que parece tão real que me assusta. Aparenta estar desorientada, de coração partido e um pouco sem fôlego, com as bochechas coradas, os olhos brilhando na luz fraca. Sem reservas, sem escudos. Ela olhou assim para mim — total e completamente desprotegida — apenas uma vez. Foi no dia em que nos conhecemos, logo antes de ela me matar.

Foi uma má ideia.

Olhar para o rosto dela foi uma má ideia. Quero virá-la, fingir que isso nunca aconteceu, mas agora não consigo parar de pensar em todos os lugares em que nossos corpos estão se tocando, o que faz minha cabeça girar: minha coxa roçando sua perna nua; minha mão em sua cintura; meus dedos pressionando a carne macia através do tecido fino; meu polegar quase roçando seu umbigo. Eu me inclino sobre ela de modo inconsciente, movendo-me não mais que alguns centímetros, mas, quando minha mão desliza sobre seu quadril, ela afunda contra a parede, e seus olhos se fecham com um som tão fraco que acho que o imaginei.

Quero ouvir de novo.

Estou lutando com o meu autocontrole, ainda reunindo minhas células cerebrais, quando ela de repente se move sob minha mão, e minha resposta reflexiva é impedi-la de fugir. Eu me aproximo, agarrando-a com mais força, e desta vez ela se engasga. O rubor inunda sua pele. Ela pisca para mim por baixo dos cílios, seus olhos pesados e vidrados de necessidade. A visão dela assim... a forma como ela me olha com um desejo aberto e desesperado...

Não consigo respirar.

Minha pele está apertada, a calça muito apertada, meu peito está se rasgando. Quero prová-la, rasgar o jaleco e pressionar meu rosto em sua pele. Quero me despedaçar. Quero-a sob minhas mãos, quero respirá-la, quero saber como ela seria nos meus braços sem nada entre nós. Poucas horas atrás eu teria matado por isso, por um momento como este.

— Não olhe para mim assim — digo, minha voz como cascalho.

Ela está olhando para a minha boca. Pisca para mim, seus olhos clareiam, retornam.

— Olhar para você como?

Não aguento. Eu me afasto dela e sofro com a distância na mesma hora. Meu corpo está febril, instável. Estou me xingando, tentando me recompor. Eu a empurro para a frente, uma mão ainda em sua cintura, a outra segurando a arma em seu pescoço.

De repente, minha cabeça dói.

Meu peito dói.

Nossos passos ecoam na quase escuridão, e a luz laranja brilha em intervalos. Caminhamos em um silêncio torturante pelo menos por vinte minutos, quando ela diz meu nome novamente. Em tom de pergunta.

— O que foi? — respondo, acalmando minha raiva.

— Rosabelle é meu nome verdadeiro. Não menti sobre isso. — Ela exala. — Meu nome completo é Rosabelle Wolff. Minha família me chama de Rosa. — Por algum motivo, essa admissão me atinge no estômago. — E eu tenho uma irmã caçula. O nome dela é Clara — ela revela, e sua voz falha.

Eu nos faço parar.

Estamos parados agora, ela de costas para mim, olhando para o nada na luz fraca do túnel, a escuridão se estreitando ao longe. Meu coração bate tão forte que me sinto zonzo.

— Minha mãe se matou quando eu tinha dez anos — ela continua. — Clara tinha três. Eu a criei sozinha.

Demoro um segundo para perceber que estou prendendo a respiração. Estou me esforçando há muito tempo para tirar algo real dessa garota. E, agora...

— Clara sempre foi doente — ela prossegue. — Não sei por quê. Depois da morte da minha mãe, ela nunca mais foi a mesma.

Chorou sem parar por meses. Nunca tínhamos comida ou lenha suficiente. Nossa casa estava sempre fria, sempre úmida. Às vezes, Clara tinha tanta fome que mastigava a pele das mãos. — Isso quase me derruba; quase abaixo a arma. — Tudo o que já fiz — ela diz, sua voz desaparecendo em um sussurro — foi por ela. Sei que não é uma desculpa. Sei que não tenho justificativa moral, mas fazer meu trabalho significava que eu conseguiria as rações de que precisava para alimentar minha irmã. — Ela hesita. Respira. — Eles a usaram para me controlar, eu sabia disso e não me importava, mesmo quando a crueldade deles se tornou mais aparente. Não me davam os remédios de Clara, nem mesmo quando ela começou a vomitar sangue, e, ainda quando me jogavam restos, as recompensas diminuíram cada vez mais. Me davam cada vez menos, sempre esperando mais.

Balanço a cabeça. Sinto que estou em um ponto de ruptura.

— Por que você está me contando isso? Por que agora?

— Eu só… — Ela hesita. — Eu só queria dizer que sinto muito.

Desvio o olhar, engolindo em seco. Não sei o que fazer com essa garota. Não sei como devo reagir a essas palavras.

— Sente muito pelo quê? — questiono, parecendo destruído. — Por qual parte? Por mexer com a minha cabeça? Por entrar na minha vida esperando assassinar todos que eu amo? Qual é o seu objetivo, Rosabelle? O que você ia fazer com aquele frasco? Está planejando usá-lo? Está planejando outra fuga agora?

— Ainda não decidi.

Agora estou mesmo perdendo a cabeça. Rio como um bobo, e o som ecoa pelas paredes.

— Você é inacreditável. Isto é inacreditável. Ainda não decidiu? E, ainda assim, espera que eu a perdoe por qualquer coisa que esteja prestes a fazer… Por qualquer coisa que escolha fazer…

— Você pode me virar para eu poder ver seu rosto?

— Não — quase grito.

— Por que não?

— Porque não consigo olhar para você. Se olhar para você, vou fazer algo estúpido.

— James...

— *Não diga meu nome.*

Eu a sinto tensa. Então seus ombros caem, sua cabeça cai. Ela parece tão pequena e vulnerável, e odeio isso. Odeio tudo isso. Odeio estar pressionando esta arma em seu pescoço. Odeio que suas mãos estejam amarradas atrás das costas.

Odeio que ela seja tudo o que eu esperava que ela não fosse.

39

ROSABELLE

James xinga baixinho.

Chegamos a um beco sem saída. Depois de uma série de curvas sinuosas pelos túneis labirínticos, não temos para onde ir mais. Olho para a escada alta fixada na parede, a porta de saída que nos espera lá no topo. A tensão no corpo de James emana em ondas.

— Eu me esqueci dessa parte — ele diz, remexendo-se atrás de mim.

É a primeira vez que fala comigo em pelo menos meia hora. Suas mãos estão no meu corpo há ainda mais tempo; o calor e o cheiro dele confundindo a minha cabeça, enchendo-me com uma sensação vertiginosa de alerta. Não parece importar que ele me odeie; não há nada que eu odeie em James. Ele respira fundo, sinto sua expiração instável contra a minha pele e quero me afundar de volta em seu corpo. Sinto seu peso ao meu redor, em cima de mim. Toda vez que ele me toca, desejo que me toque mais.

— Tenho de cortar suas amarras aqui para que você possa subir a escada. Quando estivermos no topo, vou amarrá-la de novo. Entendido?

— Sim.

— Tente correr — ele diz, inclinando-se no meu ouvido —, e eu te mato.

De alguma forma, consigo respirar.

Eu o ouço guardando a arma. A lâmina de uma navalha se desdobra, e, momentos depois, ouço o puxão forte das amarras antes que elas se soltem. Ele segura meus punhos em uma das mãos enquanto guarda a navalha e, então, leva-me até a base da escada, soltando-me por apenas um segundo antes de agarrar um punhado do meu jaleco, puxando-me de volta contra ele.

Eu ofego.

Sem minhas mãos atrás das costas, posso sentir a pressão de seu corpo contra o meu, duro, mas suave. Tão quente.

— Estou avisando — ele diz, com calma. — Você sobe a escada. Depois, as amarras voltam.

— Certo.

Ele me solta. Eu não me movo.

— O que está esperando? — pergunta ele. — Vamos.

Ainda assim, eu hesito.

— Posso apenas... posso me virar por um segundo?

— Não.

O sangue corre pelos meus braços recém-libertos, minha pele formiga ao despertar. De forma inconsciente, massageio meus punhos.

— Por favor — sussurro. — É importante.

— Se você tem algo a dizer, diga. Não precisa olhar para mim.

— Tudo bem — concedo, preparando-me. — Eu ia perguntar, muito educadamente, se você consideraria me deixar ir.

— O quê? — Ele enrijece atrás de mim e logo ri: o som áspero da descrença. — Deixá-la ir para onde?

— Voltar para Ark.

Agora ele me gira para si.

— Você está brincando? — ele pergunta. As luzes ardentes lançam um brilho quente em seu rosto, suavizando a aspereza em seus olhos. — Me diga que está brincando, Rosabelle.

— Não estou brincando.

Isso parece atingi-lo como um golpe.

— Depois de tudo o que você fez, acha que basta pedir que eu te mande embora? Fingir que nada disso aconteceu? É assim que você sai das situações? Pedindo muito educadamente?

— Não foi isso que eu quis dizer...

— Eu nem a entendo — diz ele. — Essas pessoas têm torturado você e sua irmã por anos, e você vai apenas correr de volta para os braços delas? Vai fazer o que elas mandarem pelo resto da sua vida?

— Não é o que você pensa — insisto, em desespero. — Tenho de voltar porque preciso consertar as coisas. Tenho um plano, mas vai ser complicado. As coisas estão muito piores do que você imagina, você não entende...

— Então me ajude a entender — ele pede, sua voz carregada de sentimento. — Me explique o que está acontecendo. Me explique o que se passa...

— Não posso — declaro.

— Por que não? — ele rebate.

Estou balançando a cabeça, tentando organizar meus próprios pensamentos emaranhados. Tomei minha decisão de eliminar Klaus assim que ele ameaçou matar Clara.

É a única solução para um problema impossível.

Klaus deu oito semanas para me destruir e, ao mesmo tempo, derrubar o epicentro da resistência — o que significa que tenho oito semanas para voltar à ilha. Oito semanas para roubar de volta o frasco, encontrar o tanque de Klaus, beber a terra, lançar-me nas águas de sua mente sintética e esperar que meu corpo em decomposição detone a explosão necessária para matá-lo. É a única maneira de salvar Clara. É a única maneira de poupar o resto do mundo de um destino como o de Leon. Se eu puder derrotar Klaus antes que inúmeros outros agentes lancem seus ataques contra a Nova República, talvez consiga desmantelar o sistema inteiro.

Mas não quero que ninguém saiba do meu plano, porque não quero que ninguém tente me impedir.

— Eu só... não estou acostumada a trabalhar com outras pessoas — consigo responder. — Estou acostumada a me virar sozinha e não sei se posso confiar na sua equipe...

— Você confia em mim?

Essa pergunta me atinge no coração, deixando-me em silêncio. James se aproxima de alguma forma, suas mãos soltas ao lado do corpo. Sem arma, sem amarrações. Ele é, por si só, a maior arma contra as minhas defesas. Em sua presença, meus escudos se deformam, meu coração desacelera, meus medos se acalmam. Em sua presença, meu corpo cede à sua forma original: gelo se derrete sob a luz do sol, retorna ao mar.

— Rosabelle — ele repete. — Você confia em mim?

Eu o encaro, surpreendendo-me quando respondo, baixinho:

— Confio.

Seus olhos se fecham brevemente quando James exala, e o vejo engolir em seco ao me observar, uma sombra em seu olhar que me deixa sem fôlego. Eu me sinto fraca e eufórica perto dele, como se estivesse intoxicada.

— Se você confia em mim — ele sussurra —, consertaremos isso juntos. Se confia em mim, tudo será simples.

— Não é simples — rebato, balançando a cabeça. — Infiltrar-se em Ark não é fácil. Os avanços tecnológicos são inigualáveis. Os sistemas de vigilância são incomparáveis a tudo na Terra...

— Eu sei, Rosabelle, já passei por isso. É difícil, mas não é impossível...

— *Não* — eu o interrompo. — Você não entende. Sei que acha que escapou da ilha sozinho, mas isso...

— Ai, merda — grita James, agarrando-me de repente, puxando-me para longe da escada. Ele prende meu corpo contra a parede, suas costas na minha frente. *Protegendo-me.*

Ainda estou tentando entender o que está acontecendo. Meu coração martela. De repente, por cima do ombro dele eu enfim vislumbro...

A conhecida linha de laser de um atirador.

40

ROSABELLE

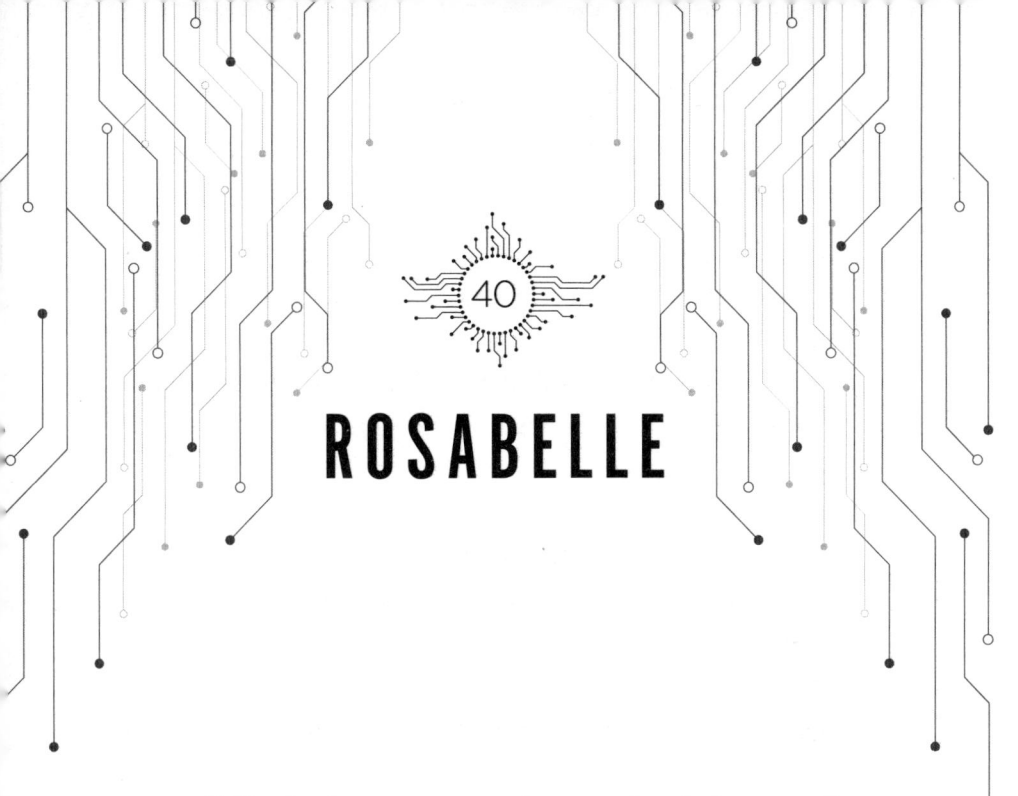

— Você sabe que temos câmeras aí embaixo, certo? — grita uma voz que eu nunca tinha ouvido, ecoando acima de nós.

— Pode guardar a mira, Samuel — responde James. — Está tudo bem.

Há um momento de hesitação.

— Você está aí embaixo há muito tempo, cara. Tem certeza de que está bem?

— Sim — responde ele. — Vamos subir agora.

— Ótimo — diz o cara chamado Samuel. — Vou esperar.

James suspira, então se vira para mim, seus olhos percorrendo meu rosto em uma inspeção rápida e acalorada.

— Você está bem? — ele pergunta, baixinho.

Três palavras, como um cano de chumbo em um painel de vidro. Eu gostaria de me aconchegar dentro de sua camisa e descansar. Queria ser colocada em seu bolso e dormir. Quero ficar perto dele só para estar perto dele. A ilusão me consome.

— Estou bem — afirmo.

James desliza uma mão em volta da minha cintura como se fosse algo que sempre fizemos, guiando-me com gentileza pelo caminho, à sua frente, em direção à escada. Ele me levanta no ar como se não fosse nada, segurando-me até eu encontrar meu equilíbrio nos degraus.

— Você está bem? — ele repete a pergunta.

— Estou bem — respondo.

Conforme nos aproximamos do topo, vejo o contorno vago de um homem pairando no alto, botas batendo no chão conforme ele anda de um lado para o outro. O homem me observa com atenção enquanto subo, seu rifle apontado para o meu corpo o tempo todo.

Eu me impulsiono para cima, bem ciente de que não estou usando calcinha, ao me desvencilhar de modo nada elegante da escada, pernas nuas raspando de leve contra o chão de concreto. Eu me levanto e Samuel me pega pelo colarinho, jogando-me contra a parede com tanta força que a dor nas minhas costelas de repente ganha vida. Estrelas explodem atrás dos meus olhos. Ele torce meus braços atrás das costas.

Ouço James gritar:

— O que diabos você está fazendo?

E Samuel ri, confuso, como se a pergunta fosse uma piada, e, assim que James chega ao topo da escada, sinto o frio do metal deslizando nos meus punhos e o clique dos parafusos se encaixando. Agora estou usando um par de algemas pesadas que zumbem com eletricidade controlada e sinto a estática nos meus dentes, na parte de trás dos meus joelhos. Há um gosto metálico na minha boca aumentando a cada minuto, deixando-me enjoada.

Capto o básico do rosto de Samuel quando ele abre a pesada porta de saída — pele marrom, olhos castanhos mais claros —, mas perco o equilíbrio conforme ele me empurra por um corredor ofuscante, com luzes zumbindo no alto. Tropeço para a frente, desequilibrada, e me prendo contra uma parede lisa e fria, minha mente confusa. Minha língua parece áspera. Correntes elétricas de pouca intensidade estão correndo por mim, chiando sob minha pele. Eu me empurro para longe da parede, ainda lutando com meus pés, quando James corre atrás de nós, dizendo:

— Ei, vamos lá, isto não é necessário...

Samuel ergue a mão para desacelerá-lo.

— Cara, você está se sentindo bem? — ele pergunta, e posso ouvir a desaprovação em sua voz.

— O quê? Sim, estou bem... Só estou dizendo que você não tem de lidar com ela desse jeito...

— Desse jeito, como? — Samuel ri de novo. — Como uma criminosa? Como alguém que literalmente estripou um homem esta noite?

Se James responde, eu mal consigo ouvir. Estou afundada em mim mesma, recuando para dentro, reconstruindo os muros. Tento empurrar minha mente para fora desta gaiola elétrica, mas a estática está dentro do meu nariz, estalando na minha garganta, queimando atrás dos meus olhos, cegando e *cegando*...

Um grito estrangulado escapa de mim, e perco mais uma vez o equilíbrio, batendo em outra parede antes de cair de joelhos.

— *Baixe a frequência* — James explode. — Você não vê como ela é pequena? Está sobrecarregando o corpo dela...

A eletricidade recua quase de imediato, fazendo-me voltar aos poucos a mim mesma. Sinto-me esgotada de repente. Meus pulmões se apertam, minha boca seca. Meus ossos tremem.

Então sinto mãos em mim, embaixo de mim, e de repente estou no ar, minha bochecha contra o seu peito, pálpebras trêmulas. Meu sangue se agita, borbulhando. Tento acordar.

— O que diabos há de errado com você? — James está exclamando com raiva. — Você a estava torturando...

— Este é o procedimento-padrão! — rebate Samuel. — Estou tratando-a como qualquer outro merdinha que passa por aqui. Você é quem claramente perdeu a cabeça. Eu fui ajudá-lo...

— Não pedi sua ajuda — ele retruca. — Onde diabos está Warner?

— Coloque-a no chão — diz uma voz fria e conhecida.

Meus olhos piscam e se abrem. O medo me força a voltar para a minha pele, e a adrenalina incentiva meu coração a trabalhar mais. James me desliza com cuidado para fora de seus braços, ajudando-me a ficar de pé, mas não tira a mão da parte inferior das minhas costas. Eu me viro para a luz brilhante que me ofusca. Meus olhos lacrimejam um pouco. Estamos chegando a um espaço comum, um quadrilátero interno que ancora o edifício de vários andares. Eu conto os andares, atordoada pelas dimensões e pelas linhas brancas e limpas. Algumas pessoas circulam em cada andar aberto, movendo-se de um lugar para o outro.

— Afaste-se dela — ordena Warner, entrando no meu campo de visão.

Ele está olhando para mim quando ordena, não para James, e a fúria em seus olhos verdes é tão fria, tão intensamente palpável, que começo a entender sua reputação.

Este homem foi criado pelo Restabelecimento. Forjado em sangue. Assim como eu.

James não se move.

— Preciso de um tempo — diz ele.

Warner vira-se para seu irmão como uma maré crescente, o movimento lento e poderoso.

— Perdão?

— Preciso de mais tempo. Tenho de falar com ela.

— Seus dias de falar com ela acabaram. O que acontece com ela daqui em diante não é mais problema seu. Vá para casa.

— Do que você está falando?

— Vá para casa, James.

— Olhe, eu sei que foi uma noite louca, mas há alguns desdobramentos que preciso discutir com você...

— Desdobramentos? — Warner ecoa, atônito. — No tempo que você levou para conduzi-la do necrotério até a penitenciária? Deixe-me adivinhar. — Warner me encara com um olhar tão sombrio que beira o ódio. — Ela se abriu para você. Demonstrou remorso. Deu a você informações suficientes para fazê-lo pensar que é especial, sem de fato te dizer nada de importante.

— Pare — James responde com raiva. — Não faça isso. Todo mundo aqui acha que me conhece...

— Eu pensei que ela tivesse te contado que os pais dela estão mortos. — Com isso, recuo por dentro, e James enrijece ao meu lado. — Conte a ele — Warner ordena, dirigindo-se a mim de forma direta pela primeira vez. Surpreende-me como é difícil manter sua atenção total. Há uma barreira de aço nele. — Conte a verdade. Seus pais estão mortos?

Não tenho ideia se meu pai ainda está vivo. Mesmo assim, o fato de Warner ter conseguido de alguma forma descobrir quem eu sou — que tenha conseguido desenterrar detalhes desagradáveis da história da minha família — não é uma grande surpresa. Afinal, meu pai abandonou a família para jurar lealdade a *ele*.

A este homem parado diante de mim.

— Minha mãe está morta — respondo. — Meu pai está morto para mim.

Isso me rende algo como um sorriso.

— Leve-a embora — diz Warner. — Diga a Hugo que começaremos de manhã.

De repente, fico imóvel.

Warner está me observando na expectativa de uma reação, e só agora me dou conta de que fui manipulada com maestria.

Hugo.

Não resisto quando sou levada por mãos brutas. Minha mente é tomada pelo pânico.

Vigilância é segurança, Rosa. Só criminosos precisam de privacidade.

— Ei, espere...

Mas, papai, não quero estranhos me observando o tempo todo... Parece horrível...

James dá um passo na minha direção por instinto, recuando apenas quando seu irmão lhe dá um tapa forte no ombro.

Às vezes, não importa o que queremos, Rosa. Às vezes, não sabemos o que é melhor para nós. Às vezes, uma criança quer tocar no fogo só para senti-lo queimar. Se quisermos proteger a criança, temos de ensiná-la a obedecer.

Não vejo meu pai há dez anos.

Hugo, querido, você pode pedir para Rosa vir aqui, por favor? Ela continua arrancando os botões da minha roseira...

Olho para James enquanto me levam embora, e meus pensamentos se multiplicam, em alerta. Seus olhos estão ardendo em chamas de sentimentos, e tento me agarrar a essa imagem dele, guardando os detalhes na memória. Nem penso em lutar conforme sou empurrada para a frente e arrastada até contornar uma esquina. Não é hora de agir. Haverá dias sombrios pela frente. Longas noites me aguardam. Preciso de um lugar para descansar a cabeça, um lugar para organizar os meus pensamentos, um lugar para traçar os meus planos.

A prisão vai servir para tudo isso.

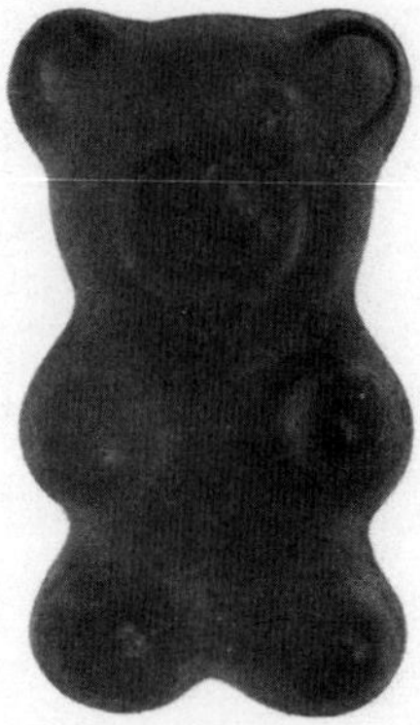